내
인생의
취재기

내 인생의 취재기

초판 1쇄 펴낸 날 2019년 10월 10일

지은이 · 강기석, 김보근, 김준범, 박래부, 안종주, 원희복, 오기현, 유숙열, 윤승용,
　　　　이승호, 이채훈, 조병래, 조성호, 최홍운
펴낸이 · 이부영
펴낸곳 · 자유언론실천재단
　　　　http://www.kopf.kr/
주소 · 서울시 종로구 자하문로5길 37 1층
전화 · 02-6101-1024 / 팩스 · 02-6101-1025

제작 배급 · (주)디자인커서
출판등록 · 2008년 2월 18일 제300-2015-122호
전화 · 02-312-9047 / 팩스 · 02-6101-1025

ⓒ강기석 외, 2019

ISBN 979-11-968105-1-1 03810
책값은 뒤표지에 있습니다.

· 이 도서의 국립중앙도서관 출판예정도서목록(CIP)은 서지정보유통지원시스템 홈페이지
　(http://seoji. nl. go. kr)와 국가자료종합목록 구축시스템(http://kolis-net. nl. go. kr)에서
　이용하실 수 있습니다. (CIP제어번호 : CIP2019038013)

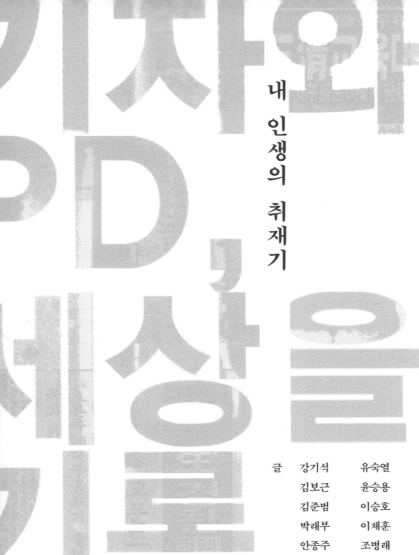

기자와 PD, 세상을 기록하다

내 인생의 취재기

글   강기석   유숙열
     김보근   윤승용
     김준범   이승호
     박래부   이채훈
     안종주   조병래
     원희복   조성호
     오기현   최홍운

자유언론실천재단

『내 인생의 취재기 : 기자와 PD, 세상을 기록하다』는 1979년 야학 시설 폐쇄와 민주 인사 석방 취재기부터 1980년 광주민중항쟁, 1987~1988년 민주화대투쟁, 2003년 북한 신천박물관 취재, 2005년 조용필 평양 공연, 그리고 2016년 촛불혁명 현장 취재기까지를 다루고 있다. 저자들은 대부분 언론 현장을 떠난 분들이다. 『내 인생의 취재기』를 통해 저자들은 견습기자 시절의 기억으로부터 가깝게는 촛불혁명의 시기까지 치열했던 당시의 취재 현장을 생생하게 이야기하고 있다. 이들의 취재기는 단순히 과거의 추억을 회상하는 글이 아니다. 현재와 과거의 대화이며 현재를 성찰케 하는 과거의 복원이기도 하다.

박래부 전 한국언론재단 이사장(전 한국일보)이 쓴 「금지와 감금의 시대」는 지금 젊은 세대가 읽으면 한국에 이런 시절이 있었나 싶을 정도로 전설 같은 이야기다. 박래부는 소설가 김훈과 함께 쓴 '문학기행'으로 이름이 알려졌지만 기자 생활을 회고하면 사건기자 1년이 가장 선명한 기억으로 남아 있다고 한다. 1980년 광주민중항쟁을 다룬 취재기는 두 편으로 조성호 전 지역신문발전위원

회 위원장(전 한국일보)의 「보도되지 못한 기사」와 김준범 전 국방홍
보원장(전 중앙일보)의 「그날 광주에 있었다」이다. 기자로서 1980년
5월 광주 그 자리에 있었다면 어찌 잊을 수 있겠는가. 김준범은 당
시 기자라는 사실이 너무 힘들었다고 했고, 조성호는 현장의 참상
과 진실을 보도하지 못한 자책감에 심한 우울 증세를 겪었다.

1987~1988년 민주화대투쟁 시기 취재기는 조병래 KOBACO
사외이사(전 동아일보)의 「영화 속 1987, 현실 속 1987」, 윤승용 남서
울대학교 총장(전 한국일보)의 「노동자 권리 찾기와 언론의 민주화」,
안종주 사회적 참사 특별조사위원회 위원(전 한겨레)의 「세상을 바
꾼 직업병 참사」, 그리고 이승호 NS홈쇼핑 상무(전 스포츠조선)의
「'삼청교육대 수기'를 대필하다」 등 네 편이다. 이 시기는 민주화
대투쟁을 넘어 혁명적 시기라 할 만하다. 노동을 필두로 교육, 언
론, 보건의료 등 모든 분야에서 역동적인 민주화를 일구어냈다. 네
분의 글 속에서도 당시의 생생함과 긴박감, 흥분을 읽을 수 있다.
특히 안종주의 원진레이온 직업병 참사 보도는 '세상을 바꾼 몇 안
되는 대특종이자 창간 이후 최초의 특종'(한겨레 30년사)으로 젊은 기

자들에게 일독을 권한다.

　북한을 포함한 해외 취재기 제작기는 다섯 편으로 최흥운 〈지금여기〉 이사(전 서울신문)의 「세계의 개혁 현장에 가다」, 이채훈 한국PD연합회 정책위원(전 MBC)의 「혐오와 거짓은 민주주의가 아니다」, 김보근 한겨레 섹션 〈서울&〉 편집장의 「'두 개의 역사'를 보여주는 박물관」, 강기석 뉴스통신진흥회 이사장(전 경향신문)의 「죽음의 공포와 고독감」, 그리고 오기현 경주문화재단 대표이사(전 SBS)의 「가수, 평양에 서다」 등이다. 최흥운은 김영삼 출범 직후 남미 4개국 개혁 현장 취재를 통해 정부에 바람직한 개혁 방향을 제시하고자 했다. 강기석은 2004년 이라크전쟁 종군기 비하인드 스토리를 담담하게 썼다. 이채훈의 글은 2002년 'MBC스페셜 연속기획 10부작 〈미국〉' 중 '9·11 그 후 1년'과 '수정헌법 1조'에 대한 제작기이다. 가짜뉴스 문제가 심각한 요즘 많은 생각거리를 주는 글이다. 김보근과 오기현은 1990년대 중반부터 북한 문제를 취재해왔고 많은 기사와 프로그램을 만들었다. 김보근은 신천박물관 취재를 통해 앞으로 남북 언론이 '다름'보다 '같음'의 사례를 좀 더 고민해 보도하기를 기대하고 있다. 오기현은 간난신고 끝에 성사된 2005년 조용필 평양 공연 제작기의 전모를 영상처럼 보여주고 있다.

유숙열 이프북스 대표(전 문화일보)의 「여기자에서 페미니스트 기자로」는 제목처럼 한국 사회에서 여기자로 페미니스트로 살아온 분투와 역정(歷程)의 기록이자 증언이다. 적어도 페미니즘에 관한 한 한국 사회는 그에게 적지 않은 빚을 지고 있다. 마지막 챕터에 실린 원희복 경향신문 선임기자의 「촛불 광장을 기록하다」는 말 그대로 촛불 현장을 발로 뛰며 취재 제작한 단행본 『촛불민중혁명사』의 취재기이자 제작기이다. 그는 촛불혁명이 2016년 10월 29일 갑자기 시작된 게 아니라 민주노총과 전농을 비롯한 민중운동 진영의 도저한 투쟁의 연속선상에서 그 흐름을 파악해야 한다고 증언한다.

『내 인생의 취재기』는 앞서 말한 백전노장 베테랑 기자와 PD 열네 명이 쓴 잊을 수 없는 취재기 그리고 제작기 모음이다. 책을 기획하면서 아홉 분에게 새로 원고를 청탁했고 나머지 다섯 편은 자유언론실천재단 홈페이지에 2017년 1월부터 2018년 4월까지 연재된 '내 인생의 취재기' 14편 중에서 가져왔다. 원고를 보내준 저자들에게 고마움을 전한다.

2019년 10월
자유언론실천재단 기획편집위원회

차례

박래부

전 한국일보 기자

금지와 감금의 시대

1979 야학 시설 폐쇄와 민주 인사 석방

목숨을 건 기사

"박래부가 견습기자의 생명을 걸고 넘기는 기삽니다."

팀장에게 기사를 넘기면서 나는 웃음과 허풍을 섞으며 말의 무게를 애써 감췄다.

"무슨 기산데 그렇게 비장하냐?"

곁에 앉았던 한 선배가 빙그레 웃으며 바라보았다.

"야학에 관한 기삽니다."

나는 웃으면서도 기사가 혹시 못 나갈지도 모른다는 염려 때문에 여러 사람 앞에서 공개적으로, 그리고 그런 비장한 허풍으로 못 박듯이 말했던 것이다.

그 뒤 전개된 상황으로 보아 기사는 신문에 실리지 못할 가능성
이 더 컸다. 기사가 나간 날 편집국장이 중앙정보부로 연행되고, 나
도 하루 종일 잡혀 갈 준비를 해야 할 정도로 파장이 예상되는 내
용이었기 때문이다. 기사는 일견 단순해 보이는 고발 기사였다.

나는 팀장인 시경캡(경찰취재팀장)과 부장에게 속임수를 쓸 수밖에
없었다. 야학을 폐쇄한 것은 형식적으로는 서울시교육위원회였지
만, 사실상 중앙정보부가 모두 지휘한 것이었다. 중앙정보부는 공
단 내 야학들이 순진한 공원들을 불온한 대학생들이 의식화하는
곳이라 여기고 감시를 하고 있었다.

처음부터 이 사실을 알고 있었지만, 기사에도 이 부분을 쓰지 않
았고 데스크에도 말하지 않았다. 그래야 나와 윗분들이 보도된 후
에 빠져나갈 탈출구가 있을 터였다. 만약 중앙정보부 얘기를 조금
이라도 비친다면, 기사가 아예 햇빛을 보지 못할 가능성이 높다고
판단한 것이다. 내 계산된 꾀가 그분들에게는 송구했지만 다른 방
법은 있을 것 같지 않았다. 물론 그분들도 다른 경로를 통해 중정
이 개입된 사건이라는 점을 바로 알게 되었을 것이다.

정확히 40년 전, 나로서는 6개월간의 견습 기간이 거의 끝나가
는, 1979년 5월 23일자 〈한국일보〉 사회면 톱으로 기사가 나갔을
때의 이야기다. 제목과 기사 전문은 이렇다.

6백여 근로자 향학열에 찬물

—'서울시교위 구로공단 7개 야학시설 폐쇄'…'무인가 사설강습소로 몰아'

구로공단 주변 공단 근로자들의 배움터가 사라졌다. 상록수 그늘 아래서 배움의 갈증을 달래던 근로 청소년들은 배움터를 잃었고 이들에게 배움의 길을 열어주던 대학생 야학 교사들은 사회에 봉사할 수 있는 길을 잃었다.

이것은 서울시 교육위원회가 지난 4일 공단 주변의 백합성경구락부, 수산나회의 자매복지원, 새얼의집, 유네스코야학, YWCA야학, 구로제일야학, 한민교회야학 등 7개 야학을 비인가 사설 강습소란 이유로 폐쇄했기 때문이다.

7개 야학은 고향을 떠나 스스로 벌어서 공부하려는 근로 청소년들의 꿈의 요람이었다. 이들은 못다 한 배움의 소망을 이곳에서 찾고 보람을 가져왔다.

그토록 소중했던 배움터를 갑자기 잃어버린 7백여 근로 청소년들은 겨우 1백 명만 공단본부의 공단새마음직업청소년학원과 남서울 직업청소년학교에 수용됐을 뿐 나머지 6백 명은 배움을 중단해야 했다.

학생 수가 3백 명이나 되던 백합성경구락부는 임시 조치로 서울시교위의 행정력이 미치지 않는 경기도 시흥군 서면 철산리로 이전, 명맥을 유지하고 있다. 나머지 6개 학원은 가르치고 배운다는 열성으로 이어온 인고의 역사에 종말을 고했다.

지난달 28일 경기 시흥군 서면 철산리 466 전 OK목장으로 이사 간 백합성경구락부도 20일 만에 학생 수가 반으로 줄었다. 전에 자리 잡았던 가리봉시장보다 교통이 나빠 시간이 맞지 않는 데다 교통비가 부담이 되기 때문이다. 학교가 이사를 간 첫날 조광림 양(20)과 이복자 양(20)은 수업을 마친 후 너무 늦어 집엘 못 가고 가리봉동의 친구 자취방에서 잤다.

목공실을 개조한 교사도 허름하기만 하다. 그나마 3개 반은 목공실을 합판으로 칸막이 해 쓰고 있으나 나머지 2개 반은 목공실 밖으로 이어 판자로 벽을 하고 비닐천막을 덮은 교실에서 공부한다. 이런 불편 때문에 배우던 과정을 마저 마치려고 따라왔던 학생들도 많이 떨어져 나갔다.

이처럼 야학이 수난을 당하는 데 대해 2년간 이 학생들을 가르쳐 온 주영진 군(중앙대 법과 3년)은 "이 학생들은 수출 산업의 진정한 공로자들이다. 이들에게 좀 더 나은 교육의 기회를 준다 해도 결코 과분한 것이 아니다. 당국에서 실시하는 야간 특별학급의 혜택도 충분치 못하다"고 지금의 실정을 한스러워했다.

실제로 근로 청소년들에 의하면 영등포여상 등에 위탁교육 시키는 당국의 산업체 야간 특별학급이나 공단본부의 복지관에 입학하는 것은 무척 어렵다. 입학하려면 실력이 있어야 하는데 대부분 나이가 많아 학교 때 배운 것을 많이 잊었고, 대개의 회사는 이들이 학교에 다니는 것조차 좋아하지 않는다.

이들이 일단 입학을 하면 회사는 하오 5시면 학교에 가도록 배려해야 한다. 그렇게 되면 잔업을 시키지도 못하고 다른 사람들보다 1시간 일을 덜 시키는 결과가 된다. 그 실례로 모 회사에 다니던 이숙자 양(18)과 이승주 양(21)은 다른 사람들과 똑같이 하오 6시에 퇴근하는데도 잔업을 안 한다는 이유로 회사 측이 "야학엘 다니겠느냐, 회사를 그만두겠느냐"고 다그쳐 지난 3월 초에 야학을 계속하기 위해 회사를 나왔다.

이제까지 같은 조건 때문에 타 회사에도 취업을 못 하고 보증금 10만 원에 월세 3만 원으로 다른 친구 1명과 함께 그간 모은 얼마 안 되는 돈을 축내고 있는 실정이다.

당국이 실시하는 교육기관에만 근로 청소년을 취학시키기에는 취학 수용 능력이 절대적으로 부족하다. 그렇다고 이들의 4만 원 안팎의 봉급으로 사설학원에 다닌다는 것은 불가능하다. 구로공단 내의 근로 청소년은 약 7만 명인데 이 중 중졸 이하의 학력이 과반수가 넘는다.

그러나 야간 특별학급이나 복지관의 수용 능력은 이의 10분의 1도 안 되며 복지관은 중학과정뿐이다. 고교과정은 더욱 배우기 어렵다.

서울시교위는 이들 야학을 사설강습소로 취급했지만 이 야학들은 세 들어 있는 건물 임대료를 내기 위한 최소한의 경비를 학생들에게 부담시켰고 대부분 교회 건물을 빌려서 하는 등 오히려 대학생 본인들의 용돈을 털어가며 유지해왔다.

내 손을 떠난 기사는 캡이나 부장에게 당연히 많은 부담을 주었을 것이다. 넘긴 지 며칠이 지나도록 이 기사는 나가지 않았고, 나는 초조하게 기다렸다.

'남산'에 연행된 편집국장

23일 아침 출입하던 서대문경찰서 형사과에 들르니, 〈조선일보〉 이원섭 선배가 "박래부 씨 오늘 좋은 기사 썼데"라며 칭찬했다. 당시는 조간신문이 우리와 〈조선일보〉뿐이어서 기자들끼리 날카롭게 경쟁도 했지만, 평소에는 그와 반대로 친하게 지냈다. 경쟁지 기자에게 칭찬을 받는 것도 각별한 맛이 있었다. 이 선배는 안타깝게도 그다음 해 전두환 정권에 의해 강제 해직되었다.

'드디어 나왔구나!'

나는 급히 형사계장실로 가 신문을 펼쳐 보았다. 기대했던 것보다 더 번듯하게 사회면 톱을 장식하고 있었다. 나는 당시 안양에서 바로 경찰서로 출입했기 때문에 기사를 확인하지 못한 상태였다. 기사가 공원 모집 등 전국적으로 미칠 부정적 파장을 감안했던 탓인지 서울 시내판에만 실렸기 때문이다. 기사에 스스로 뿌듯해하고 있는 그때 시경캡에게서 전화가 왔다.

"야학 기사 팩트는 다 맞나?"

"숫자에서 약간의 오차는 있을 수 있지만, 전체적으로는 다 맞는 기삽니다."

"그 기사 때문에 (편집)국장이 남산(중앙정보부)에 끌려갔다. 너도 오늘은 멀리 취재하러 가지 말고 서대문(경찰서)에만 있어라."

너도 연행될 수 있으니, 붙잡아 가기 편한 곳에서 대기하란 말이었다. 역시 기사의 파장이 컸다. 새삼 내 처지에 대한 걱정도 걱정이지만, 그보다는 국장 등 데스크에 죄송한 마음이 솟았다.

보통 기사 원고는 캡과 차장, 부장 등 최소 3명의 손을 거치면서 수정이나 보완, 혹은 문장 교정으로 빨간색 투성이가 되기 마련이다. 그런데 6개월도 채 되지 않은 견습기자가 쓴 이 기사는, 한 줄도 데스크 작업을 거치지 않고 편집자에게 바로 넘어간 것이다. 문제가 생길 것이 예상돼 누구도 그 기사에 손대지 않음으로써 연루되고 싶지 않았던 것이 아닐까 짐작했다. 큰 신문사라고는 해도 위험을 피해 가려는 선배 기자들의 생리가 느껴지는 듯해서 쓸쓸하기도 했다. 그러나 내가 쓴 기사가 온전히 그대로 실렸다는 점에 대해서는 자부심도 들었다. 내 입으로 말하기 쑥스럽긴 하지만, 견습기자가 쓴 오리지널 기사치고는 지금 읽어도 괜찮게 정리된 글이었다.

나는 하루 종일 서대문경찰서에서 빈둥대며, 남산에 끌려가 두들겨 맞거나 취조당하는 상상을 하며 각오를 다졌다. 긴 하루였다. 저녁 무렵 국장이 무사히 회사로 돌아왔다는 전갈을 받았다. 나도 자유로워졌다. 타협이 이뤄졌다고 한다. 서울시교육위원회에 출입하는 선배가 2개 학교에 설치된 산업체 야간 특별학급이 근로 청소년에게 많은 도움을 주면서 잘 운영되고 있다는 홍보용 기사를 써주기로 했다는 것이다.

그런데 고마운 것은 편집국장이 정보기관에 연행돼 갔는데도 다음 날에 실린 "향학에의 가냘픈 촛불—불우 근로 청소년의 야학 길 넓혀주자"라는 사설이었다. 나도 나중에 10년 가까이 논설위원으로 사설과 칼럼을 썼지만, 당시 논설위원들이 참 존경스럽게 여겨진다. 앞서 느꼈던 쓸쓸함과는 반대로 선배들과의 든든한 유대감이 전해졌다.

내가 이 기사를 취재하게 된 것은 후배에게서 걸려온 한 통의 전화 때문이었다.

"형, 중앙정보부가 서울시교위 이름으로 구로공단의 모든 야학을 문 닫게 했어요. 우리 백합(백합성경구락부)만 공단 건너편 경기도 철산리로 이사 가서 계속하는데, 학생이 반쯤 떨어져 나갔어요."

백합은 내가 안양 후배 몇 명과 참여하던 야학이었다. 그날 당장 가리봉동에 가서 후배들을 만나 취재를 시작했다. 민감하고 위험할 수 있는 기사이니 만큼 여러 야학의 상황을 정확히 확인하는 일이 중요했다. 가리봉동은 내 취재 구역도 아니어서 퇴근 후 시간을 내서 일주일 정도 걸려 기사를 겨우 완성할 수 있었다.

내가 참여하던 야학이 겪는 고난이 기삿거리가 된 현실이 가슴 아팠다. 한편으로는 다행히 내가 기자가 되었기 때문에 고발할 수 있었구나 하는 엇갈린 감정도 일었다. 전해 듣기로, 이 기사가 나가고 가리봉동이 담당 구역인 영등포경찰서 기자실은 한바탕 소동이 일었다고 한다.

'이 특종 기사를 받아서 기사를 써야 할 것이냐, 말 것이냐.'

'그런데 이 기사 때문에 한국일보 편집국장이 중앙정보부에 연행돼 갔다고 한다.'

결국 다른 모든 언론이 이 문제에 침묵하고 말았다. 백합도 2년 정도 간신히 더 유지되다가 문을 닫음으로써, 구로공단의 야학시대는 모두 끝나고 말았다.

구로공단 노동자의 간절한 향학열

힘들고 고되지만 공부를 하고 싶은 여공들이 근무 여건이 맞지 않거나 특별학급 입학 경쟁에 밀려 찾은 곳이 공단 내 야학이었다. 그곳에는 그 또래 남성 공원들도 모여들었다. 그들은 여공에 비해 공부할 여건이 더 열악했다.

내가 백합에 참여한 것은 대학 4학년 때였다. 저녁 때 야학에 가면 하루 노동을 마친 남녀 청소년들이 그래도 씩씩하고 밝은 표정으로 모여들었다. 고된 나날이었지만 교실 안은 20세 전후의 젊은 이들이 스스로 벌어 공부하는 보람과 자부심, 열정으로 활기가 넘쳐났다.

나는 고3반 담임을 맡으면서 영어와 일반사회를 가르쳤다. 어느 반이나 열심히 공부하는 학생들이 많았지만, 더러 야학에 오는 것

만으로도 신이 나는 제자들도
있었다. 백합은 가리봉동 중심
가에 위치해 있으면서 학생 수
가 300명에 이르던 큰 규모의
그 야학이었다. 학생들에게 실
비 정도의 수업료를 받고 있었
지만 나와 내 후배 서너 명은 일
체 보수를 받지 않았다.

우리 야학은 한강 둔치에서
체육대회도 했고, 백양사로 수
학여행도 갔고, 수련회도 가지
면서 정규 학교에 버금가는 학
사 일정을 지키고 있었다. 대학
생 교사들과 학생들은 가리봉
시장 안 저렴한 술집에서 함께
어울려 막걸리도 마셨다. 사제
간이긴 해도 모두 20대여서 그
곳에서 가르치고 배우다가 결
혼한 경우도 있었다. 돌아보면
야학에 나갈 때가 내 생애에서
가장 순수했던 때였던 것 같다.

1970년대 여성 노동자들은 가난 때문에 배우지 못한 것에 대한 한을 안고 살았다. 당시 정부는 산업체 야간 특별학급 형식을 빌어 이들의 바람을 부분적으로 충족해주기도 했다. 특별학급과는 별도로 '야학'을 통해 노동자들은 배움을 향한 허기를 채웠다.

그 뒤 내 취재 구역은 영등포

라인으로 바뀌었다. 나는 또 한 번 구로공단 여공의 배움을 향한 집념과 선망에 관한 기사를 썼다. 1979년 1월 어느 날 보도된 산업체 특별학급 졸업식에 관한 기사였다. 이전 기사가 중앙정보부의 야학 폐쇄 횡포를 고발한 내용이라면, 이번 기사는 산업체 특별학급을 다닌 기특한 여공들 이야기를 다룬 기사였다. 요약하면 대략 이렇다.

교복 차림에 머리를 단정하게 땋은 여학생들이 두 편으로 강당에 앉아 있다. 자세히 보면 한쪽 여학생들은 다른 쪽보다 나이가 서너 살 쯤 많아 보인다.

졸업식이 진행되면서 어린 쪽 학생들이 웃고 재잘거리는 동안, 언니뻘 되어 보이는 학생들 가운데 몇 명이 가냘프게 흐느끼면서 어깨를 들먹이기 시작했다. 이윽고 그 흐느낌은 언니 학생들 전체로 퍼져나가 조용한 울음의 졸업식이 되었다.

그 학생들은 낮에는 근처 구로공단에서 근무하고 저녁이면 피곤한 몸으로 이 학교에 와서 공부하는 장한 소녀들이다. 대부분 농촌에서 상경하여 주경야독하며 자기 힘으로 고등학교 3년 과정을 마친 것이다.

1970년대는 박정희의 영구 집권을 향한 유신독재와 이에 맞선 민주 세력의 강경한 저항이 부딪히며 사회 곳곳에서 충돌과 불협화음이 격렬하게 일고 있었다. 내가 쓴 야학 폐쇄 기사는 박정희가

독재의 정당성으로 내세우던 수출 중심의 경제 성장 이면에, 수출 산업의 큰 공로자들이라 볼 수 있는 젊은 남녀 노동자에 대한 인권 탄압이 공공연히 자행되고 있었음을 말해준다. 또한 국민에 대한 정보기관의 사상 통제가 광범위하게 행해지고 있었고, 그 위험이 바로 초년 기자인 내 앞에까지 근접했음을 말해주는, 두렵고 불길했던 사례이다.

오래 누적된 반인권적 억압과 이에 대한 민주적 분노, 갈등과 모순이 정점으로 치닫던 1979년, 나는 기자 생활을 시작했다. 대부분이 그렇듯이 어수룩하게 신문사 견습기자의 첫발을 뗐다. 사회부 1년은 시대가 주는 긴장과 압박감 속에서, 어느 때보다 치열하게 젊은 기자들을 단련시켰다. 그해 YH무역 사건과 부마항쟁에 이어 박정희가 암살되면서 마침내 18년 독재가 종말을 맞았기 때문이다.

당시의 긴장과 치열함은 지금까지도 내게 뜨거움으로 남아 있다. 후에 나는 선배 기자 김훈과 함께 쓴 '문학기행'이나 '박래부 칼럼'으로 조금 이름이 알려지기도 했지만, 어쩌다 기자 생활을 회고할 때면 사건기자 1년이 가장 선명한 흔적으로 남아 있다고 느낀다.

10·26 후 석방된 민주 인사의 가족 재회

10월 26일 대통령이 중앙정보부장에게 암살당한 뒤, 사회는 벅찬 기대로 들떴다. '이제 악독한 독재가 끝나고 자유로운 민주주의 시대가 오는가 보다' 하는 기대와 희망으로 출렁거렸다. 그날 권력자들은 청와대 인근 궁정동 안가에서 술을 마시다가 몇 방의 총성으로 파멸을 맞았다. 인기 여가수와 미모의 여대생이 대통령 양 옆에서 시중을 들던 질편한 술자리가 순식간에 죽음의 파티로 변했다.

12월 7일 저녁 무렵 악명 높던 긴급조치 9호가 해제되어 여러 교도소와 구치소에 구속돼 있던 많은 민주 인사들이 석방된다는 소식이 들어왔다. 나는 회사로부터 "석방되는 민주 인사들을 취재하고, 그 중 한 명을 구치소 앞에서 집까지 따라가서 르포식 기사로 쓰라"는 지시를 받았다. 맘에 드는 취재 지시였으나, 마감 시간이 촉박해서 쓰기는 만만치 않을 것 같았다.

서울 영등포구치소 앞에서 기다렸다. 저녁 7시 45분쯤 어둠이 깊게 깔린 구치소의 문이 열리자 솜옷 차림을 한 민주 인사 4명이 모습을 드러냈다. 그 중 동아자유언론수호투쟁위원회(동아투위) 성유보 위원의 귀가를 취재하기로 했다. 내가 선택한 그는 마른 편이었으나 세상에 대한 선의와 강인한 신념이 투명하게 비치는 듯한 지식인적 풍모를 지니고 있었다.

취재 차에 성 위원을 태우고 서울 도곡동 그의 10평짜리 아파트로 갔다. 차 안에서 부지런히 기본적인 취재를 했다. 집에 도착하니 미처 석방 연락을 받지 못한 두 아들과 부인이 뛰어나와 매달리고 환호하며 부둥켜안았다. 1년 가까이 고난의 이별을 해야 했던 일가족 네 명이 별안간 재회를 하면서 빚는 인간적이고 감동적인 장면이었다. 한동안 눈물겹게 지켜보았다.

시내판 마감 시간이 촉박해서 급히 회사로 돌아오며, 머릿속은 기사를 어떻게 쓸 것인가 하는 구상으로 바쁘게 돌아갔다. 여러 사람이 내 도착을 기다리고 있었다. 부장대우가 망설임이 섞인 듯한 낮은 소리로 "성유보를 취재했다는데요?"라며 부장을 보았다. 부장은 잠시 생각하더니 "뭐, 괜찮아" 했다. 그리고 내게 말했다.

"이럴 땐 흥분해서 쓰레이."

부장이 기사 쓰기에 대해 충고하는 일은 드물었다. 퍼뜩 느낌이 오면서 기사 방향과 골격이 금방 다 정해지는 듯했다. 편안한 마음으로 기사를 빨리 완성해 넘겼다. 물론 그렇다 해도 기사는 다른 선배의 손을 거치며 세련되게 다듬어졌다.

'흥분해서 쓰라'는 말은 현장의 설레고 감격적인 분위기를 최대한 살리라는 의미였을 것이다. 한밤중에 갑자기 찾아온 석방 소식, 민주화가 실감되는 시대적 감격, 재회하는 가족의 뜨거운 사랑 등이 당사자와 같은 정서적 높이와 감정적 흐름으로 기사에 담겨 있어야 한다는 충고였을 것이다.

다음 날 사회면 머리기사에는 일가족이 포옹을 하는 장면이 큼지막하게 실렸다. 제목도 훌륭했다. 기뻐 어쩔 줄 모르는 아이 둘과 아내를 안고 있는 성 위원의 사진도 멋졌다. 선배가 고쳐 쓴 다음과 같은 도입부(리드) 역시 간결함 속에 감격과 흥분을 전하고 있었다.

닫힌 門 열리며 「自由」의 포옹

—긴급조치 관련 구속자 석방되던 날
—한밤중 갑자기 돌아온 아빠 보고 외국 갔다 온 줄 알고 "선물 어딨어"

한밤중 갑자기 안겨든 자유. 한밤중 갑자기 겪는 만남. 전국 곳곳
의 교도소와 구치소 문 앞은 다시 결합하는 혈육들의 기쁨으로 밤
새 출렁댔다. 솜옷 입은 아들을 부둥켜안은 어버이는 수염이 따가
운 아들의 볼을 쓰다듬으며 눈물을 쏟았고, "외국에 출장 가셨다"
던 아빠를 마중한 다섯 살 아들은 "아빠, 선물은 어디 있어?" 소리
쳐 어른들을 울렸다. 긴급조치 9호가 해제되던 '한밤중'은 겨울밤
답지 않게 짧고 또 짧았다.

시간으로는 8일 하오 7시 45분, 서울 영등포구 고척동에 있는 영
등포 구치소 앞은 분명히 한밤중이었으나, 수감자들이 하나씩 둘
씩 풀려 나오면서부터는 이미 새벽이었다.

맨 먼저 회색 바지와 흰 저고리 김상복 군(25·중앙신학대 3년)이 지
팡이를 짚고 걸어 나왔다. 소아마비로 약간 불편한 모습인 김 군
을 멀리서 가장 먼저 발견한 김 군의 누이동생은 "오빠아" 하고 큰
소리를 냈다.

그 순간, 김 군과 김 군 가족들의 두 손 벌린 달음박질은 시작됐다.
멋지고, 감격적인 만남이었다.

다음 순서는 흰 저고리, 검은 바지 차림의 성유보 씨(37·전 동아일보
기자), 그다음 순서는 송좌빈 씨(56·충남 대덕군 동면 주산리 151), 그리

한 국 일 보 1979年12月8日 (土曜日) (陰曆 10月19日 乙巳)

닫힌 門열리며 「自由의 포옹」

緊急조치관련 拘束者 석방되던날

한밤중 갑자기 돌아온 아빠보고

外國갔다 온줄알고 " 膳物어딨어 "

家族마중없자 허탈한듯 막걸리집 찾기도

10 · 26 후 악명 높던 긴급조치 9호가 해제되어 민주 인사들이 석방되었다. 나는 성유보 동아투위 위원이 석방되고 귀가하는 감동적인 과정을 취재했다.

고 그다음은 김용훈 씨(30·충남 논산군 논산읍 반월리 162).

이들은 모두 갑작스러운 석방 소식이 가족에게 전해지지 않아 마중 나온 가족이 없었다. 3인은 잠시 허탈한 듯하다가 근처 대폿집

으로 가 막걸리 두 되를 게 눈 감추듯이 들이켰다. 안주는 돼지고
기볶음.

송 씨와 김 씨가 어디론지 떠난 뒤 성 씨는 택시를 타고 서울 강남
구 도곡동 제2아파트 26동 107호 자택에 밤 9시 50분 도착했다.
그 시간 부인은 남편이 다음 날 새벽에나 나올 것으로 알고 머리
를 감고 있었다. 두 아들 덕무 군(5)과 영무 군(3), 그리고 머리를
적신 부인 장순자 씨(36)와의 극적인 만남은 그렇게 갑작스럽게
이뤄졌다.

"아빠아" "아빠아"

번갈아 어깨에 매달리던 두 아들은 '선물'을 찾았다. 선물 대신 연
신 뽀뽀를 퍼붓던 성 씨는 "나는 내일이나 나오는 줄 알고…" 하면
서 말을 잇지 못하는 부인을 안으며 눈물을 흘렸다.

11개월 만에 맞이하는 일가족 4명의 재회였다.

"오늘은 바빠서 선물을 못 샀으니 내일 사 줄게"

성 씨는 아파트 문 안에 들어온 지 10여 분 만에 비로소 의자에 앉
으며 아들에게 말했다.

기사는 무기명으로 나갔으나, 나는 독재 아래서 탄압받던 민주
인사의 석방 과정을 취재한 것이 자랑스러웠다. 성 위원과 가족의
눈물겹고 감동적인 재회 장면이 지금도 기억에 생생하다. 그 후에
도 성 위원을 만나면 이 기사를 쓸 무렵이 생각나 더 반갑곤 했다.
그분은 그 뒤 언론 민주화와 통일운동에 헌신하다가 2014년 안타

깝게도 71세 나이로 타계했다.

당시 성 위원은 2차 '민주인권일지 사건'으로 투옥돼 있었다. 처음에 내가 "한국일보 기자인데 석방돼서 귀가하는 과정을 취재하고 싶다"고 말하자, "그렇게 하시라. 박이 죽었다는 얘기는 감옥에서 들었다"면서 지금 어떻게 돌아가고 있는지를 묻기도 했다.

2차 민주인권일지 사건은 동아투위가 1978년 12월 명동성당에서 민주인사와 함께 가진 송년회에서 '동아투위 소식'을 배포하자 경찰이 윤활식, 이기중, 성유보 위원을 구속한 사건이다. 소식지에 실린 "자유 언론은 영원한 실천 과제"라는 글이 긴급조치 9호를 위반했다는 것이다.

정도를 걷는 언론인의 빛나는 활동을 위하여

동아투위는 자기 희생을 무릅쓰고 한국 언론사상 최초로 1970년대부터 40년 넘게 조직적 자유언론실천운동을 펼쳐왔다. 후배들이 언론운동을 하는 데도 큰 용기와 격려를 주었다. 동아투위의 활동은 한국 현대사에 큰 활자로 자리매김되어야 마땅하다. 그들과 같은 인적 규모와 투쟁 기간은 세계 언론사에서도 유례를 찾을 수 없다.

성 위원과 취재기자로서 처음 만났을 때, 우리는 민주화에 대한 희망에 부풀어 있었다. 그러나 그 뒤로도 언론 민주화까지는 긴 가

시밭길이 이어지고 있다. 당시 비열한 독재 편에서 혜택과 이득을 누렸던 세력과 언론사가 아직도 반성하거나 청산되지 못하고 언론 민주화와 민족 통일을 방해하고 있다.

진정한 자유 언론을 이루기 위해서는 이런 장애물과 거짓 이론을 극복해야 한다. 언론은 자신의 도덕성과 가치를 부단히 성찰하고, 사회적 약자가 엄존하는 현실을 회의하면서, 불의에 도전하는 숙명을 피할 수 없을 것이다.

돌이켜보면 내가 기자 정신에 끝까지 투철하지 못한 점이 부끄럽기도 하지만, 지금도 강직한 자세로 언론의 정도를 걷고자 하는 순수한 언론인들의 빛나는 활동을 보고 있다. 그들에게 뜨거운 박수를 보낸다.

조성호

전 한국일보 기자

보도되지 못한 기사

1980 광주민중항쟁

2020년 5월이면 광주민중항쟁 40주년을 맞는다. 벌써 그렇게 되었나 싶은데 세월이 흐르고 흘러 어느 덧 40년 역사의 언덕에 오르게 된 것이다. 최초 발포 명령자 등 중대한 진상을 아직도 확연하게 규명하지 못해 '항쟁의 완성'을 보지 못하고 있는 답답한 상황인데 말이다. 2019년 5월 광주민중항쟁 39주년을 맞아 언론·시민단체 지인들과 광주에 가 국립 5·18민주묘지를 찾아 참배하고 5·18 행사가 열리고 있는 금남로 등 역사의 현장을 돌아보면서 그날의 피어린 민중 투쟁을 다시 떠올렸다.

광주 5·18을 '광주민주화운동'이라고 하지만 당시 그 현장에 있었던 나는 '광주민중항쟁'이란 말이 더 가슴에 와닿는다. '민주화운동'이란 말이 교과서적 정서에 더 어울리는 말일지라도 내게는 '항쟁'이란 말이 더 역사적 정서에 맞는 말로 인식된다. 1987년 6월항쟁 이후 야권은 광주민중항쟁으로 명명할 것을 주장했으나 후에 노태우 민정당 체제의 주장을 받아들여 '5·18광주민주화운동'으로 부르게 됐다. 1980년 5월의 그 엄청난 현장을 본 사람들로서는 '항쟁'이라는 말이 백번 옳게 들린다.

1980년 5월, 광주 현장을 취재할 때 30대였던 나는 세월이 흘러 이젠 70대 노객이 되어 기억력도 많이 흐려졌다. 그러나 광주항쟁의 현장에서 발로 뛰며 겪었던 그 절박하고 험악했던 체험은 지금도 뇌리에 생생하게 되살아나고 있다. 해마다 5월이 오면 광주민중항쟁 당시의 현장이 생생한 환영(幻影)이 되어 머릿속 가득 떠오른다. 처절했던 항쟁의 무대가 눈앞에 펼쳐지고 그날의 피어린 아우성이 메아리쳐 들려온다.

계엄군과 시위 군중과의 숨막히는 가두 공방, 총성과 피로 물든 금남로−전남도청 광장, 사랑하는 가족을 잃고 몸부림치는 사람들의 피맺힌 절규. 통곡과 비명으로 가득한 병원 사체실, 마지막 도청 안의 처절한 장면, 금남로와 농성동에서 총알이 머리 옆으로 스쳐 갔던 위기의 순간 등 불지옥 같던 광경들이 머릿속에 다시 파고 들어오면 금방 숨이 가빠진다.

〈한국일보〉 사회부에 있었던 1980년 5월 19일 오후, 밖에서 노동 현장을 취재 중이던 나를 사회부장(김해도·전 언론중재위원회 사무총장)이 급히 호출해 들어갔더니 '빨리 광주에 가라'는 급명을 내렸다. 상황 파악도 제대로 못 하고 집에 가 옷 하나 챙기지 못한 채 견습

훈련 중인 후배 한 명을 데리고 급히 광주로 갔다. 날이 저물어 도착했는데 눈앞에 광주KBS 건물이 불타고 있었다. 진실 보도를 숨기는 언론은 이미 '적'이 되어 있었다.

내가 갔을 때는 엄청난 사태가 벌어진 이틀째 날이었다. 광주에서는 5월 17일 전두환 신군부가 비상계엄령을 전국으로 확대 선포한 후 비상계엄 해제와 김대중 석방 등을 요구하는 학생 시위가 전개된 데 이어, 5월 18일 아침 전남대학교 앞에서는 간밤에 교내에 진주한 공수부대의 무지비한 학생 구타와 학교 봉쇄에 항의하는 대학생들을 계엄군이 곤봉 등으로 무차별 난타하는 유혈극이 벌어졌다. 이어 학생들이 시내로 진출해 계엄군의 만행을 알리고 시민들도 가세해 시내 곳곳으로 항의 시위가 번졌다. 계엄군이 건물, 버스, 민간인 집 등 사방을 뒤지며 대학생과 젊은이들을 잡아내 곤봉과 개머리판, 군화발로 무자비하게 난타하고 심지어 대검으로 난자하기까지 했다. 곳곳에서 항의하는 시민들까지 무차별로 짓밟았다. 계엄군의 이 같은 만행은 다음 날인 19일에도 계속됐다. 내가 갔을 때 시내 병원들은 피범벅이 된 중상자들로 초만원을 이뤘고 죽어가는 사람들이 속출했다.

나는 그렇게 5월 19일부터 공수부대가 전남도청에 진입한 5월 27일 다음 날까지 10일간을 광주에 있었다. 당시 광주에서는 항쟁의 시발이 된 5월 18일을 '피의 일요일', 금남로의 대유혈 공방이 벌어지고 시민군이 도청을 접수한 5월 21일을 '피의 초파일', 항쟁 마지막 날인 5월 27일을 '피의 화요일'이라고 불렀다. 내가 현장에서 가장 충격적으로 본 것은 광주항쟁의 최정점이라고 할 수 있는 5월 21일이었다. 시민군-계엄군 간에 최대의 공방, 최대의 혈전이 벌어진 이날은 부처님 오신 초파일로, 피어린 금남로 현장에 총탄에 스친 봉축아치가 걸려 있어 기막히게 슬픈 대조를 이루고 있었다.

그러나 이 기간 위험을 무릅쓰고 취재한 현장의 생생한 내용은 신문에 보도되지 않았다. 전두환 군부의 강요로 신문들이 모두 진실을 덮은 허위 관제보도만 싣고 현장에서 보낸 내용은 묻어버렸다. 시위대가 도청에 진입한 날 저녁, 취재 중 금남로에서 만난 한 대학생은 나를 붙들고 "기자들도 적"이라며 눈을 부릅떴다. 광주에서 언론은 공공의 적이 되었고 신문지사와 방송국들이 곳곳에서 돌과 화염병 등으로 군중의 공격을 받았다. 서울에서 급파된 기자들은 본사에 "제발 신문을 보내지 말아달라"고 호소할 정도였다. 부끄러운 역사의 한 단면이었다.

신문사 복귀 후 데스크에 요구한 끝에 그간의 실제 상황을 좀 순화해 압축 정리한 원고를 냈으나 그마저 시청에서 계엄군부의 검열 칼날에 산산조각이 난 채 사장돼버렸다. 나는 광주에 갔다 온 후 비통한 마음으로 장시간 깊은 침묵의 병을 앓아야만 했다.

내가 있던 〈한국일보〉에는 광주 현장에서 취재한 생생한 실제 상황이 끝내 보도되지 않았다. 훗날 부장이 되어 뒤늦게 데스크 칼럼 '메아리'에 마지막 날 장면의 한 토막을 겨우 썼을 뿐이다. 세월이 한참 흘러 광주항쟁 17주년 되던 해인 1997년 5월 출판사 풀

빛에서 광주항쟁 당시 내외신 기자들의 취재기를 추려 엮은 책 『5·18 특파원 리포트』를 출간해 거기에 좀 더 상세한 취재 기록을 소개할 수가 있었다. 관련해 그때 〈미디어오늘〉 인터뷰에서 얼마간의 소회를 풀어놓기도 했다. 그 내용의 일부를 옮겨본다.

(다음은 『5·18 특파원 리포트』에 실렸던 내용을 중심으로 광주항쟁 4일째이자 그 최절정에 이르렀던 5월 21일 상황을 간추린 내용이다.)

광주항쟁 4일째 날이 밝았다. 새벽부터 하늘에선 군 헬기의 공중 정찰 소리가 요란하고 공수부대 병력이 도청 쪽으로 집결하고 있었다. 새벽 6시께, 시민들이 도청 쪽으로 몰려오고 그 앞쪽에 트럭이 피투성이가 된 시신 2구를 실은 리어카를 끌고 있었다. 시신 위엔 태극기가 덮여 있었다. 시민, 학생들은 밤새도록 금남로, 광주역, 충장로, 제봉로, 계림동 등 곳곳에서 공수부대와 일진일퇴의 공방을 벌였는데 간밤에 10여 명이 희생당했다는 소문이 나돌았다. 시신을 본 시민들은 분노해 "살인마 전두환 물러가라" 절규의 함성을 질렀다. 군중들은 계속 불어나고 시위대들이 징발한 버스, 트럭, 승용차 등 각종 차량들이 도청 앞으로 몰려들고 있었다. 오전 8시쯤엔 청년들이 다수의 군용트럭에 수 대의 장갑차, 가스차까지 몰고 나타났다. 공단에 있는 아시아자동차 공장에서 징발해 온 것이라고 했다.

오전 10시 전 이미 10만을 넘는 거대한 군중의 물결이 금남로와 그 일대를 뒤덮고 있었다. 오전 중 군중은 20만을 넘어선 것으로 추산됐다. 금남로 주변 도로에서는 수많은 시민들이 고성능 최루탄을 퍼부어대는 공수 병력과 치열한 공방전을 벌이고 있었다. 낮 12시 30분께 시위대 선두가 30~40여 미터 거리에 있던 도청 앞 공수부대를 향해 전진하자 군이 최루탄을 퍼부으며 저지에 나섰다. 도청 앞 공수부대는 장갑차를 앞세운 채 방어선을 더욱 조이고 시가엔 공포의 그림자가 휩싸이면서 유혈 사태를 예고하고 있었다. 시민들이 더 가까이 오자 공수부대는 최루탄을 퍼부으면서 뒤로 물러나기 시작했다.

공중을 선회하는 경찰 헬기에선 "시민 여러분 광주를 살립시다…" 라며 자제와 해산을 종용하는 도지사와 시장의 호소 방송이 들려왔다. 성난 군중의 귀에는 이 소리가 들리지 않았다. 이미 오전 10시쯤부터 전남도청은 시위대의 점령에 대비해 중요 서류를 헬기로 옮기고 있었다. 뭔가 은밀한 작전이 진행되고 있었다.

낮 12시 50분이 갓 지났을 때였다. 돌연 장갑차 한 대가 공수부대 저지선을 향해 돌진했다. 웃옷을 완전히 벗고 머리에 하얀 띠를 두른 청년이 장갑차 위에서 태극기를 흔들며 "광주 만세"를 외쳤다. 순간 도청 공수부대 쪽에서 총성이 터지면서 청년이 피를 뿜으며 쓰려졌다. 이어 시위대의 트럭과 버스 등 차량들이 뒤따라질주했고 군 저지선이 무너지기 시작했다. 금남로 후면 연결도로에서도 시위대의 트럭이 돌진해 들어가다 유혈 사태가 났다는 말이 퍼졌다. 시시각각 급보가 잇따랐다.

그렇게 10분쯤 지났을까. 도청 옥상 스피커에서 애국가가 울려퍼지기 시작하자 요란한 총성이 하늘을 찢으면서 시민들이 곳곳에서 피를 흘리며 쓰러졌다. 건물 위에서도 총탄이 쏟아졌다. 주변 건물에서 매복조가 저격했다는 등 소리가 사방에서 터져나왔다. 군중이 들고 있던 태극기도, 아스팔트도 피에 물들었다. 당시 나는 금남로2가 상업은행 부근에 있었는데 바로 옆에 있던 한 시민이 어깨에서 피를 흘리며 쓰러졌다. 그 시간 이후 전남매일신문, 노동청, YMCA 등 곳곳에서 사상자가 속출해 병원으로 실려 갔다는 말이 숨가쁘게 들려왔다. 이날 오후 금남로 인근 기독병원 등 시내 병원은 사상자들로 초비상 상태였다.

상황은 점점 위급해지고 있었다. 나는 데리고 간 후배 견습기자를 찾아 며칠 간의 상황을 정리한 취재 노트를 보물처럼 안겨 주고는 "빨리 빠져나가 서울로 가라"며 광주에서 탈출시켰다. 이미 21일 새벽부터는 통신이 끊겨 기사 송고나 연락이 사실상 불가능한 상황이었다. 전날 밤 광주역이 마비된 데 이어 이날 오전 중엔 고속버스 길도 끊겨 광주는 고립 상태로 치달았다. 관청, 상가, 학교가 모두 문을 닫고 파출소 경찰들도 잠적해버렸다. 도청 안에 있던 기자들에게도 오후 2시 전에 피신하라는 급보가 내려졌다.

오후 2시 넘어 시위대가 모는 경찰 화학차가 소총, 탄약, 다이너마이트 등 무기를 싣고 금남로3가에 나타나 군중들에게 총기를 나눠 주었다. 기관단총 등 무기 차량이 잇달아 진입했다. 한쪽에서는 휘발유를 넣어 만든 화염병을 수없이 만들어 나눠 주고 있었다. (무기들은 시위대들이 화순, 나주, 장성 등 광주 인근 지역 경찰서 예비군 무기고와 탄광 등지에서 빼내온 것으로 밝혀졌다.)

오후 2시 40분께 금남로 시위대들이 대형 드럼통에 불을 붙여 공수부대 저지선으로 굴리고 트럭을 후진시켜 몰아 넣었다. 공수부대가 발포를 하고 쌍방 간에 치열한 공방이 벌어졌다. 총소리와 비명, 앰뷸런스 사이렌 소리가 어지럽게 뒤섞이면서 금남로는 아비규환의 상태에 빠졌다.

오후 4시 40분께 시위대가 트럭에 불을 붙여 밀어 넣자 뒤로 밀려나던 공수부대원들이 서둘러 후퇴를 하기 시작했다. 드디어 유혈 참극을 벌였던 공수부대들이 서둘러 완전히 퇴각하고 시위대들이 도청에 진입했다. 오후 5시 반이었다. 이날로 항쟁의 군중은 '시민군'으로 불렸다.

시민들은 환호했다. 만세를 외치는 군중. 전두환 군부 타도를 외치는 항쟁 시민들. 만행을 저지른 공수부대와 쿠데타 군부의 '개떼들'을 물리쳤다는 승리의 함성이 하늘을 진동시켰다.

21일 초파일. 거룩한 석가모니 탄신일인 이날 광주는 아비규환의 지옥이 되어 피바람의 난리를 치르고 많은 희생자를 냈다. 사상자 파악을 제대로 할 수 없었던 이날 저녁 전언에 따르면 이날의 사망자는 70여 명에 이르고 부상자는 수없이 많았다고 했다.

당시 광주 시내 병원들은 시신을 안치할 곳이 없는 데다 부상자들에게 수혈할 피가 없어 곤경에 처해 있었다. 헌혈의 행렬이 줄을 잇는데도 피는 턱없이 부족했다. 22일 아침 각 병원에는 가족 친지를 찾는 시민들이 몰려들어 대소동이 벌어졌다. 수많은 사람들이 병원을 찾아 헤매며 애를 태웠다.

22일 오후 전남대학교부속병원 영안실과 앞마당에는 시민들이 몰려와 시신을 덮은 천을 제치고 가족의 시신인지를 확인하느라 야단이었다. 영안실 주변과 병원 뒤뜰은 시신의 신원을 확인한 가족들의 비통한 울부짖음으로 진동했고 병원 안에선 통곡과 관에 못 박는 소리가 밤늦도록 울려퍼졌다. 같은 날 기독병원 영안실은 시신에서 흘러내린 피가 영안실 가운데로 모여 서로 섞이면서 도랑을 이루고 있었다. 당시 이 병원 서무과장 최 모 씨는 "어떻게 이 땅에 이런 끔찍한 일이 있을 수 있단 말이냐"며 몸서리를 쳤다. 광주의 참상은 끝이 없었다.

피의 초파일 엿새 뒤 공수부대의 새벽 기습 작전으로 전남도청을 지키던 수많은 '시민군'이 또다시 희생되면서 광주항쟁은 통한의 한을 남긴 채 막을 내렸다.

당시 나는 광주에서 돌아온 뒤 현장의 참상과 진실을 보도하지 못한 자책감에 빠져 좌절했고, 심한 우울 증세를 겪으며 번민의 나날을 보냈다. 말을 함부로 하지 말라는 선배들의 경고성 충고가 잇따랐다. "눈에 핏발이 섰다", "살기가 돈다"고 말하는 선배도 있었다. 나하고 대화를 피하려는 눈총을 수없이 견뎌야만 했다. 광주항쟁을 목격하고 온 체험은 '원죄'가 되어 계속 나를 따라다녔다.

그해 1980년 연말 언론계에 강제해직 바람이 불면서 곳곳에서 기자와 피디들이 회사에서 추방됐다. 어느 날 편집국장(후에 민정당 국회의원이 되었다.)이 나를 찻집으로 불러내더니 "회사를 나가야 할지 모르겠다. 각오를 하고 있으라"고 통보했다. 사유가 뭐냐는 내 물음에 그는 땀을 삘삘 흘리면서 그렇게 알고 있으라는 말만 남기고 황급히 자리를 떴다. 이런 통보를 받은 사람이 나를 포함해 5~6명 됐는데, 다행인지 몰라도 경영진이 직접 나서 뒤늦게 해직 명단에서 뺄 수 있었다는 얘기를 나중에 들었다. 다음해 봄에는 외부 출입처 취재 금지를 당했다. 보안사에서 "작년에 해직된 줄 알았는데 왜 아직 남아 있느냐"는 추궁이 편집국장 앞으로 날아왔다는 것이다. 그래서 긴 기간 '연금 상태'로 내근을 했다.

언론사에서는 광주를 다녀왔다는 이유만으로 해직 등 수난을 겪은 기자들이 적지 않았다. 경향신문사의 경우 모임에서 광주의 진상을 말했다는 이유로 수명이 감옥에 가 수난을 겪기도 했다.

광주 마지막 날의 한순간을 더 보태본다. 다음 글은 광주항쟁 이후 15년 후인 지난 1995년 5월 전국부 부장 시절 〈한국일보〉 칼럼 '메아리'에 썼던 내용의 일부다.

오월 이맘때가 되면 광주에 가 있었던 10일간의 체험이 슬픈 추억의 단편으로 잠재해 있다가 함성으로 되살아난다. (…)

불현듯 당시의 일지가 생각나 빛바랜 취재 수첩을 꺼내본다. 그때의 기록은 한 학생의 죽음의 현장에서 끝나 있었다.

80년 5월 27일 아침, 전남도청 안 도경종합상황실 뒤편. 꽃이 모두 떨어진 화단 옆에 한 청년이 복부에서 피를 흘린 채 하늘을 보며 숨져 있었다. 군복 상의에 갈색 바지, 뒷주머니엔 조그만 수첩이 하나 꽂혀 있었다. 발밑엔 흰 운동화와 탄피가 흩어져 있고 머리 앞쪽에는 철모와 총알이 뚫고 간 둥근 쟁반이 뒹굴고 있었다. 동국대학교 전자계산원 1년 박병규(1960년생) 군으로 확인된 이 학생은 총성을 듣고 건물에서 뛰쳐나오다 계엄군의 총탄을 얇다란 과일 쟁반으로 막으려 했던 것 같다.

무엇이 이 젊은이를 이곳에 이르게 했는가. 그의 죽음은 유난히 슬픈 환영이 되어 오랜 세월 뇌리에 파고들었다. 광주항쟁 당시 신군부에 의해 '폭도'로 불렸던 이 젊은이는 죽어서 이제는 '열사'가 되었다.

15년이 지난 지금 옛날의 '광주사태'는 광주민주화운동, 광주민중항쟁으로 불리고 신군부 세력이 지칭했던 '폭동'은 '시민항쟁'으로, '폭도'는 '시민군'으로 바뀌었다. 죽어 묻힌 자는 민주의 성지 망월동묘역의 열사가 됐다.

그러나 '겨울공화국'이 지나간 지금에도 광주에서는 여전히 한(恨)의 외침이 계속되고 있다. 5·18 기념 행사나 관련 모임 등에서는 진상 규명, 관련자 처벌을 주장하는 목소리가 계속해서 나오고 있다. 세상에는 꼭 풀어야 할 한이 있다. 광주의 한이 바로 그런 것이다. (…)

이 글을 쓰고 다시 긴 세월이 지나갔다. 그런데도 광주는 아직 풀어야 할 한이, 보듬어야 할 상처가, 규명해야 할 진상이 여전히 남아 있다. 세월이 그렇게 흘렀는데도…. 최근 전두환의 해괴한 '회고록'이 국민의 분노를 일으켰다. 전두환은 책에서 발포 명령을 부인

5·18 민주묘역 참배. 자유언론실천재단 2019.5.

하면서 군에 의한 의도적 양민 학살은 없었다는 망발을 늘어놓았다. 광주 희생자가 확인된 사망자만 200명 선에 이르고 5·18민주화운동 보상자로 인정받은 실종자, 부상자까지 하면 5000명을 훨씬 넘어서는데도 말이다. 당시 계엄사령관이었던 이희성도 계엄군의 양민 학살을 부인했다. 국민 심판, 재판을 다시 해야 할 판이다.

5·18 당시 헬기 사격의 증거가 뒤늦게 드러났다. 옛 전남도청 인근 전일빌딩에서 헬기 난사로 보이는 수많은 탄흔이 공사 중에 발견된 것이다. 헬기 사격의 목격자, 증언자도 계속 나타났다. 국회에서 거론된 '5·18 헬기사격 진상규명 특별법'이 하루 빨리 제정되어야 하는 명확한 이유다.

5·18은 발포 책임자를 명시적으로 지적해 역사의 페이지에 기록해야 하는 등 진실을 분명히 규명해야 할 무거운 숙제를 안고 있다. 안갯속에 묻혀 있는 진실은 마저 찾아내 매듭을 지어야 한다. 그것이 광주의 남은 한을 푸는 것이고 역사를 바로 세우는 중대한 과업이다.

문재인 정부는 집권 초 국정교과서 폐지를 선언하고 5·18기념식에서 〈님을 위한 행진곡〉을 제창하도록 결정했다. 국민들은 환호를 보냈다.

"사랑도 명예도 이름도 남김없이 한평생 나가자던 뜨거운 맹세/ 동지는 간 데 없고 깃발만 나부껴 새날이 올 때까지 흔들리지 말자/ (…) 깨어나서 외치는 뜨거운 함성/ 앞서서 나가니 산 자여 따르라/ 앞서서 나가니 산 자여 따르라" 망월동 열사들도 그 뜨거운 함성을 들었을 것이다.

5·18 국가기념일에 항쟁을 기리는 〈님을 위한 행진곡〉이 국민의 제창으로 힘차게 울려 퍼지던 날, 국민들은 이 노래가 광주민중항쟁의 숭고한 뜻을 높이고 바른 역사를 되찾는 희망의 신호가 되기를 기원했을 것이다.

5·18광주민중항쟁은 여전히 '미완의 장'으로 남아 있다. 5·18은 절대 한의 역사로 묻혀선 안 된다. 기념식이나 하는 묶여 있는 신화가 되어서도 안 된다. 발포 책임자를 규명해 광주 시민, 국민에 사죄토록 하고 이를 명시적으로 역사에 기록하고 아직도 한의 무덤에 있는 신원 미상자와 실종자들을 찾아내는 등 사건의 진상을 밝혀 남은 광주의 한을 풀고 '항쟁의 완성'을 이뤄내야 한다.

김준범

전 중앙일보 기자

그날 광주에 있었다

1980 광주민중항쟁

1980년 5월 서울의 봄은 한 치 앞을 내다볼 수 없는 안개 정국이었다. 학원가 시위는 끊이지 않았고, 계엄 해제와 정치 일정 단축 요구 등은 봇물처럼 쏟아져 나왔다. 계엄 당국의 검열 수위는 점점 높아졌고, 언론의 저항도 최고조에 달했다.

나는 그 무렵 동양방송(TBC, 현 JTBC의 전신) 보도국 편집제작부에서 뉴스 편집 외에도 계엄사 검열단(시청에 설치) 출입을 맡고 있었다. 이곳 출입은 주로 신참 내근 기자들의 몫이었다. 육군 대령을 단장으로 하는 계엄사 검열단은 위관·영관급 정훈장교와 일부 민간 전문가 등 50여 명으로 구성돼 있었다.

그 무렵 검열단의 최대 관심사는 김대중·김영삼·김종필 등 이른바 3김과 학원가, 노동계, 종교계 등의 움직임이었다. 3김 중에서도 DJ에 대한 지침은 매우 구체적이었다. 그가 웃고 있거나 군중의 환호를 받는 모습 등은 반드시 삭제되었다. 반면 DJ가 연설할 때 얼굴을 찡그리고 오른손을 높이 들어 내리치는 장면은 오히려 크게 보도하라고 권장했다.

검열 지침은 하루에도 몇 번씩 바뀌곤 했다. '피의 초파일'로 불리게 된 5월 21일 이후 검열단이 주목한 또 하나의 기사가 있었다. 그것은 시민군이 광주를 장악하고 있는 동안 은행이나 금은방 강탈, 절도, 방화, 주거 침입 같은 치안사범이 한 건도 없었다는 기사였다. 이런 사실 보도는 여지없이 '보도 불가' 딱지를 받았다.

그 무렵 나는 광주 상황을 비교적 자세히 알고 있었다. 광주에 내려간 TBC 취재팀의 상황 보고와 내가 검열단에서 들은 정보를 종합해 보면 현지 상황이 대충 그려졌다. 5월 16일 광주 금남로에서 있었던 횃불대행진도 평소 친하게 지내던 한 검열관에게서 취득한 특급 정보였다.

5월 16일 오후 금남로 도청 앞 광장. 전남대학교를 비롯한 광주 시내 각 대학생 2만여 명이 '계엄 해제', '민주화 일정 단축' 등 구호를 외치며 시국성토 대회를 열고 있었다. 그러던 중 학생들이 "국가 비상시에는 모두 학도병으로 자원입대 하겠다"는 결의와 서명을 했다. 이어 날이 어두워지자 시위대는 횃불을 들고 가두행진을 벌였다. 경찰은 시위대가 차도로 나가지 못하게 통제하면서 만의 하나 오열(五列)의 침투를 막기 위해 행진 대열을 따라가며 호위했다. 이를 본 계엄 당국은 큰 위기의식을 느꼈다고 그는 말했다.

횃불 행진에 위기의식 느낀 계엄 당국

　이들은 시위가 끝난 후 금남로 일대를 말끔히 청소하고, 즉석에서 10만 원 정도의 성금을 거둬 경찰 측에 전달했다. 횃불 행진을 무력 진압하지 않고 오열의 침투 방지를 위해 배려해준 데 대한 감사의 표시였다. 이날의 횃불 시위는 '민주화 성회(聖會)'로 명명되었고, 행사 마지막엔 '5·16 화형식'도 가졌다. 이런 사실들은 어떤 매체에도 소개되지 않았다.

　5월 21일(수)은 '부처님 오신 날'이었다. 취재팀의 일원으로 광주에 내려간 성창기 기자가 어렵게 전화로 현지 상황을 전해 왔다. 기사 형식이 아닌 정보 보고 형태로 불러주었고, 나는 그것을 받아 적었다. 끓어오르는 분노를 참을 수가 없었다. '초파일의 유혈극'으로 알려진 그날 공수부대의 살륙전은 듣기만 해도 치가 떨렸다. 광주에서 중고등학교를 다닌 나는 동네 이름만 들어도 풍경이 눈에 선했다. 그런 광주가 피비린내 나는 전쟁터로 변해버린 것이었다.

　광주시내 병원마다에는 대검에 찔리고 총에 맞은 부상자들로 넘쳐났다. 출혈이 심한 이들에게 헌혈을 하겠다고 나선 충장로 뒷골목 직업여성들도 줄을 이었다. 그날 아침부터 외부로 통하는 고속버스 전 노선은 운행이 중지됐다. 고립무원의 도시 광주에 정체불명의 가짜 뉴스만 횡행하고 있었다. 정보기관이 심리전의 일환으로 조작한 것이었다.

　나는 그날 밤 결심했다. 기자라면 당연히 역사의 현장을 가봐야 한다고 생각했다. 12·12사태 당일 밤에도 나는 한남동 육군참모총장 공관에 가려다 구박 정치부장의 만류로 가지 못한 적이 있던 터라 이번에는 꼭 가야 한다고 생각했다. "외할머니가 위독하니 주말을 이용해 광주에 다녀오겠다"고 말했더니 정종진 편제부장은 의외로 '조심해서 다녀오라'고 허락해 주었다.

5월 24일(토) 오전 11시, 마침내 전주행 고속버스를 탔다. 21일부터 이미 광주행 정기 노선버스는 모두 끊어졌다. 오후 2시경 전주에 도착했으나 광주로 가는 방법은 없었다. 점심 후 3시 무렵 정읍행 버스에 올랐다. 거기 가면 무슨 수가 있겠지. 그러나 정읍에서도 사정은 마찬가지였다. 광주는 물론 광주 인근 지역도 해 지기 전에 도착하기는 불가능해 보였다.

하는 수 없이 여관에서 하룻밤을 자야 했다. 짐은 소형 카메라와 녹음기, 며칠간 갈아입을 속옷과 세면도구가 전부였다. 내일을 생각해서 저녁을 먹고 일찍 잠자리에 들었으나 쉽게 잠이 오지 않았다. 정읍은 광주의 슬픔을 알고 있는 듯 무거운 침묵에 휩싸여 있었다. 이따금씩 개 짖는 소리만이 정적을 깰 뿐 사방은 무서우리만큼 조용했다.

25일은 일요일이었다. 일찍 아침을 먹고 8시 47분 전남 장성행 버스에 몸을 실었다. 버스 안에서도 내내 긴장감이 가시지 않았다. 카메라며 녹음기 등을 만지며 취재 의욕을 다졌다. 광주와 가까운 곳인지라 장성의 분위기는 정읍과는 사뭇 달랐다. 사람들의 표정은 긴장으로 가득 차 있고, 웃는 사람을 볼 수가 없었다.

취재 지시 없이 무작정 출발한 현장

　그곳에서도 역시 광주행 노선버스는 일찌감치 끊어진 상태였고 택시도 다니지 않았다. 막막했다. 터미널 근처에서 담배를 한 개 피워 물고 있는데 길 건너편에 파란색 소형 트럭 한 대가 보였다. 배추 같은 야채 더미를 싣고 있었다. 기사에게 어디로 가느냐고 물었더니 하루 세 번씩 '송정리'를 다닌다는 말에 귀가 번뜩했다.

　먼저 기자 신분임을 밝히고 '송정리까지 나 좀 태워달라'고 간청했다. 사례비도 주겠다고 말했다. 그러자 운전사는 "애이, 이보시오! 교통비 받을 생각도 없지만 기자 양반이 겁도 없소잉. 가다가 들키면 내 모가지는 (손으로 목 치는 흉내를 내며) 이거라우" 하며 내 말이 '당치 않다'는 표정을 지었다.

　20여 분 실랑이 끝에 가까스로 타협점을 찾았다. 트럭 뒤 짐 싣는 칸의 야채 더미 안에 숨어서 가다가 검문에 걸리면 운전사는 "나도 모르는 일"이라고 잡아떼고, 당사자인 나는 "장성에서 출발 직전 운전사 몰래 올라탔다"고 실토한다는 식으로 입을 맞췄다. 서로 윈-윈 하자며 내가 꾸며낸 시나리오였다. 운전기사는 의외로 담담했다. "하늘에 맡기고 한번 가봅시다." 그 말에 나도 안도의 한숨을 쉬었다.

　짐칸에 숨어 가면서 검문이 없기만을 바랄 뿐이었다. 10분쯤 달렸을까? 과연 철모 쓴 군인 둘이 나타나 차를 세웠다. 계엄군의 검문이었다. 긴장한 채 귀를 쫑긋 세워 들어보았으나 이들의 대화는 뜻밖이었다. 검문하겠다는 말은 나오지 않았다.

운전사가 "조 병장! 별일 없제? 제대 언제야?" 하는 걸 보면 병사들과는 잘 아는 사이였다. 혹시나 짐칸을 보자고 하면 어쩌나 긴장하고 있었는데 한두 마디 대화로 검문은 무사히 끝났다. 운전사가 나 들으라고 큰 소리로 말했다. "송정리까지 검문소는 없응깨 안심 푹 하쇼잉." 십년감수 했다고 생각했다.

이윽고 송정리역에 도착했다. 그런데 이게 웬일인가. 택시에서 내리자마자 송정리 역사 바로 앞에 눈에 익은 '중앙일보 동양방송'이라고 쓴 파란색 취재 차량이 눈에 들어왔다. 고립무원의 적진에서 아군을 만난 것처럼 기뻤다. 나도 모르게 취재차를 향해 달려가는데 보도국 오홍근 차장이 나를 알아보고는 "너 여기 어떻게 왔어!" 하며 야단치듯 소리를 질렀다.

오 차장은 박충(촬영기자), 한준엽, 성창기 기자 등과 한 팀을 이뤄 지난 20일부터 광주에서 취재 활동을 하고 있었다. 그때부터 나는 자연스레 취재팀 선배들과 합류했다. 화정동까지는 차를 타고 갔지만 거기서부터 시내까지는 걸어서 가야 했다. 시내로 가는 차로에는 전봇대만 한 목재들이 어지럽게 널브러져 있어 차량은 일절 다닐 수가 없었다.

오후 1시쯤 우리 일행은 광주 신역에서 가까운 중앙일보 광주지사 사무실에 도착했다. 먼저 광주 주재기자들(황영철, 박근성, 김국후, 임광희, 장재열)로부터 최근 광주 상황을 들었다. 그러는 동안 내내 온몸에 소름이 돋고 치가 떨렸다. 처음엔 분노가 치밀더니 나중엔 공포심으로 바뀌었다. 외부와의 통신 수단이 완전히 단절돼 있던 그 무렵, 광주 주재기자들은 유일하게 TT(텔레타이프)선을 확보해 서울 본사에 송고했다.

광주 관련 기사는 모조리 계엄군의 주장

이들이 죽음을 무릅쓰고 취재해서 만든 생생한 기사는 하나도 지면에 반영되지 못했다. 본사 편집국이나 보도국에서도 현지에서 올려 보낸 기사는 거의 사용하지 않고 처박아두기 일쑤였다. 어떤 기사를 보내라는 주문도 일절 하지 않았다. 광주 관련 기사는 오직 계엄 당국이 만들어 배포한 자료만 쓸 수 있었다.

브리핑을 들은 뒤 성창기 기자와 나는 오 차장을 따라 금남로 도청 앞으로 이동했다. 박충, 한준엽 두 기자는 외신들과 함께 시민군 공보팀의 안내를 받았다. 금남로 주변에는 온통 플래카드와 벽보, 현수막 등이 어지럽게 널려 있었다. 도청 앞에서 금남로를 바라보면 좌우로 YMCA와 YWCA, 전일빌딩, 관광호텔, 한국은행, 제일은행, 가톨릭센터가 줄지어 서 있고 도청 앞 분수대 우측엔 상무관이 자리 잡고 있었다.

조용하던 빛고을 광주의 중심가 금남로에는 '민주 시민 만세', '비상계엄 해제하라', '유신 잔당 물러가라', '김대중을 석방하라', '승리의 그날까지' 같은 글귀의 플래카드와 함께 아스팔트 차도 바

금남로 광주관광호텔 앞에서 계엄군이 버스를 세운 뒤 차 안으로 사과탄을 던지고 밖으로 탈출한 시민들을 향해 무자비 하게 진압봉을 휘두르고 있다. 1980.5.20.

닥에는 '살인마 전두환 물러가라'라고 쓴 선홍색 페인트 글씨가 두 눈에 들어와 박혔다.

오후 3시 30분부터 도청 앞 광장에는 10만이 넘는 시민, 학생들이 궐기대회를 열고 있었다. 23일에 이은 제3차 민주수호 범시민 궐기대회였다. 시민군 대표가 '우리는 왜 총을 들 수밖에 없었는가'를 낭독하자 장내가 숙연해졌다. "그 대답은 간단합니다. 너무나 무자비한 만행을 더 이상 보고만 있을 수 없어 너도나도 총을 들고 나섰던 것입니다. 우리 부모 형제들이 무참히 대검에 찔리고, 차에 깔리고, 연약한 아녀자들에게까지 차마 입으로 말할 수 없는 무자비하고도 잔인한 만행이 저질러졌습니다."

궐기대회를 보고난 뒤 나는 TBC 취재팀과 함께 시민군 지도부가 있는 도청 건물 안으로 들어가 보았는데, 가는 날이 장날이었다. 그날 아침 도청에서는 난데없는 '독침 사건'이 발생했다. 그래서 그런지 다들 어수선하고 불안한 기색이 역력했다. 나중에 밝혀진 독침 사건의 진상은 이랬다.

그날 아침 8시경 장계범(21, 황금동에서 술집 경영)이라는 청년이 어깨를 움켜쥐고 도청 농림국장실로 쓰러지듯 들어오면서 '독침을 맞았다'고 소리쳤다. 경비를 서고 있던 시민군(신만식, 방위병)이 어깨를 살펴보려 하자 장계범은 "너는 필요없어!" 하면서 옆에 있던 정한규(23, 운전사)를 지목했다.

정 씨가 그의 웃옷을 벗겨 상처 부위를 몇 번 빨아낸 다음 부축하여 밖에 대기 중이던 차에 태워 전남대학교병원으로 달려갔다. 그 후 도청 안의 분위기는 순식간에 혼란에 빠졌고, 상당수 시민군들은 '도청 안에 간첩이 침투한 것 아니냐'며 하나둘씩 자리를 뜨기 시작했다. 그것은 계엄군 측이 꾸며낸 고도의 교란작전이었다.

그날 도청 앞 광장에서 가장 인상 깊은 장면 중 하나는 시민군 지도부 상황실장이었던 박남선의 모습이다. 푸른 군복에 베레모와 검은색 안경을 쓰고 야전용 지프차에 탑승해 지휘봉을 든 그의 모습은 영락없는 전방 지휘관의 모습 그대로였다. 39년이 지난 지금도 잊히지 않는 장면 중 하나다. 그때 나이 스물여섯의 골재 차량 운전사 출신인 그는 25일 밤에 발족된 민주항쟁 지도부에서 군사 업무를 맡고 있었다.

시민군을 지휘하는 스물여섯 청년

계엄군이 중과부적(衆寡不敵)으로 광주에서 일시 철수한 22일부터 시민군 지도부는 현지에서 활동하고 있는 각 언론사 기자들에게 매일 노란색 보도 완장을 교체해주었다. 광주의 실상을 제대로 보도한 언론사는 완장을 채워주었지만 그렇지 않은 언론사 기자는 완장을 바꿔주지 않았다. 시민군이 발급한 완장 없이는 어느 곳도 취재할 수 없었다. 그 대신 사실 보도에 충실한 외신들은 시민군의 적극적인 지원 아래 원하는 곳 어디든 취재할 수 있었다.

성난 군중들은 이미 5월 20일 광주 MBC 건물, 21일엔 KBS 건물에 불을 질렀다. 광주 상황을 왜곡 보도한 데 대한 배신감과 울분의 표현이었다. 그러나 다행히 내가 속한 동양방송(TBC)은 매번 취재 완장을 받을 수 있었다. 오 차장을 비롯한 우리 취재팀은 각자 완장을 팔에 차고 도청 앞 우측에 있는 상무관으로 향했다. 그곳은 본래 유도장으로 광주에서는 손꼽히는 체육관이었다.

그러나 상무관은 이미 커다란 장례식장으로 변해 있었다. 수많은 유가족과 어지럽게 널려 있는 관들, 그리고 아직 입관을 못 했거나 할 수 없는 시체들도 여기 저기 흩어져 있었다. 총을 맞은 시신은 그나마 상태가 양호한 편이었다. 칼에 찔렸거나 몽둥이로 맞아 형체를 알아볼 수 없을 만큼 퉁퉁 부어 있는 사람, 심지어 내장이 터진 사람 등 그날 내가 상무관에서 본 시체는 차마 눈뜨고 볼 수 없을 지경이었다.

오열하는 유족에게 조심스레 말을 붙여봤지만 반응은 싸늘하기만 했다. "말하면 제대로 보도할 수는 있습니까?" 제대로 보도하지도 못할 거면서 뭘 묻느냐는 식의 말투였다. 가는 곳마다 그런 경우를 수없이 만나야 했다. 오홍근 차장은 나중에 이렇게 회고했다. "그때 광주에서 가장 괴로웠던 것은 '내가 기자라는 사실'이었다. 당시 나는 기사 한 줄 보도할 수 없는 '거세된 무정란' 기자였다. 마음 놓고 취재 수첩에 메모도 하지 못했다. '보도할 수 있느냐?'는 악에 받친 시민들의 핀잔에 고개를 들 수가 없었다."(오홍근의 그레샴 법칙의 나라 27. "극우가 파견한 북한 특수부대", 〈프레시안〉 2011년 5월 20일)

광주는 오후 7시 모든 통행이 금지됐다. 그 이전에 모든 활동을 마쳐야 했다. 나는 일행과 함께 상무관에서 도보로 5분 거리에 있는 민가에서 숙박을 했다. 취재팀 가운데 광주일고 출신인 한준엽 기자의 고모 댁이었다. 우리 일행은 25, 26일 이틀 밤을 그 집에서 묵었다.

25일 밤, 최규하 대통령은 상무대 전남북계엄분소를 방문, 소준열 계엄분소장과 장형태 전남지사로부터 상황 보고를 받은 뒤 9시부터 TV와 라디오를 통해 광주 지역에만 특별 담화를 발표했다. 냉정과 이성을 되찾아 현 사태를 속히 종결지으면 정부도 최대한 관용을 베풀겠다는 것이었다. 그러나 아무런 실권도 없는 그의 담화를 믿는 사람은 거의 없었다.

"말하면 제대로 보도할 수는 있습니까?"

밤이 깊어지면서 도시는 깜깜한 암흑천지로 변했다. 어디선가 총소리가 요란하게 들려왔다. 처음엔 '탕, 탕' 하고 몇 번 들리더니 이윽고 '탕-탕-탕' 하며 연발로 쏘아대는 소리에 놀라지 않을 수 없었다. 간단없이 들려오는 총소리에 개들도 덩달아 짖어댔다. 총소

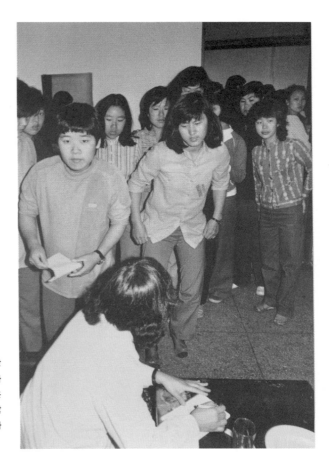

광주시내 모든 병원에 사상자들이 몰려들자 피가 모자라 안절부절 하고 있는 가운데 남녀노소 할 것 없이 많은 시민들이 헌혈을 자원하고 나섰다. 1980.5.22.

리와 개 짖는 소리는 밤의 정적을 무참히 깨버렸다. 외부와의 통행도, 통신도 끊겨버린 고립무원의 도시 광주에서 지낸 밤은 더욱 어둡고 무섭기만 했다.

　26일의 광주는 외곽으로 물러나 있던 계엄군의 탱크 소리와 함께 밝았다. 새벽 5시 무렵이었다. 소식은 금방 광주 전역에 퍼졌고, 시민들은 하나둘 도청 앞 광장으로 모여들기 시작했다. 사람들이 모이자 예정에 없던 범시민 궐기대회가 열렸다. 시민들은 계엄군의 시내 진입은 협상을 위반한 것이라고 규탄하고 '전 언론인에게 보내는 글'과 '대한민국 국민에게 보내는 글' 등을 채택했다.

그런 다음 대형 태극기를 앞세운 채 전남대 스쿨버스와 1000여 명의 고등학생을 선두로 시민 전원이 시가행진에 참여했다. "우리는 싸움을 포기할 수 없다" "살인마 전두환을 죽이자" "무기반납은 절대로 안 된다" 같은 구호와 함께 〈우리의 소원〉 등의 노래를 불렀다. 금남로를 출발해 주요 지점을 돌아 다시 도청 앞 광장으로 모였다. 외부와의 통신이 끊어지자 취재팀은 광주경찰서와 내무부 기자실로 통하는 핫라인을 이용해 본사는 물론 서울에 있는 가족과도 통화를 했다.

그런 가운데서도 우리 취재팀은 전날과 같이 도청 앞에 나가 시민군 측에서 재발급 해주는 취재 완장을 바꿔 차고 취재를 시작했다. 금남로 충장로를 비롯한 시내 중심가의 벽마다에는 미국, 영국, 독일, 프랑스 등 해외 유력 신문들이 요소요소에 붙여져 있었다. 원문 옆에 한글 번역본도 나란히 붙여 놓았다. 시민들은 광주를 있는 그대로 보도해준 외신들에는 감사를 표했지만, 광주를 왜곡하는 국내 언론에 대해서는 불신을 넘어 적대감을 나타냈다.

26일 늦은 오후쯤, 오 차장은 서울 본사로부터 '곧 계엄군이 진입할 테니 빨리 광주를 탈출하라'는 통보를 받았다. 취재팀의 박충 기자도 미국 〈성조지(星條紙, Stars & Stripes)〉 기자로부터 '계엄군 광주 진입' 정보를 들어 알고 있었다. 몇 시간 뒤 그 말은 곧 사실로 드러 났다.

우리는 26일 밤 자정 무렵 어둠 속에 들려오는 젊은 여성의 목소 리를 생생하게 들었다. "시민 여러분! 지금 계엄군이 쳐들어오고 있습니다. 우리 형제자매가 계엄군의 총칼에 죽어가고 있으니 전 시민은 무기를 들고 나가 싸웁시다."

마침내 올 것이 오고야 말았다. 계엄군의 광주 탈환 작전은 시간 문제일 뿐 언젠가는 올 수밖에 없는 운명이었다. 그날 역사적인 가 두방송을 한 사람은 당시 송원전문대 2학년 재학 중이던 21살의 박영순 양으로 밝혀졌다. 박 양의 목소리는 차분하면서도 듣는 이 의 가슴을 울릴 만큼 호소력이 있었다.

박 양의 가두방송을 듣고 도청으로 향해 가던 수많은 시민들 가 운데 일부는 계엄군에 의해 체포되거나 사살되기도 했다. 그날 새 벽 4시가 넘어서 시민군 지휘본부가 있는 전남도청은 계엄군에게 완전 포위되었다. 열흘 동안 광주에서 펼쳐졌던 민초들의 항쟁은 그렇게 막을 내리고 있었다. 우리 취재팀은 더 이상 광주에 머물 수 가 없었다.

계엄군의 삼엄한 경비와 가택 수색, 검문 검색이 강화되면서 광 주는 또다시 공포의 도시로 변해가고 있었다. 우리야 떠나면 그만 이었지만 광주 시민들은 또 얼마나 무서운 공포의 나날을 보내야 할까 생각하니 가슴이 먹먹했다. 우리 취재팀은 27일 오전 짐을 싸고 철수 준비에 나섰다. 하지만 박충 기자에게는 새로운 임무가 떨어졌다.

광주에 며칠 더 있으면서 계엄군의 진압 과정 및 시민군과의 대치 장면, 도청 최후의 모습 등을 동영상에 담아 오라는 것이었다. 그는 도청 인근 갑을여관에서 4박 5일을 묵으며 계엄군에 의해 장악된 광주의 순간들을 필름에 담느라 몇 차례 죽을 고비를 넘기기도 했다. 박 기자는 그보다 먼저 광주에 와 있던 조순용, 김창훈 기자와 임무교대를 하고 계속 머물렀다.

광주 진압에 이은 언론인 강제 해직과 언론 통폐합

나머지 취재팀 일행은 장성, 고창, 정읍을 거쳐 서울로 올라왔다. 서소문 중앙매스컴 빌딩 5층 보도국에 도착했으나 사람들은 대부분 넋 나간 사람들처럼 무표정했다. 빈말이라도 '그동안 고생했다'거나 '광주의 실상'을 묻는 사람은 아무도 없었다. 그런 것은 안중에도 없는 듯 보였다.

뜨거운 5월이 가고 6월이 다가오자 검열과 제작 거부 등으로 불타올랐던 언론계에는 출처 불명의 괴소문과 유언비어가 횡행하고 있었다. 그해 여름 언론인 강제 해직과 연말에 언론 통폐합이 있을 거라는 루머가 슬금슬금 퍼지기 시작했다. 각 언론사에 대략 20명 안팎의 해직자가 나올 것이라는 소문이 그럴 듯하게 나돌았다. 그런 상황에서 대부분의 관심은 오직 '내 목숨이 과연 이번 위기를 넘길 수 있을지'에 쏠려 있었다.

나에 대한 불길한 얘기도 들려왔다. TBC 담당 보안사 요원에게 넌지시 확인해봤더니 '아마도 (정화 대상에) 포함될 것 같다'고 말하는 것이었다. 불길한 예상은 빗나가는 법이 없다고 했던가. 취재 지시 없이 근무지를 이탈했다고 해직이라니, 너무도 부당하다는 생각이 들었지만 내색할 처지가 아니었다.

급기야 7월 중순, 회사 측은 전 직원을 대상으로 사표 제출을 강요했다. 사직서 양식은 이미 만들어져 있었다. 빈 칸에 소속 부서와 이름만 채워 넣으면 그만이었다. 부장들은 용지를 나눠 주면서 "군인들의 요구에 따른 요식 행위일 뿐이니 가벼운 마음으로 쓰라"고 했다. 왜 이것을 써야 하는지 묻는 사람은 아무도 없었다. 사직서를 받아 든 보도국 기자들은 기다렸다는 듯 순식간에 적어 냈다.

그해 7월 31일, 마침내 그날이 왔다. 중앙매스컴 기자, PD 등 33명(신문 24명, 방송 9명)에게 사표 수리가 통보됐다. 주로 검열과 제작 거부에 적극 가담한 사람들이 많았고 좌경 용공, 국시(國是) 부정, DJ와의 친분, 금전 및 개인 비리 등 당국이 분류해놓은 해직 사유는 다양했다.

취재 지시 없이 광주 취재를 다녀왔다는 이유로 해직된 경우는 중앙 매스컴에서는 나 혼자였지만 전국적으로는 적지 않았다. 그 후 나는 전두환 정권 7년 동안 언론과 무관한 곳에서 일하다 노태우 정권 출범과 함께 1988년 봄 중앙일보에 복직했다.

조병래

전 동아일보 기자

영화 속 1987, 현실 속 1987

1987 6월항쟁

　역사는 지나간 뒤에 되짚어봐야 소용없다고 한다. 최근 영화 〈1987〉을 보면서 언뜻 들었던 생각이다. 이 영화의 메시지는 생각했던 것과는 결이 달랐다. 내가 평소 좋아하는 장준환 감독도 그것을 알고 있음에도 사실과 결이 다르게 영화를 만들었을 것이다.

　나 또한 영화 속 역사적 사실의 당사자이다. 영화에 등장하는 윤상삼 선배 기자와는 여러 해 동안 사건 현장에서 같이 뛰어다녔고, 박종철의 부검을 결정한 최환 부장검사는 당시 검찰 출입을 할 때 자주 만났다. 영화 초반에 잠깐 언급된 '부천경찰서 성고문 사건'도 범인인 문귀동이 기나긴 재정 신청 후에 기소됐을 때 그 사건을 직접 수사 지휘한 김수장 부장검사와 공소유지 변호사인 조영황 변호사를 자주 만나 취재했었다.

김수장 부장검사는 당시 〈동아일보〉 사회부장이었던 정구종 선배 기자와 동향으로 막역한 사이였다.(나는 이 사실이 중요하다고 생각한다. 둘 사이에 시국에 관한 여러 정보와 상황에 관한 얘기가 오갔으리라고 추측하지만 실제 어떤 말들이 오갔는지는 확실히 듣지 못했다.) 무엇보다도 필자는 그 당시 박종철 사건을 집중 보도했던 〈동아일보〉의 사건기자 팀원이었고, 그다음 해에는 검찰청을 출입하면서 그 사건의 후일담을 취재했다. 기억이란 왜곡되기 쉽고, 오래되면 그것도 희미해진다. 이 글은 기록이 아니라 대부분 기억에 의존하고 있기 때문에 실제와 약간 다를 수도 있다.

1986년을 알아야 1987년을 이해할 수 있다

대학에 재학 중이던 1979년 10월 '부마항쟁' 직후 긴급조치 9호 위반으로 구속 기소되었던 나는, 그해 10월 26일 박정희 대통령이 김재규 중앙정보부장에게 사살되고 12월 7일 긴급조치 9호가 해제되면서 석방돼 학교에 복귀했다. 그리고 졸업 직전인 1983년 12월 동아일보에 입사했다.

1986년은 특기할 만한 해였다. 내가 취재한 사건은 아니었으나 (당시 나는 부평 대우자동차 파업 등 노사 현장을 주로 취재했다.) 그해 6월 '부천 경찰서 성고문 사건'이 있었고, 10월 초에는 이른바 '상지대 사태'가 있었다. 당시 상지대학교 안에서 "가자 북으로 오라 남으로"라는 제목의 유인물이 제작 살포됐고 언론은 이를 학생들의 좌경화라며 크게 보도했다. 하지만 이는 상지대학교 재단이사장이 교내비리를 은폐하기 위해 교직원을 동원해 조작한 공작이었다는 것으로 나중에 밝혀졌다.

10월 말에는 학생운동사의 최대 사건이라고 불리는 '건국대 사태'가 일어났다. 당시 정부는 이들 사건을 용공으로 몰아가면서 '사태'라 불렀다. 나는 사흘 밤낮을 현장에서 지내며 이 사건을 취재했다. 날씨가 몹시 추웠던 것으로 기억한다. 사흘 내내 최루탄이 땅에서도 날고 하늘에서도 떨어졌다. 1980년 '5월의 봄' 시위 때보다도 더 심했다. (나는 1980년 5월 시위대와 함께 서울역까지 진출하는 동안 신림4거리와 아현동 고가 밑에서 최루탄을 직격으로 맞았고, 기자가 된 후에도 취재 중 최루탄을 여러 번 맞아봐서 그것이 얼마나 고통스러운지 안다.)

워낙 추워 사복 경찰들이 교정의 벤치를 뜯어 피운 모닥불을 함께 쪼이며 교정에서 밤을 지새웠다. 전두환 정권은 헬기까지 동원해 진압 작전에 나서 사흘 만에 농성을 해제하고 1,200명이 넘는 학생을 구속했다. 나는 이 사건이 전두환 군사독재정권을 크게 흔들었다고 본다.

상지대 사건과 건국대 사건으로 타격을 입은 정권은 대학생에 대한 대대적인 공안 단속에 나섰다. 이 와중에 박종철 사건이 터졌다. 박종철 사건은 전두환 정권의 이 같은 공안 정국 조성 움직임이 배경으로 작용했다고 이해한다. 영화 〈1987〉에서는 기자들의 활약이 중요하게 다루어졌지만 영화와는 다른 측면에서 언론의 문제도 있었다.

영화 속 언론과 현실 속 언론

언론은 부천경찰서 성고문 사건을 정부가 발표한 그대로 "극렬 운동권의 자작극"이라는 식으로 베껴쓰기에 급급했다. 언론은 책임을 지지 않으려고 인용구 표시의 따옴표 제목 뒤로 숨었다. 진실은 달랐다. 성고문 사건이 표면화되자 검찰은 적극적으로 수사에 나섰다. (이 사건에 대한 서술은 1988년에 들었던 조영황 변호사와 김수장 부장검사의 말에 의존한다.)

수사 초기에 부천경찰서의 모든 경찰이, 성고문을 저지른 날 문귀동 경장이 야유회를 가서 경찰서에 없었다고 진술했다. 그러나 검찰은 그 진술이 거짓이라는 증거를 찾아냈다. 검찰의 수사 의지가 없이는 찾아낼 수 없는 증거였다. 경찰서 인근 다방에 검찰 수사관을 풀어 사건 당일 문귀동이 커피를 주문한 전표를 찾아냈다. 경찰의 진술은 허위이고 권인숙의 진술이 진실이라는 증거였다. 검찰은 기소 의견으로 사건을 결론지었다. 그러나 경찰은 '관계기관대책회의'에서 검찰의 수사결과를 무시하고 불기소를 밀어붙여 관철했다. (당시 언론은 '관계기관대책회의'의 존재를 알고 있었고 나 역시 거의 모든 공안 사건이 여기에서 처리되고 결정된다는 것을 알고 있었다.) 언론은 정권의 발표대로 보도했다. 진실을 향한 접근을 하지 못했다. 부천경찰서 성고문 사건은 언론과 검찰 모두에게 한편으로는 진실 외면, 다른 한편으로는 굴욕이라는 양면적인 문제를 드러내고 있었다.

영화에서도 이 사건이 박종철 사건에 영향을 미친 것으로 나온다. 이 사건과 더불어 〈동아일보〉의 다른 사건도 있었다. 전해인 1985년 8월 중공기(中共機, 당시는 중국을 중공이라 불렀다.) 귀순 사건의 처리를 보도한 이채주 편집국장과 이상하 정치부장, 김충식 기자가 안기부(현재 국정원)에 연행돼 기사 소스를 추궁당하며 고문을 당했다. 김충식 선배 기자는 폭행당하다가 고막이 터지기도 했다.(김충식 선배는 후일 "미국대사관 행사에 갔더니 한 미국 외교관이 '터진 고막이 나았느냐'고 물어 깜짝 놀랐다. 얘기한 적이 없는 사실을 미국 대사관이 알고 있었다"고 필자에게 말한 적이 있다.) 〈동아일보〉 기자들은 이 사건으로 성명서를 냈다. 그뿐이었다.

박종철이 살려준 김문기(?)

1986년 일련의 사건을 보면 군사독재 정권 유지의 임계점에 다다른 것으로 보였다. 1987년 1월 초 당시 강민창 치안본부장은 전두환 대통령 면담 보고를 요청했다. 면담 일정도 잡혔다. 안건은 상지대 사건이었다.

상지대 사건의 그 유명한 유인물 "가자 북으로 오라 남으로"는 이미 말한 것처럼, 당시 재단 비리 척결을 주장하며 농성 중인 학생들이 만든 게 아니라, 경찰을 학내에 끌어들여 학생을 연행케 하려는 상지대학교 김문기 이사장의 자작극이었다. 김문기는 인척인 서무과장을 시켜 유인물을 만들어 밤중에 교정에 뿌리게 하고는 경찰을 학내에 불러들였다. 강원도 경찰국은 수사를 통해 김문기의 소행임을 밝혀냈다. 유인물을 조사한 결과 서무실에 있던 복사기에서 인쇄되었다는 사실을 확인한 것이다.

강민창 치안본부장은 당시 여당인 민정당 청년분과 위원장이며 전국구 국회위원 예비 승계 1순위인 김문기를 기소하기 위해 전두환 대통령의 재가를 받으려고 했다. 강민창 치안본부장은 면담을 기다리던 중 박종철 사건으로 해임되고 상지대 사건은 보고되지 않았다. 김문기는 자리를 보존하다가 정권이 두 번 바뀐 후에야 다른 일로 이사장에서 해임됐다. 사건 당시 치안본부 출입기자 중 일부는 수사 결과를 알고 있었으나 기사로 쓰지 않았다.

그날 나는 내근 당직이었다

1987년 1월로 돌아가자. 〈중앙일보〉 신성호 기자가 박종철이 숨진 다음 날인 1월 15일 단신으로 대학생 사망 사건을 보도했다. 그날 곧바로 〈동아일보〉 윤상삼 기자에게도 후속 취재 지시가 있었다. 윤상삼 기자는 어렵게 중앙대학교 용산병원 오연상 의사를 만나 고문치사임을 방증하는 검안 내용을 들었다. 조사실 바닥에 물이 흥건했고 박종철의 목에는 눌린 상처가 있었다는 것이다. 그날 밤 최환 부장검사의 지시로 한양대학교 병원에서 박종철의 부검이 있었다. (최환 부장검사는 당시 화장을 허가하지 않고 부검을 지시했다는 사실을 10여 년이 지난 뒤에 밝혔다.)

영화와는 달리, 부검 결과는 안상수 검사가 부검 직후 16일 새벽 1시쯤 치안본부 소속인 황적준 부검의를 대동하고 한양대학교병 원에서 직접 브리핑했다. 조간신문 기자들은 부검 결과를 회사에 보고했다. 하지만 부검 결과는 보도되지 않았다. 당시 정권에서 보 기에 문제는 〈동아일보〉에서 발생했다.

그날 나는 내근 당번이었다. 아침 편집회의가 끝나자 정구종 사 회부장이 송석형 차장에게 부검 결과 기사를 받으라고 지시했다. 부연 설명이 없이 차분한 말투였다. 송 차장은 장병수 시경캡에게, 시경캡은 황열헌 기자에게 지시해서 부검 결과를 송고 받았다. (당 시에는 외근 기자가 전화로 기사를 불러주면 내근 기자가 받아 적었다.)

윤상삼 기자의 취재 기사와 합쳐 사회면 사이드 기사로 게재했 다. 제목은 사이드지만 기사 분량은 10단, 즉 통단이었다. (당시의 지 면은 기사가 10단, 광고가 5단인 세로쓰기였다.) 이 기사는 지금도 〈동아일보〉 가 일제강점기 손기정 일장기 말소 사건과 함께 가장 자랑하는 기 사로 남아 있다.

신문용지 공급 중단 협박

박종철 사건이 발생하자 정권은 이 사건을 3단 이상으로는 보도하지 말라는 지침을 하달했다. 신문사로서는 군사정권의 폭력도 무서웠지만 당시 신문용지 공급 중단 협박이 더 무서웠다. 신문용지의 공급 권한을 사실상 정부가 쥐고 있었다. 신문용지를 공급받지 못하면 당장 그날 신문을 발행할 수 없었다.

군사정권은 제도적, 폭력적 언론 통제 수단을 모두 갖고 있었다. 영화에는 보도지침을 칠판에 써놓는 설정이었으나 실제로는 전화로만 전달되어 편집 간부만이 알고 있었다. 〈동아일보〉가 보도지침을 무시하고 과감하게 고문치사를 시사하는 기사를 내보낸 그날 편집회의 경위는 듣지 못했다. 보도 후 정권의 직접적인 보복은 없었다. (정권의 위세가 한풀 꺾인 것인가, 아니면 검찰과 언론의 반발이 워낙 강했던 탓인가.)

이후의 사정은 영화에 나온 것과 유사하다. 박종철의 시신을 화장하고 아버지가 유골을 임진강에 뿌릴 때 황열헌 기자가 취재했다. "아비는 할 말이 없데이"라는 제목의 기사를 썼다.

며칠 뒤 고문 경찰 2명을 구속하고 검찰이 남영동 대공분실을 현장 검증할 때 검찰 출입기자 2명만이 취재할 수 있었다. 취재기자는 기자실에 있던 화투로 뽑았다. 〈동아일보〉 황호택 선배 기자도 운 좋게 패를 잘 잡아 취재할 수 있었다. 현장 검증 때 사진은 허가되지 않았다. (취재도 허가받는 시대였다.)

황호택 기자는 취재 후 현장 상황을 상세하게 보고했고 편집국장은 고문 상황을 삽화로 그려서 게재하도록 했다. 점심 때 신문이 배달된 후 청와대에서 당장 삽화를 빼라는 전화가 왔다. 2판부터 삽화를 뺐다. 후에 들은 얘기인데 청와대는 다른 조간들에도 전화해서 고문 장면이 들어가는 삽화를 일체 게재하지 못하게 보도 지침을 보냈다고 한다. 그런데 다음 날 조간 중에서 정부가 대주주인

〈서울신문〉에만 유사한 삽화가 나왔다. 청와대가 〈서울신문〉은 당연히 알아서 게재하지 않을 것이라 여기고 전화를 하지 않았다고 한다.

엔딩 자막과 함께 흘린 눈물

5월 18일 고문 경찰의 축소 은폐 사실이 폭로되고 6월 10일 국민항쟁이 본격화되면서 거의 매일 최루탄을 마시면서 서울과 부산을 취재하고 다녔다. 나는 서울에서 주로 남대문 일대를 맡았다. 어느 날은 한국은행 앞 분수대에서 젊은 전투경찰들이 거꾸로 시위대에 포위돼 무장해제까지 당했다. 그때 시민들 가운데 몇몇이 이들은 그냥 보내자고 해 그대로 보내주기도 했다. 남대문시장에서는 시장 아주머니가 최루탄을 하얗게 뒤집어쓴 돼지머리를 들고 나와 진압 경찰에게 던지며 항의하는 일도 있었다. 그 뒤 대통령 직선제로 헌법이 개정됐다.

그렇게 1987년이 저물어갔다. 어느 날 문득 뒤돌아보니 정권은 다시 민정당이 잡았다. 노태우가 당선된 것이다. 판매 부수 1위였던 〈동아일보〉는 〈조선일보〉에게 그 자리를 넘겨주었다.

영화 〈1987〉로 돌아가보자. 영화는 권력과 언론, 운동권 학생이라는 세 가지 스펙트럼을 담고 있다. 하나의 영화에서 어디에 초점을 두는가는 어려울 수도 있다. 흥행이라는 요소를 무시할 수 없기 때문이다.

박처원(김윤석)과 최환(하정우)의 맞대결로 진행되는 전반부는 앞서 언급한 대로 사실과 상당히 다르다. 강민창(우현) 캐릭터도 사실과 정반대이다. 영화는 등장인물들의 개인적인 결단에 따라 서사가 진행되지만, 그때를 되짚어보면 개인적인 결단이 아니라 시대적인 상황에 인물들이 따라가고 있다고 보아야 한다.

영화는 다른 한국영화들의 상투적인 스토리처럼 '거의 조폭 같은 검사와 진짜 조폭 같은 경찰의 대결'로 끌고 가다가 갑자기 젊고 젊은 세대의 멜로드라마로 방향을 튼다. 내가 보기에는 비록 허구일지라도 이 후반부가 더 설득력이 있다. 이한열(강동원)과 연희(가상 인물, 김태리)의 뻔한 멜로드라마 내용이 아름다운 것이 아니다. 그들이 빚어내는 시퀀스가 아름답다. 장준환 감독은 역시 그것을 알고 찍었을 것이다.

연세대학교 정문에서 벌어지는 시위와 이한열의 피격 장면은 당시 현장을 거의 그대로 재현한 것이다. 그럼에도 사실적인 장면을 넘어서 영화적 아름다움을 연출하고 있다. 늙은 세대(박처원, 최환)도 사라지고 70년대 운동권 세대(윤상삼)도 사라지고, 이른바 386세대가 민주화의 열정과 연인 간의 사랑을 통해 봄날의 꽃처럼 등장한다. 영화는 활력을 얻고 운동성을 얻는다. 마지막 서울시청 앞 장면은 실제 사실과는 매우 다르지만 영화적으로는 쾌감과 아름다움을 동시에 준고 있다.

그때 새롭게 등장한 세대는 꽃이면서도 피의 세대이다. 그 세대는 끔찍하게도 수 없이 죽었다. 죽음 자체가 독재정권으로부터 비난을 받았고, 심지어는 어느 시인과 성직자는 이들의 죽음을 비난하기까지 했다. 영화는 이런 끔찍했던 역사적 사실을 아름답게 그리고 있다. 이런 면에서 예술은 잔혹하다. 다만 그들은 그런 잔혹한 시대를 직접 통과했기에 그렇게 그릴 수도 있었을 것이다. 영화는 의도를 감추지 않고 있다. 영화는 그들을 추모하고 있고, 그들은 마땅히 추모받을 일을 했다. 장준환 감독은 사실상 드러내놓고 자신의 동시대 친구들을 위한 추도사를 쓰고 있다.

나는 386세대도 아니고, 그 속에서 살아남은 사람들의 심정을 알 수도 없다. 그래도 영화 〈1987〉의 엔딩 자막이 올라갈 때 문승현이 만든 노래 〈그날이 오면〉이 흘러나오자 눈물이 왈칵 솟아올랐다. 스무 살을 갓 넘긴 나이에 스러져갔던, 박종철과 이한열 그리고 이천 민주화운동기념공원에 안장된 50여 명의 젊은이들이 그리던 꿈은 어디까지 왔을까.

윤승용

전 한국일보 기자

노동자의 권리 찾기와 언론의 민주화

1987 노동자대투쟁과 언론노조의 부활

1987년은 우리 현대사에서 1960년 4·19혁명, 1980년 광주민주항쟁, 2016년 가을 전국을 거대한 촛불로 밝힘으로써 '촛불혁명'이라 불리기도 하는 '박근혜 대통령 퇴진운동'과 더불어 한국 민주주의 발전에 큰 획을 그은 변환기였다.

전두환 군사정권이 말기로 치닫던 1987년, 새해 벽두에 불거진 '박종철 고문치사 사건'은 민주화대투쟁의 시발점이었다. 경찰에 의해 연행돼 서울 남영동 치안본부 대공분실(현 민주화운동기념관)에서 경찰에게 조사받던 박종철이 가혹한 물고문으로 숨진 이 비극적 사건을 시작으로 그해 6월 9일 '이한열 최루탄 피격 사망사건'으로 점화된 6월 민주항쟁은 결국 집권 민정당의 6·29 항복 선언으로 이어졌다.

중견 사건기자였던 나는 그해 거의 대부분을 대학생들의 가두시위와 노동자들의 노조 민주화와 생존권 투쟁을 취재하느라 최루탄을 뒤집어쓴 채 울산, 거제 등의 대규모 중화학공장 집결지와 학원가에서 살다시피 했다.

　서울 지역 학원가와 부산, 광주 등 지방 도청 소재지 학원가를 중심으로 터져 나온 대학생들의 민주화 요구 시위는 그해 6월 서울 명동성당 농성 투쟁으로 정점에 달했다. 학원가의 민주화 투쟁에 대해서는 그간 많은 르포와 저서 등에서 다뤄졌으므로 나는 그해 여름부터 영남 지역의 대공장에서 일어났던 노동자들의 생존권 투쟁 취재와, 이를 계기로 그해 가을 내가 몸담았던 한국일보에서 전국 언론사 가운데 처음으로 노동조합을 결성했던 일화 등을 회고해볼까 한다.

이석규 열사와 노무현 변호사

　그해 6월의 민주화운동 열기에 자극받은 전국 대규모 산업 현장에서도 7월에 접어들자 민주 노조 설립과 노동3권 보장 등을 요구하는 노동자들의 노동쟁의가 잇따랐다. 당시는 전두환 5공 정권이 제정한 '언론기본법'이라는 악법에 의해 중앙 언론사의 지방주재 기자제도가 폐지된 시기여서 지방에서 대형 사건이 발생하면 서울 본사 기자들이 출장가서 취재해야만 하는 시절이었다. 나는 8월 초

울산 현대자동차와 현대중공업 노동쟁의 취재요원으로 뽑혀 울산에 내려갔다. 울산의 노동쟁의가 좀 진정되어갈 즈음 이번에는 거제도의 대우조선(현 대우조선해양)에서 노동쟁의가 달아올랐다. 한 달여 동안 울산의 여관에서 객지 생활을 하다 서울로 귀환하자마자 이번엔 거제도로 달려가야 했다.

대우조선은 거대한 전쟁터를 방불케 할 정도로 노사 양측 간에 대립이 첨예화한 상태였다. 나는 그 거제도의 최루탄 연기 속에서 21살 청년 노동자 이석규 열사가 숨지는 비극을 목도했고, 막 불혹을 넘긴 41세의 혈기방장한 인권변호사 노무현을 만났다.

대우조선 노동쟁의는 전개 과정이 너무도 복잡해서 짧게 요약하기엔 역부족이어서 당시 전국노동운동협의회(전노협)가 펴낸 백서를 통해 대강을 살펴본 뒤 내 취재기를 덧붙일까 한다.

1985년의 임금동결, 1986년의 1.7% 인상, 1987년 3% 인상 등 극히 소폭의 임금인상은 육지보다 20~30% 비싼 물가고를 감안하면 해마다 급격한 생존권의 위기를 가져왔다. 이에 1987년 1월 22일, 대우조선 노동자들은 노조 결성 투쟁을 전개하기 시작했다. 이들은 '상고문'이라는 유인물 수천 장을 공장과 기숙사 등지에 뿌리며 투쟁하였다.

하지만 회사 측은 이 유인물 배포를 이유로 20여 명을 전보 발령시키고 3명을 해고하였다. 이에 노동자들은 해고 방지를 위해서라도 노동조합 결성이 절실하다는 데 뜻을 모으고 4월 20일부터

4차례에 걸쳐 노동조합 결성을 시도했다. 그러나 회사 측이 금속노련과 결탁하여 폭력, 출장, 파견 등 온갖 방해 공작을 함으로써 노조 결성은 실패하고 16명의 해고자만 발생했다.

하지만 뜻있는 노동자들은 끈질긴 노력 끝에 마침내 8월 11일 새벽 비상 계획부 2층 사무실에 40여 명의 부서 대표들이 참석하여 노조 결성식을 갖고 양동생을 위원장으로 선출하는 식으로 노조 결성에 성공했다. 그러나 회사 측과의 단체교섭은 난항을 거듭하다 결국 시위로 악화했다. (…) 그달 8월 22일 꼬박 밤을 지샌 시위대열 3,000여 명이 단체교섭이 열리고 있는 옥포관광호텔 앞 사거리에 집결해 시위하던 중 오후 1시 30분 교섭이 결렬되면서 "호텔로 들어가자"는 강력한 요구 속에서 이미 담장을 넘기 시작했다. 이에 경찰은 최루탄을 쏘면서 강제 해산에 나섰다. 경찰이 최루탄과 사과탄을 난사하여 옥포관광호텔은 아수라장이 되는 가운데, 청년 노동자 이석규가 아스팔트 위에 나뒹굴었다. 이석규는 대우병원으로 이송됐으나 결국 그날 오후 3시 반에 숨을 거두고 말았다.

거제도 옥포 대우병원 영안실에 안치된 이석규의 시신을 보호하기 위해 영안실과 옥상 등에 각목으로 무장한 800여 노동자들이 바리케이드를 치고 대기하고 영안실 문 4개를 용접으로 봉해버린 후 '이석규 열사 사망 진상대책위원회'를 구성했다. 대책위는 노조 간부 6명, 일반 노동자 7명, 주민 대표 2명 등 총 15명이 참가하였다. 8월 22일 이소선 여사, 이상수와 노무현 변호사 등이 도착하여 국민운동본부를 중심으로 장례준비위원회를 발족하고 유족으로부터 장례에 대한 일체의 사항을 위임받아 이석규를 '민주노동열사 이석규'로, 장례를 '국민장'으로, 장지를 '광주 망월동 묘역'으로 결정하였다.

8월 23일, 아침 8시에 실시된 시체 부검에서 확인된 이석규의 사망 원인은 최루탄 파편으로 인한 것으로 확인됐다.

하지만 8월 24일 이석규의 친척임을 자임하는 특전사 소속 육군소령이 나타나 장지를 가족 선산이 있는 전북 남원으로 하고 가족장으로 치르겠다고 주장함으로써 장례 문제에 관해 장례준비위원회와 이견을 표출하기 시작했다. 그리고 국무총리 김정렬은 8월 26일 오전 대우조선 사건과 관련한 기자간담회를 열고 "쟁의 진압 과정에서 근로자 1명이 목숨을 잃은 것은 가슴 아프게 생각하지만 외부 세력이 개입하여 영령을 욕되게 하고 있다"며 본질을 왜곡하고 나섰다. 이런 상황에서 8월 26일부터 이틀 동안 진행된 교섭에서 임금 4만 5,000원 인상, 장례식은 김우중 회장을 비롯한 전 사원이 참석하되 장례 준비는 노조 집행부가 맡아 7일장의 국민장으로 치르며 장지는 유족, 노조, 회사가 합의하여 결정키로 하였다. 27일 새벽, 기본급, 주거수당, 현장수당 각 1만 원씩 인상 등 17개 항의 합의 내용이 알려지자 대다수 노동자들은 "20일간의 투쟁을 그 수준과 바꿀 수 없다", "장지는 결코 남원이어서는 안 된다"며 강력하게 반발하고 나섰다. 그러나 노조는 장례 준비를 서둘렀고, 김우중 회장, 양동생 노조위원장, 유족의 합의 아래 장지를 남원으로 결정했다. 이에 노동자들은 노조 사무실 농성 등 강력한 투쟁을 펼쳤고, 결국 노조는 장례식 당일 새벽 1시 장지를 광주의 망월동으로 하겠다고 발표했다. (…) 8월 28일 오전 7시부터 영결식이 시작되었고, 2만여 명의 애도 속에 발인하여 대우조선 운동장에서 영결식이 거행되었다. 오후 3시경 총 28대의 버스에 분승한 1,500여 명의 노동자들은 옥포호텔 앞 도로에서 노제를 지낸 뒤 영구차를 앞세우고 망월동 묘지로 향했으나 고성삼거리에서 경찰의 전격적인 저지 작전에 말려 시신을 탈취당했다. 시신은 결국 남원에 안장됐다. 이 와중에서 전투경찰과 백골단은 장례집행위원 등 재야 인사들의 차와 동문인 광주직업훈련원 출신들이 타고 있던 2대의 버스 창문을 박살내고 이들을 집단 구타하며 강제 연행했다. 이들 연행자 중 이상수, 노무현 변호사는 구속됐다.

당시를 회상해보니 30여 년이 지났는데도 어제 일처럼 선명하다. 최루탄에 맞아 희생당한 이석규는 1966년 전북 남원시 사매면 대신리의 가난한 농가에서 태어나 남원 용북중학교를 졸업하고 광주직업훈련원에서 1년간 용접 기술 등을 익힌 뒤 대우조선에 취직했다. 그는 노조 집행부 일을 맡지는 않았으나 그해 노동조합의 각종 집회에는 매우 적극적으로 참여했다고 한다. 나는 옥포호텔 앞 도로에서 노동자와 경찰 간의 시위 공방을 취재하다가 비극을 전해 들었다. 그가 거주하던 회사 근처 자취방에 맨 처음 도착했던 나는 그의 힘겨운 객지 생활의 편린이 적나라하게 적혀 있는 일기장을 보며 가슴이 아렸다. 또한 그의 사진을 챙겨 나오다 '이런 상황에서 사진 특종이 무슨 의미가 있나' 싶어 뒤늦게 달려온 타사 기자들에게 내가 구한 사진을 나눠주었던 기억도 난다.

이석규 열사의 시신을 실은 영구차 행렬이 거제대교를 건너 고성삼거리에 이르렀을 때 백골단으로 불리는 사복 무술 경관들이 이석규 열사의 시신을 탈취한 사건은 가장 잊히지 않는 장면이다. 당시 사진기자와 함께 '한국일보' 로고가 새겨진 녹색 취재 차량을 타고 행렬 앞 선도 부분에서 취재 중이던 나는 현장을 지휘하던 고위 경찰 간부가 서울에서 알고 지내던 사람임을 알아챘다. 그에게 아는 체를 했더니 그도 반가워했다. 그가 귓속말로 중요한 정보를 귀띔해줬다.

"조금 있으면 행렬을 제지하고 맨 앞의 시신 차량을 광주 망월동이 아닌 남원으로 끌고 갈 것이다. 그리고 거제대교를 통제할 예정인데 그러면 취재 차량도 빠져나갈 수가 없으니 얼른 통제선 앞으로 빠져나가라"는 것이었다.

나는 허겁지겁 취재차를 영구차량 행렬에서 빼내 맨 앞으로 나섰다. 순간 인근 야산에 잠복해 있던 백골단이 일제히 사과탄으로 불리는 최루탄을 쏘아대며 행렬을 제지하고 이석규 열사의 시신이 실려 있는 영구차만 빼돌린 뒤 노동자들이 탄 버스 행렬을 차단해버리는 것이었다. 그 경찰 덕분에 통제선의 제지를 벗어난 나는 남원까지 홀로 영구차를 뒤따르며 취재해 특종을 할 수 있었다. 지금 생각하면 참으로 어이없는 만행이었지만 당시로서는 그 같은 일이 정작 신문에는 간단한 스케치 기사로만 처리될 뿐이었다.

우리 현대사에서 시위 도중 최루탄에 숨진 경우가 3건이 있었다. 첫 번째는 4·19혁명 당시 3·15부정선거 규탄 시위 중 실종됐다가 한 달 후 최루탄이 눈에 박힌 채 마산 앞바다에서 시신으로 떠올라 혁명의 기폭제가 됐던 김주열 열사다. 두 번째는 1987년 6월민주항쟁 당시 숨진 연세대학교 학생 이한열, 그리고 세 번째가 이석규 열사다.

이석규 열사가 대우그룹이 운영하던 대우병원 영안실로 옮겨져 이른바 '장례투쟁'을 벌이고 있던 8월 23일 이상수, 노무현 변호사 등 서울과 부산의 인권변호사 서너 명이 노동자들을 돕기 위해 거제도를 찾아왔다. 하지만 인권변호사들의 활동은 경찰이 이석규 열사의 가족과 노동조합을 회유하는 등의 교묘한 방법으로 방해 공작을 편 탓에 변호사의 조력을 환영하지 않는 분위기가 생기면서 별다른 활로를 찾지 못했다. 그러자 일부 변호사들이 다시 거제를 떠났고, 활동은 위축되어갔다. 하지만 와중에도 노란 점퍼를 입은 촌티 나는 한 젊은 변호사가 이에 아랑곳하지 않고 정말 성심성의껏 노동자들을 돕기 위해 동분서주하고 있었다. 그가 바로 노무현 변호사였다. 당시 이름이 널리 알려진 김 모 변호사 등은 카메라 세례가 이어질 때만 얼굴을 내밀고 생색을 내었는 데 반해, 노 변호사는 노동자들의 장례 지원 업무를 돕는 일에 묵묵히 혼신의 힘을 다하고 있었다.

나는 차츰 그에게 눈길이 가기 시작했다.

"저 양반 희한하네. 기자들 앞에는 별로 안 나타나면서도 궂은일은 혼자 다하고 있으니…."

당시 거제도 취재 현장에는 서울에서 출장 간 중앙 언론사 기자들이 수십 명 진을 치고 있었다. 이미 서울의 취재 현장에서 서로 얼굴을 익히 알고 지낸 사이였다. 이들 사이에서도 노란 점퍼의 노 변호사는 자연스레 화제로 떠올랐다.

그러던 어느 날 나는 노 변호사에게 다가가 "서울에서 온 〈한국일보〉 기자인데 너무 고생이 많으십니다. 혹시 시간이 있으면 저희하고 식사나 하면서 얘기할 수 있는지요"라고 제안했다. 노 변호사는 처음에는 "저한테 특별히 무슨 볼일이 있나요? 괘안심니더"라며 거절하더니 "정 그러면 합시다" 하고 받아들였다. 우리는 그날 저녁 서울 기자 두어 명과 함께 거제도 장승포 해안의 돌곱창집에서 마주 앉았다. 돌곱창이란 곱창과 낙지를 돌판에 함께 구워 내는 요리였는데 나로서는 처음 접하는 음식이었다. 장승포만의 아름다운 바다가 내다보이는 그 집에서 우리는 노 변호사와 함께 한 노동자의 죽음을 애석해하며 통음했다. 갓 서른을 넘긴 우리는 그때 제법 호기로웠고, 역시 불혹을 막 넘긴 노무현 변호사도 노동자들의 고통스런 삶과 부조리한 현실을 격정적으로 한탄했던 기억이 난다. 특히 노 변호사는 중앙 언론의 왜곡 보도 등을 날카롭게 비판하며 언론에 대한 섭섭함을 토로했다. 우리가 언론의 왜곡 보도가 정부와 자본의 통제 아래 있는 언론사의 구조적 문제임을 들어 구차하게 변명하자 노 변호사는 언론사가 공정 보도를 통해 거듭나기 위해서는 기자들이 법적으로 보호받을 수 있도록 언론노동조합을 설립해야 할 것이라고 조언했다.

당시 노 변호사는 노동자들과 함께 열심히 장례를 돕다가 끝내 이상수 변호사와 함께 '노동쟁의 조정법상 3자개입 금지 위반'과 '장례식 방해죄'라는 어이없는 죄명으로 구속되는 시련을 겪었다. 그로부터 20년 후인 2006년 12월, 노 변호사는 대통령으로 나는 청와대 홍보수석으로 다시 만나게 될 줄은 당시로서는 까맣게 몰랐다.

한국일보노동조합 창립 전말기

1987년 6월 대학가와 서울을 비롯한 대도시 시가지에서의 학생과 사무직 노동자들의 민주화 시위는 어엿하게 '6월민주항쟁'으로 평가받는다. 유난히 무더웠던 그해 6월부터 울산과 거제에서의 노동쟁의가 수그러들던 8월까지의 여름 동안, 나는 내 평생 흘릴 수 있는 눈물을 최루탄이 난무하는 길거리에서 쏟아내야만 했다.

나와 비슷한 연조의 사건기자들은 정작 살인이나 강도 같은 전통적인 '강력사건' 현장이 아닌 시위와 집회, 의문사 현장 등 이른바 '시국사건' 현장을 누벼야 하는 신세가 돼버렸다. 6월에 들어서면서 하루도 끊이지 않는 각종 시위 현장을 시위대와 경찰 모두에게 찬밥 대우를 받아가며 헤매다 보면 온몸은 최루탄 냄새로 범벅이 되다시피 했다. 하루 취재 일과를 끝내고 회사로 돌아오면 육체적 피로 못지않게 정서적으로도 엄청난 고통에 시달려야 했다.

6·10민주항쟁을 기점으로 거의 매일 명동성당을 근거지로 집회가 열리곤 했다. 시위 현장에서 기자들은 시위대의 주축을 이룬 학생뿐 아니라 이른바 '넥타이부대'로 불렸던 민주 시민들에게도 환영받지 못하는 존재였다. 특히 ENG 카메라를 든 방송사 기자들은 시위 참가자들한테 "제대로 보도하지도 못하는데 취재해 가면 뭐하냐?"는 쓴소리를 듣곤 했다. 취재를 하다 시위에 참가한 대학 친구들을 만나도 어색하긴 마찬가지였다. 취재 수첩을 던져버리고 시위대에 동참하고 싶은 생각이 굴뚝같았지만 기자라는 직업에 묶여 있는 내 처지 때문에 곤혹스럽기만 했다.

6월항쟁의 열기는 여름 휴가철에 접어들자 잠시 수그러드는 듯했으나 그것도 잠시였다. 7월 중순이 지나자 이번에는 노동계에서 민주화 열기가 불타오르기 시작했다. 현대 계열 중화학공장이 밀집한 울산과 대우조선, 삼성중공업이 위치한 경남 거제 등 영남 지역의 대공장에서 노동자들의 생존권 요구 동맹파업이 요원의 불길처럼 번져나갔다. 이 지역 노동자들은 앞다퉈 노동기본권 확보를 위한 민주 노조 설립 투쟁에 나섰다.

시위와 노동쟁의 취재는 누구나 기피하는 업무였다. 때문에 주니어 기자였던 나는 당연히 여기에 뽑혀 울산과 거제에서 거의 한 달여를 머무르며 객지살이를 해야만 했다.

당시 현대그룹이 운영하던 울산의 다이아몬드호텔과 대우그룹

소유였던 거제의 옥포호텔에서 머무르며 노사 간의 치열한 쟁의 현장을 취재하던 중앙지 기자들은 저녁 무렵이면 삼겹살에 소주를 마셔가며 노사 갈등 현장에서 겪은 회포를 풀며 객고를 달래곤 했다. 이미 서울의 사건 현장에서 서로 익히 얼굴을 알고 지내던 기자들은 객지에서 날밤을 새우며 함께 고생하다 보니 더욱 친해질 수 있었다. 그러다가 자연스레 언론 자유가 제대로 보장받지 못하고 있는 한국 언론 현실에 대해서도 울분을 토해내곤 했다. 입사 5년차 내외의 나름 팔팔한 기백을 지니고 있던 기자들은 너나없이 언론 현실을 개탄하곤 했다.

"사회 전반에서 군부 억압통치 체제를 타파하기 위해 분투 중인데, 언론계만 너무 조용한 것 같다."

"언론인들도 각성해야 한다."

"우리도 공정 보도와 근로조건 개선 투쟁에 나서야 한다."

그 무덥던 8월이 끝나가면서 울산과 부산, 거제 지역의 노동쟁의가 진정되자 출장 갔던 기자들이 속속 서울 본사로 복귀했다. 잇단 출장 위로 회식 행사가 마무리될 즈음, 회사 선배 몇 분이 후배들을 불러 모았다.

당시 한국일보엔 입사 10년차 전후 기자들 가운데 1980년 전두환 정권이 들어서면서 자행된 언론인 강제 해직 등 언론 탄압 조치에 항거하다 온갖 불이익을 당했던 분들이 적지 않았다. 이들도 언론계의 환골탈태를 위한 모종의 행동이 필요하다는 데 의견을 같이하고 있었다. 하지만 당시만 해도 경찰을 비롯한 정보기관과 회사 노무팀의 감시망을 피해 청진동 일대의 대폿집에서 소줏잔을 기울이며 언론계의 실정을 한탄하는 비분강개 수준의 움직임이 고작이었다.

논의는 크게 두 가지로 나뉘어 진행됐다. 기왕에 존재하고 있긴 했으나 유명무실한 상태인 '한국기자협회'를 활성화하자는 그룹과 새로운 형태의 법적 기구인 노동조합을 결성하자는 그룹이었다. 선배 그룹 가운데는 기자협회 활성화를 주장하는 기자들이 많았으나 나를 비롯한 소장 기자들은 "친목단체에 불과한 기자협회로는 언론 자유 투쟁이 어렵고, 법적으로 보호받을 수 있는 노동조합을 만들어야 한다"고 주장했다. 수차례의 비밀 회동 끝에 마침내 노조를 결성하기로 의견을 모았다.

이 과정에서 나는 본의 아니게 실무 책임자를 떠맡게 됐다. 여기엔 그럴 만한 배경이 있었다. 나는 입사 이후 공안 사건에 연루돼 곤욕을 치른 전력이 있었다. 대학 시절 타의에 의해 군에 다녀온 후 복학했던 난 졸업 후 진로 문제로 고민하다 진로 모색 기간에 사회과학 서점을 운영했었다. 1983년 말 서울 관악구 신림사거리 근방에 나를 포함한 3명(동양사학과 노창준, 지금은 ㈜바텍 회장 그리고 서양사학과 양재원, 지금은 테제베CC 사장)이 당시 돈으로 1,000만 원을 들여 '오월서점'이라는 사회과학 전문 서점을 냈던 것이다. 그런데 사업자 등록 과정에서 셋 가운데 가장 많은 돈을 투자했던 내 명의로 세무서에 등기한 것이 화근이 됐다. 오월서점은 총학생회 등 당시 서울대 학생운동권 지도부의 전폭적인 지원에 힘입어 신림동 화랑교 근처에서 이미 독과점적 시장점유율를 자랑하던 '광장서적'의 시장을 상당히 잠식해 들어갈 정도로 제법 장사가 잘됐다. 당시 서울대 부근에는 학생운동권 출신이 운영하던 사회과학 서점 세 개가 성업 중이었는데, 관악구청 밑의 '대학서점'과 '광장서적', 그리고 신림동의 '전야'가 바로 그것이다.

그런데 당시 은어로 '빨간책'으로 불리던 운동권 서적을 주로 팔던 이 서점의 주인들이 훗날 모두 유명 정치인이 됐다는 점은 흥미롭다. 광장서적의 주인 이해찬 씨는 국회의원과 총리를 지냈고, 대학서점의 주인 김문수 씨도 국회의원과 경기도지사를 지냈다. 전야의 주인 이치범 씨는 환경부장관을 지냈다. 또한 내가 운영하던 오월서점을 인수한 김부겸 씨는 국회의원을 역임하며 행안부장관을 지냈다. (김부겸은 인수 후 '백두서점'으로 개명해 운영했다.)

어쨌든 당시 전두환 정권은 대학가의 이러한 사회과학 서점을 틈만 나면 압수수색영장도 없이 급습해 책을 쓸어가고, 서점 주인을 연행해가곤 했다. 나는 한국일보에 입사한 후에도 동업한 친구 둘이 서로 번갈아 당번을 서는 형식으로 맡겨 서점을 운영 중이었는데, 입사 두어 달 만에 또다시 불온서적 판매 혐의로 다량의 서적을 압수당하고 나 대신 친구가 연행되는 사태가 벌어졌다.

관악경찰서 조사 결과 오월서점의 법적 소유주가 밝혀졌고, 그 소유주가 현직 한국일보 기자라는 것도 드러났다. 그러자 경찰이 난감한 상황에 처해졌다. 경위야 어찌됐든 시국 사건 관련 혐의자가 현직 기자인 데다가 경찰 출입기자였던 것이다. 어느 날 취재 중에 사건반장(시경캡)이 "속히 회사로 들어오라"고 호출했다. 헐레벌떡 들어가 보니 시경캡이 오월서점이 압수수색 당한 사실을 거론하며 단도직입적으로 "왜, 빨갱이 책방을 운영하고 있다는 사실을 숨겼느냐, 사회주의 혁명을 하려거든 회사를 그만두든지, 아니면 서점을 정리하라"고 다그쳤다. 나는 고민 끝에 서점을 조속히 정리하겠다고 말했다. 곧바로 서점 사업주를 친구 명의로 변경했다. 하지만 사건은 순식간에 회사에 알려졌고, 이를 계기로 회사에선 어느새 내 별명이 '빨갱이'로 불리기 시작했다.

이 사건 이후 나는 요주의 인물로 낙인찍혀 여러 불이익을 당했지만, 거꾸로 진보적 생각을 지닌 좋은 선배들의 과분한 사랑을 받기도 했다.

잠시 곁길로 빠졌지만 다시 본론으로 돌아간다. 경위는 복잡하지만 그해 초가을부터 한국일보의 젊은 기자들은 노조 결성으로 방향을 잡고 매일 퇴근 후 은밀하게 만나 역할을 분담해 준비에 나섰다. 이 과정에서 한때 대학 졸업 후 노동운동에 투신하기 위해 나름 학습했던 내용들, 예를 들면 노동조합 결성 방법이나 사내에서 조직을 확산하기 위한 조직 활동론 등이 큰 도움이 됐다. 우리는 점조직 활동을 통해 약 50여 명의 발기인을 모으는 데 성공했고, 어렵사리 최해운 선배로부터 초대 노조위원장도 내락을 받아냈다. 이때 내가 맡은 역할은 위원장 선임과 발기인 대회 장소 확보 및 노동조합 신고를 법적으로 완료하는 것들이었다. 사실상 실무를 총괄한 셈이다.

1987년 노동자대투쟁 바람을 타고 언론사가운데는 처음으로 그해 10월29일 노조를 결성해 자칭 '선봉노조'를 자임했던 한국일보사 노동조합. 조합 결성 후 회사 1층 로비에서 적정임금 인상과 공정보도 등을 요구하는 집회를 하고 있다.

그러던 어느 날 동아일보와 중앙일보도 노동조합 결성을 준비 중이라는 소식이 들려왔다. 우리 한국일보 준비팀은 이 소식에 노조 결성이 외로운 행보가 아니라는 안도감을 갖기도 했지만, 이왕이면 언론사 가운데 가장 먼저 노조 결성을 해내자는 각오로 더 열심히 준비에 박차를 가했다. D데이는 10월 29일로 잡았다. 10월을 넘기지 않되 일주일 가운데 가장 사람 모으기가 편한 목요일 새벽으로 잡은 것이다. 노조 발기 장소는 궁리 끝에 회사에서 가까우면서도 각종 문화 활동이 자주 열려서 정보 당국의 시선을 피하기 좋은 종로 YMCA회관으로 정했다. 마침 대학 때 학생운동을 같이했던 친구가 YMCA 시민중계실 간사로 일하고 있어서 그의 도움으로 50여 명이 들어가는 세미나실 하나를 예약할 수 있었다. 예약자 명의는 당시 집 옆 학교에서 내가 주말마다 활동하던 '노량진 조기 축구회' 이름을 빌렸다.

마침내 10월 29일 아침 8시, YMCA회관 2층 세미나실에 노량진 조기축구회원을 가장한 한국일보 기자들이 하나둘씩 모여들기 시작했다. 당시 정부는 언론사에 노동조합이 결성될 것을 매우 우려하고 있었는데, 그 때문에 준비 팀들도 점조직 형태로 연락을 취했기에 편집국 기자들이 과연 몇 명이나 창립대회 장소에 나타날지 심히 불안했다. 하지만 8시가 조금 넘자 순식간에 50명이 넘는 기자들로 성황을 이루었다. 평소 이심전심으로 전두환 정권의 언론 탄압에 울분을 토로하던 기자들은 반가움에 서로를 격려하며 만세를 불렀다.

우리는 그날 바로 관할 종로구청에 노조를 등록하는 개가를 올렸다. 뒤늦게 이 소식을 접한 한국일보 담당 경찰과 중앙정보부, 국군보안사, 문화공보부 요원들이 회사 임원실에 모여 아연실색한 채 대책을 숙의하던 모습이 바로 어제 일 같다. 당시만 해도 경찰은 물론 이러한 정보기관이 수시로 회사를 드나들며 보도 협조라는 미명 아래 보도 통제를 자행하던 시절이었다. 이들의 작태는 바로 이

어 일어난 이른바 '보도지침 사건'으로 백일하에 드러나게 된다.

　이로써 1970년대 중반 유신정권의 탄압으로 문패를 내려야 했던 언론사 노동조합이 재탄생의 서막을 올리는 데 성공했다. 한국일보에 이어 동아일보와 중앙일보, 조선일보 등도 속속 노동조합을 결성했고, 방송사들도 뒤를 이었다. 초대 노조에서 쟁의부장을 맡았던 나는 이어 언론사 노조의 상위 협의체인 전국언론노동조합연맹(언론노련)을 결성하는 데도 힘을 보탰고, 연맹의 초대 교육국장도 맡았다. 노조 결성에 앞장선 원죄랄까, 그 후 한국일보 제8대 노조위원장도 떠맡을 수밖에 없었다. 또한 노동조합 전임자 역할을 수행하는 동안 언론노련의 수석부위원장을 맡아 오늘날 언론 비평지로서 큰 역할을 하고 있는 〈미디어오늘〉의 창간을 주창해 창간 이사를 맡기도 했다.

제도적 민주화가 정착된 오늘의 시점에서 보면 30여 년 전 언론사 노조 결성 과정은 한낱 에피소드에 지나지 않을지 모른다. 하지만 언론인 강제 연행과 인신 구속, 강제 해직이 당연시되던 전두환 군사정권 말기 상황에선 적지 않은 용기가 필요한 일이었다.

언론사 노조는 그 후 언론인 복지 향상과 공정 보도 활동에서 큰 역할을 하기도 했지만, 세월이 흐르면서 초기의 결기가 많이 퇴보한 것 같아 안타깝기만 하다. 여기엔 '자사 이기주의'와 '생활형 언론인'이 늘어난 시대적 흐름 탓도 있을 것이다. 하지만 언론사 노조가 다시 초심을 되찾아 날로 퇴색해가는 저널리즘 정신의 회복에 중추적 역할을 해주길 기대해본다.

안종주

전 한겨레신문 기자

세상을 바꾼 직업병 참사

1988 원진레이온 직업병 참사

이 이야기는 대한민국 직업병의 역사를 바꾼 원진레이온 이황화탄소 참사에 관한 것이다. 또한 국민주 신문인 〈한겨레〉 창간 이후 사회적 파장을 던진 최초의 특종 보도에 관한 이야기이기도 하다. 1,000명 가까운 직업병 노동자와 수백 명의 사망자를 낸 원진레이온 직업병 참사는 그 참상이 드러난 지 30년이 훌쩍 지났지만 아직도 대한민국 최대의 직업병으로 자리매김하고 있다.

운명의 날은 한 통의 전화와 함께 내게로 다가왔다

그런 날은 내 생애 두 번 다시 오지 않을 것이다. 1988년 4월부터 〈한겨레〉 창간호를 만드느라 이리저리 뛰었다. 창간 후에도 쉴 사이 없이 8면짜리 신문 마지막 8면의 톱기사를 혼자 도맡아 거의 한 달 동안 매일 써내느라 정신이 없었다. 〈한겨레〉 생활환경부에서 나는 보건사회부(지금의 보건복지부) 담당 기자였다. 같은 부서 기자 가운데 일간지에서 생활환경 분야의 기사를 써본 사람은 내가 유일했다. 차장도 없는 부서에서 부장 다음으로 기자 경력이 많았다. 기자 6년차인데도 말이다. 다른 기자들은 〈전자신문〉이나 〈과학동아〉 등 특수 전문지나 월간지 등에서 1~3년 정도 기자로 활동하다 〈한겨레〉에 합류했다.

창간 열흘 뒤인 5월 25일 1면 톱기사로 석면암에 관한 탐사 특종 보도인 "악성중피종 80년대 들어 1백여 명 발생"을 보도했다. 시대를 20년 넘게 앞서간 이 특종도 출입처에만 죽치고 앉아 있지 않고 한 달 넘게 발로 뛰어 탐사 추적해 이루어졌다. 이 보도를 위해 국립의료원과 서울대병원, 신촌세브란스병원 암센터, 그리고 치안본부(지금의 경찰청) 등을 두루 취재했다. 사실 이 보도는 석면 질환을 우리 사회에 처음 알리는, 기념비적 탐사 특종이었다. 대한민국 환경보건과 산업보건 최고 권위자들과 전문가, 교수, 어느 누구도 추적해 밝혀내지 못한 것이었다. 대한민국 언론에 악성중피종이란 석면암의 이름을 처음 등장시켰다. 지금은 이 분야 전공자뿐만 아니라 많은 사람들이 석면이 일으키는 이 암에 대해 들어서 조금은 알고 있다. 공정 방송을 위한 파업을 주도하다가 해고된 뒤 투병 끝에 안타깝게 별세한 MBC 이용마 기자가 앓았던 그 병이었다. 이 보도에 대해 일본의 한 석면 전문가는 일본에 견주어서도 20년을 앞선 보도였다고 평가했다. 원진레이온 대특종과 더불어 기자 생활 중 가장 보람 있고 사회적으로 의미 있는 탐사 특종 보도가 석면암 기사였다. 하지만 이 기사는 당시 석면 위험에 대한 사회 전반과 언론계의 몰이해와 무관심으로 후속 보도를 한 언론사는 단한 곳도 없었다.

내가 환경 문제에 본격적인 관심을 가지기 시작한 것은 〈서울신문〉에 있었던 1985~1986년 환경청을 출입하면서였다. 기자로서 환경 문제에 천착하기 위해 1987년 서울대 보건대학원 환경보건학과에 입학했다. 운명의 그날도 실은 보건대학원에서 배운 산업보건 관련 과목 때문에 찾아왔다. 2학기 때 당시 국내 석면 분석에 관한 한 사실상 유일무이한 전문가였던 백남원 교수의 산업의학 과목을 수강했다. 1987년 11월께로 기억하고 있다. 이황화탄소란 말을 들었다. 논문 한두 편을 가지고 이를 강독하며 설명하는 형식으로 수업이 진행됐다. 이황화탄소 중독증이 유럽 선진국에서 1940·50년대 대표적인 직업병 가운데 하나였으며 고무 제조뿐만 아니라 레이온 산업 등에서 문제가 된다는 내용이었다. 기자인 나는 처음 들어본 말이나 단어, 용어에 관심을 많이 가졌다. 이황화탄소란 말은 이때 내 머릿속에 확실히 각인됐다. 그리고 레이온(인조견)이란 말도 잘 기억하고 있었다. 인조견, 즉 인조비단 내지 가짜비단에 대해서는 1983년 가을 〈서울신문〉 문화부에서 있으면서 인조견의 고장 경북 풍기를 취재하면서 잘 알고 있었다. 과학 전문기자였던 내게 당시 유승삼 문화부장(나중에 서울신문사 사장을 지냄)은 과학기자라 할지라도 문화부에 온 이상 다양한 문화 분야 경험도 나중에 기자 생활을 오래할 때 도움이 되기 때문에 맛보는 것이 좋겠다고 말했다. 그의 지도와 방침에 따라 과학, 의학 외에도 바둑 담당, 미술기자 2진, 레저 담당도 함께 맡은, 그야말로 초짜지만 슈퍼 기자였다. 당시 8면 발행 신문에서 기라성 같은 선배들이 1주일에 1개 면을 책임질 때 나는 기자 생활 1년 만에 1주일에 3개 면을 홀로 맡아 지면을 메웠으니 말이다. 〈서울신문〉은 해마다 향토문화 소개를 한 뒤 나중에 시상을 하는 취재 기획 프로그램이 있었다. 경북 영주 풍기에 가서 인조비단 산업을 취재한 적이 있다. 인조견사로 옷감을 짠 뒤 이를 다시 다양한 제품으로 만들어내는 것을 직접 경험했다. 그러니 인조견이란 말을 잊어먹을 리가 없다. 더군다나 취재 후 5년이 채 지나지 않은 시점에 산업의학 수업 시간에 이황화탄소와 레이온 산업과의 관련성을 배웠으니 원진레이온 대특종은 어쩌면 내게 필연적으로 일어날 일이었던 것 같다.

창간 열기로 가득한 〈한겨레〉 편집국에 7월 중순 어느 날 한 통의 전화가 걸려왔다. 공해문제연구소에서 환경 담당 기자에게 걸려온 전화였다. 그 맞은편 자리에 있던 나는 어깨 너머로 원진레이온이란 말과 노동자들이 병에 걸려 고통을 호소한다는 말을 얼핏 들을 수 있었다. 다리를 절고 중풍 증세로 고생하고 있다는 것이다. 구리노동상담소에 노동자들이 찾아와 호소한 내용이지만 지방이 아니라 서울 쪽에서 해결하는 것이 빠를 것 같고 당시 직업병 문제를 전문적으로 해주는 재야 단체가 없어 공해문제연구소에 연락을 했다는 것을 알았다. 나는 원진레이온 노동자가 질병으로 고초를 겪고 있다는 말에 1초도 걸리지 않아 이황화탄소 중독증을 떠올렸다. 몇 달 전 산업의학 시간에 배웠던 덕분이었다.

이튿날 아침 일찍 출근한 나는 현장을 방문하기로 마음먹었다. 취재 차량을 배차 받고 사진부에 기자 한 명을 동행 취재해주도록 요청했다. 출발 직전에 전날 원진레이온 노동자 문제로 통화했던 대학 동기 김양호 구로의원 원장(지금은 울산의과대학교 교수)한테서 연락이 왔다. 자기네 병원에 이황화탄소 중독 직업병 노동자 한 명이 아침에 오기로 했다는 것이다. 혹 구리 원진레이온 현장에 취재하러 갈 것 같으면 구로의원에 잠시 들렀다 가라고 했다. 당시 한겨레신문사 사옥은 소규모 프레스 공장 등이 몰려 있던 양평동에 있었다. 구로의원과 그리 멀지 않았다. 구로의원에 가니 원장실에 자그마한 키에 약간 마른 체구의 중년 남성이 있었다. 인사를 했다. 강희수 씨였다. 김양호 원장이 취재를 갈 때 구로의원에 근무하는 김은희 간호사와 함께 가도록 부탁했다.

〈한겨레〉 취재 차량에는 나와 사진부 김선규 기자, 강희수 씨, 김은희 씨 등 운전사 포함 5명이 꽉 찼다. 7월 중순부터 장마가 시작됐다. 그날도 간간이 비가 내렸다. 원진레이온이 있는 경기도 남양주를 가기 위해 취재 차량이 다리를 건널 때, 비가 부슬부슬 내렸다. 나는 설렘 반 기대 반으로 약간의 흥분 상태였다. 마음 한구석에는 특종이라는 기대감이 넘쳐 흘렀다. 나는 강 씨에게 몇 가지 기초적인 질문을 던졌다. "하루 작업 시간은 어떻게 됩니까?" "유해 물질에 대한 산업안전보건 교육을 받은 적이 있습니까?" "있다면 연간 몇 시간을 받았습니까?" "유해 작업 수당은 받았습니까?" 이런 질문에 대한 대답은 내 귀를 의심케 했다. "하루 2교대로 12시간 작업을 했습니다." "교육은 받은 적이 없습니다." "이황화탄소란 말도 처음 들어봅니다." "그것이 어떤 물질인지 잘 모릅니다." "일년에 딱 한 차례 교육을 받기는 하는데 잠깐 불조심 교육을 받았습니다." "유해 작업 수당은 받은 적이 없습니다." 나는 그가 대답할 때마다 마음속으로 "이런 쳐죽일 놈들!" 하고 외쳤다. 그리고 그에게 설명해주었다. "연간 8시간 산업안전보건 교육을 하게 돼 있습니다. 이황화탄소와 같은 매우 위험한 물질을 다루는 작업은 하루 6시간 넘게 할 수 없고, 유해 수당도 당연히 법에 따라 주게 돼 있습니다."

우리 일행이 원진레이온 공장 가까이 다다르자 역한 냄새가 코를 찔렀다. 이곳을 지나 춘천으로 갈 때면 항상 나던 그 냄새였다. 이 고약한 냄새는 실은 이황화탄소와 황화수소가 섞인 악취였다. 그밖에도 다른 여러 유해 성분이 뒤섞인 것이긴 하겠지만 악취를 풍기는 주성분은 계란 썩는 냄새와 유사한 황화수소(H_2S) 냄새였다. 주민들은 수십 년 동안 이 악취 속에 지냈다. 당시 산업화의 한복판에 있던 대한민국에서 이와 유사한 악취나 공해에 시달리는 곳은 한두 곳이 아니었다. 그 가운데서도 원진레이온은 악취가 가장 심한 대표적 공해 산업 공장이었다.

　　강희수 씨는 가장 먼저 정근복 씨 집으로 우리를 안내했다. 정 씨는 안방에 드러누워 꼼짝을 하지 못했다. 의식은 있었다. 말은 어눌했지만 의사 표시는 할 수 있었다. 먼발치에서 노모가 고통 속에 지내는 아들을 탄식하며 바라보았다. 정 씨의 아내도 곁에 있었다. 이것저것 물어보며 취재를 하려 하니 아내가 말하기를 꺼렸다. 이유를 물어보았다. "며칠 후 회사 쪽 관계자를 만나 600만 원(지금의 돈 가치로 치면 6,000만 원이 넘는 돈이다.)을 받기로 했습니다. 그런데 이 내용이 신문에 나가면 우리는 그 돈을 받기 힘들 수도 있습니다." 문제는 돈이었다. 지금도 많은 사건에서 돈이 문제이듯이. 정 씨가 이황화탄소 중독 직업병 진단을 받고 몸 상태가 일을 할 수 없을 정도로 악화되자 회사 쪽은 한편으로는 입막음용으로, 다른 한편으로는 생계유지용으로 그의 아내를 공장의 후처리과에 취직시켰다. 후처리과는 가느다란 실로 뽑아내는 방사(紡絲)과 공정을 거친 인조견사를 노동자들이 일일이 감아 실타래를 만드는 작업을 하는 곳이다. 이곳에서도 방사과 다음으로 많은 이황화탄소 중독 환자를 양산했다. 아내는 회사에서 산재보상과는 별도로 600만 원을 주기로 하면서 민형사상 소송 금지와 외부 발설 금지를 조건으로 내세웠다고 한다. 이들에게는 거액에 해당하는 돈을 못 받게 될까봐 걱정되어 취재를 꺼렸던 것이었다. 그래서 사진 촬영도 허락하지 않았다. 그때부터 30분가량 나와 김은희 간호사의 설득 작업이 벌어졌다. "많은 산재 사건을 접하고 현장에 나가서 피해 조사 등을 벌였지만 원진레이온처럼 부도덕한 곳을 보지 못했습니다." "이게 신문에 나가면 600만 원이 아니라 이보다 10배 많은 보상을 받을 수도 있습니다." "선생님이 취재에 협조해 이것이 사회문제가 되어야만 선생님은 물론이고 아직 피해 배상을 받지 못하고 있는 동료 분들도 회사한테서 돈을 받을 수 있습니다." 30분 넘게 과거 경험을 토대로 설득 작업을 벌였다. 끈질긴 노력은 마침내 그들의 마음을 움직였다. 남편 정 씨가 사진을 찍어도 좋다고 했다. 김선규 기자는 드러누워 초점을 잃은 눈으로 우리를 쳐다보는 정 씨의 모습과 할머니가 아들을 물끄러미 보는 모습, 아내가 남편을 간병하는 모습 등을 담느라 연신 카메라 셔터를 눌러댔다. 이 사진은 첫 보도 기사에는 실리지 않았다. 이어 방문한 서용선 씨의 모습이 기사에 더 어울린다는 판단에서였다.

　강희수 씨에게 물었다. "정근복 씨보다 몸 상태가 더 안 좋은 사람이 있습니까?" 그는 정 씨 집에서 수백 미터 떨어진 곳에 있는 서용선 씨 집으로 안내했다. 집에는 휠체어에 앉아 있는 서용선 씨가 있었고, 초등학교에 다니는 두 아들이 아버지의 휠체어를 밀어주는 등 간병을 하고 있었다. 아이들의 엄마는 보이지 않았다. 아이들에게 엄마는 어디 갔느냐고 물었다. "동네 다른 집에 파출부 일을 하러 갔어요." 서 씨는 집에서 점심으로 라면을 먹고 있었는데, 라면 몇 가닥이 입가로 흘러내리고 있었다. 이 모습만으로도 상태를 짐작할 수 있었다. 반신 이상의 마비가 와 혼자서는 걸을 수도 없는 상태였다. 정근복 씨와 함께 이황화탄소 중독 직업병을 인정받았다고 한다. 하지만 직업병 인정을 받은 원진레이온 노동자 4명 가운데 장해등급 2급으로 가장 상태가 나빴다. 대화 또한 불가능했다. 그는 말을 제대로 할 수 없었다. 취재진에게 뭐라고 말하는 것 같았지만 내 귀에는 그저 웅얼거리는 소리로밖에 들리지 않았다. 집 안에 켜진 텔레비전을 보고는 있었지만 눈의 초점은 흐릿해 제대로 듣고 이해하는지 알 수 없었다. 김선규 기자는 휠체어에 앉아 퀭한 눈으로 텔레비전 화면을 응시하고 있는 서 씨의 모습을 놓치지 않고 앵글에 잡았다. 그리고 그 모습은 7월 22일자 사회면 머리기사와 함께 실렸다. 중증장애인이 된 아버지와 그런 아버지가 탄 휠체어를 끌고 있는 어린 아들의 모습을 본 독자들은 원진레이온과 사회에 대해 분명 분노의 감정을 가졌으리라. 지금쯤 40대가 되어 있을 그 아이는 어디서 무엇을 하고 있을까? 나를 만나면 그때를 기억할까.

 그날 오후 회사에 돌아온 나는 곧바로 기사 작성에 들어갔다. 기사를 매우 빨리 쓰는 편인데다 취재한 것이 워낙 생생해 한두 시간 만에 스트레이트 기사와 해설 기사를 모두 완성해 부장에게 넘겼다. 그렇게 운명의 첫날은 흘러갔다. 부장에게 이 사건은 앞으로 큰 파장이 일 것이므로 1면 머리기사(톱기사)로 올려도 손색이 없음을 강조했다. 부장도 이에 동의했다. 하지만 편집국장과 부국장, 부장단 등 편집위원회 멤버들은 이 사안의 중요성을 그리 깊이 인식하지 못했다. 돌이켜보면 〈한겨레〉로서도 정말 뼈아프고 기사에 대한 한심한 가치 판단이 기사 출고 뒤 이틀간 벌어지게 된다.

원진레이온 직업병, 판도라 상자를 열다

 〈한겨레〉가 원진레이온 이황화탄소 참사를 지면에 반영하기까지는 우여곡절이 있었다. 원진레이온 피해 노동자 집을 일일이 방문 취재해 작성한 원고는 생활환경부장, 즉 데스크 손을 거쳐 편집부로 넘어갔다. 20일 아침 편집위원회 회의 때 이 기사가 보고됐다. 당시 지영선 생활환경부장의 기사 내용 보고를 듣고 1면 머리기사로 다루기로 잠정 결정했다는 이야기를 회의 뒤 직접 전해 듣고 기뻤다. 그런데 오후 회의에서 정치부의 국회 기사(나중에 알고 보니 별로 가치도 없고 지금은 아무도 기억하지 못하는 현안을 놓고 여야가 공방을 벌인 내용의 기사)를 1면 머리에 올리기로 하고, 원진레이온 기사는 다음 날 다루기로 했다. 어쩔 수 없이 알았다고 했다. 그리고 하루가 지나 21일이 되었다. 20일 전날처럼 아침 회의 때 1면 머리기사로 잡혔다고 했지만, 다시 오후가 되니 1면에 정치부가 보내온 국회 여야 공방 기사로 만들기로 했다고 한다.

　지영선 부장은 미안한 표정으로 취재한 지가 며칠이 지났는데 기사가 미뤄지면 혹 다른 신문에서 보도할 가능성이 없는지 물어왔다. 당시는 15세 소년 문송면 군의 수은중독 사망으로 각 언론사와 노동계, 산업보건계가 노동자 직업병 문제에 매우 민감하게 대처하고 있던 때였기 때문이다. 지 부장도 그런 점을 의식하고 있던 것이다. "장담하기 어렵습니다. 취재원이 여럿 되고 구리노동상담소와 공해문제연구소 등에서도 〈한겨레〉가 취재해 간 뒤 기사가 나오지 않는 것을 보고 〈동아일보〉 등 다른 언론사에 제보하면 한여름 땡볕에 놓인 아이스크림처럼 되지 않을까요." 그리고 마침내 1988년 7월 22일 조간신문 사회면 머리기사로 실렸다. 난산 끝에 태어난 옥동자와 같았다. 대특종인 원진레이온 직업병 참사 기사가 1면이 아닌 사회면에 어렵사리 실려 햇볕을 보게 된 것이다. 보도 뒤 칭찬과 격려를 해주는 선후배들도 더러 있었지만 대개는 이황화탄소를 잘 모르고 직업병에 대한 관심이 그리 높지 않은 탓인지 별다른 인사를 건네지 않았다.

　〈한겨레〉가 끔찍한 작업환경에서 매일 독가스를 들이마시며 일하다 집단적으로 중증장애를 입은 원진레이온 이황화탄소 직업병 참사를 대서특필 했지만 당시 대다수 언론은 침묵했다. 극히 일부 언론이 그 내용을 받아 간략하게 다루었지만 현미경으로 찾아야 할 정도로 매우 짤막한 단신 기사로 처리하고 말았다. 다른 신문에 견줘 그래도 비교적 산재 직업병에 대해 눈에 띄게 보도하던 당시 석간신문 〈동아일보〉는 같은 날 사회면(11면)에 시사만화 '나대로 선생' 바로 밑쪽에서 "원진레이온 퇴직자 2명 이황화탄소 중독(中毒)"이란 제목의 2단짜리 기사로 단 두 줄의 기사를 실었다. 그러다 보니 원진레이온 공장이 무엇을 하는 곳인지, 이황화탄소는 어떤 물질인지, 왜 이 공장에서 이황화탄소라는 물질을 사용하는지 등 기사로서 갖추어야 할 요건을 죄다 빼먹은 채였다. 이미 앞서 〈한겨레〉에 자세한 내용이 나왔는데 아예 무시를 해버렸다. 직업병 환자 수도 축소했다. 하루 지난 뒤인 조간신문 〈조선일보〉도 23일자에서 〈동아일보〉처럼 단신 처리하고 말았다. 그 외 나머지 신문과 방송은 단 한 줄도 원진레이온 이황화탄소 직업병 문제에 관한 기사를 다루지 않았다. 그들에게 원진레이온 직업병 사건은 일어난 적이 없는 유령 사건이나 다를 바 없었다. 하지만 그들도 불과 열흘가량 지나 노동부가 원진레이온에 대한 특별근로감독을 벌인 뒤 그 결과를 보도자료로 내자 뒤늦게 크게 다루는 등 뒷북 보도에 뛰어들었다. 앞으로 벌어질 일에 대해 한 치 앞도 내다보지 못한, 전혀 언론답지 못한 행태였다.

최초 보도 12일 뒤에야 시작된 언론 보도

〈한겨레〉 보도 직후인 7월 29일부터 노동부가 직접 원진레이온에 대한 특별근로감독을 실시했다. 그리고 그 결과는 8월 3일 발표됐다. 언론은 일제히 주요 내용을 눈에 띄게 다루었다. 앞서 단신처럼 처리했던 〈동아일보〉는 사회면에 "직업병(職業病) 11명 사직(辭職) 강요"라는 세로 4단 주제목(당시 〈한겨레〉만 가로쓰기 편집을 하고 있었고 나머지 신문들은 세로 편집을 하고 있었다.)과 "'개인병(病)이다' 우겨, 원진레이온 대표(代表) 등 입건"이란 부제목을 달아 보도했다. 이 기사를 보면 이황화탄소 중독증이 어떤 증상을 일으키는지, 이 물질은 어떤 특성과 유해성을 지닌 물질(신경독성물질)인지, 개인병이라고 왜 회사가 우겼는지(실은 뇌졸중 증상과 매우 유사) 등을 전혀 알 수 없다. 특수건강진단을 맡긴 병원이 어디인지도 나와 있지 않다. 실은 〈동아일보〉와 같은 재단인 고려대학교부속병원에서 특수건강진단을 맡았다. 원진레이온이 어떤 기업인지, 즉 정부의 한국산업은행이 경영관리를 하던 기업이라는 사실과 최고 경영진들이 군 장성 출신이라는 사실도 언급하지 않았다. 〈동아일보〉뿐만 아니라 다른 신문과 방송들도 이와 비슷한 내용의 보도를 했다. 〈한겨레〉 첫 보도에 관련 내용이 모두 있는데도 애써 외면한 것이다. 하지만 원진레이온 직업병 참사는 이들이 이렇게 보도한다고 해서 묻혀 사라질 사안이 결코 아니었다.

〈한겨레〉는 7월 22일 첫 보도에 이어 8월 6일자 신문에서 "원진레이온 산재로 8명 사망"이라는 제목의 단독 보도를 제2사회면 머리기사로 내보냈다. 1977년과 1978년 연이어 원진레이온 공장에서 방사과 노동자 등 모두 7명(이 가운데 1명은 하청업체 청소 노동자)이 송출관 파열 등의 사고로 숨졌고 노동자 한 명은 사실상 직업병으로 숨진 사실을 보도했다. 더욱 충격적인 것은 많은 노동자들이 원진레이온 공장 작업장에서 쓰러져 강제 퇴직당할 시점인 1984~1986년 기간 동안 3년간 무재해기록증을 노동부장관 이름으로 1986년 8월 원진레이온 쪽에 주었다는 사실이다. 이는 일파만파로 번져 거센 비난과 함께 노동부를 궁지로 몰아넣게 된다.

나는 보도를 하면서 당시 여소야대 상황에서 평민당과 민주당이 공동으로 결성한 원진레이온 직업병 발생 진상조사반이 이런 사실을 밝혀낸 것으로 기사를 썼다. 나는 생활환경부 기자여서 정치권 쪽에는 취재원이 없었고 야당 국회의원들과 함께 활동하고 있는 보건의료 운동 단체 관계자한테서 귀띔을 받고 진상조사반 발표 형식으로 보도했다. 지금 와서 생각해보면 당시 이 기사도 사회면 머리기사나 1면에 배치했어야 한다. 하지만 나는 사회부 소속 기자가 아니었다. 더군다나 산재 직업병, 즉 노동 분야 담당이 아니어서 신문사 내부에서는 자신의 취재 영역이 아닌데도 자꾸 기사를 쓴다는 소리가 간접적으로 전해졌다.

이번에도 기존 언론들은 이 내용을 다루지 않았다. 노동부가 무재해 기록증을 준 부분에 대해서는 나중에 다른 형식으로 기사 내용에 집어넣었다. 원진레이온 사건은 그 뒤 1991년 김봉환 씨 주검

투쟁을 계기로 다시 한번 뜨거운 사회적 관심을 끌게 된다. 언론사들도 이제 보수와 진보, 신문과 방송을 가리지 않고 원진레이온 후속 보도에 열을 올렸다. 새로운 피해자가 나오면 이를 집중 조명했다. 원진레이온 직업병 참상을 기획 연재로 다루었다. 원진레이온 직업병을 계기로 노동자들의 열악한 작업환경과 직업병, 산재 실태를 다루었다.

각종 기록을 세운 원진레이온 직업병, 산업보건 제도를 바꾸다

원진레이온은 대한민국 역사상 단일 공장에서 가장 많은 직업병 노동자를 양산한 사건으로 자리매김했다. 사건이 일어난 지 30년이 지난 뒤에도 우리가 잊지 않고 있는 까닭이 여기에 있다. 이뿐만 아니라 단일 레이온 공장에서 이처럼 엄청난 이황화탄소 중독 노동자가 생긴 것은 세계적으로도 유례를 찾기 어렵다. 직업병 올림픽이 있다면 이황화탄소 중독 종목에서 대한민국이 금메달을 딴 셈이다. 은메달을 딴 나라가 감히 넘볼 수 없는 엄청난 기록으로 말이다.

88서울올림픽에 참여한 우리나라 선수들을 비롯해 각 나라 선수들이 새로운 기록에 도전하기 위해 속속 서울로 몰려들고 있을 때 원진레이온에서는 국내 직업병 기록에 도전하고 있었던 것이다. 원진레이온 직업병은 피해 노동자 배상(보상) 부문에서도 국내 최고 기록을 세웠다. 〈한겨레〉 특종 보도와 노동부의 원진레이온에 대한 특별근로감독 결과가 발표된 뒤 직업병 피해자와 그 가족들은 점점 조직적이고도 치열한 투쟁을 벌였다. 그 일환으로 1988년 8월 18일 최초의 피해자 단체인 '원진레이온 직업병 피해자 및 가족협의회'(원가협)가 탄생했다. 원가협은 피해 보상과 작업환경 개선을 위해 변호사와 야당 국회의원 등을 내세워 회사 쪽과 협상을 몇 차례 벌였으나 모두 결렬되고 말았다. 원진레이온 노동자를 위해 힘을 쏟은 정치인 가운데 노무현 당시 민주당 의원도 빼놓을 수 없다. 그는 노동자와 회사 간 협상 타결을 위해 노력했지만 무산됐다. 노무현 전 대통령이 안타깝게 서거했을 때 원진레이온 직업병 피해 노동자들이 경기도 구리에서 버스를 대절해 봉하마을까지 직접 내려가 조문했던 까닭이 여기에 있다.

마침내 9월 14일 국회 의원회관 박영숙 평민당 부총재 사무실에서 두 종의 합의서에 양쪽이 서명했다. 하나는 원진레이온 직업병 판정과 보상에 관한 것이고, 다른 하나는 원진레이온 현직 노동자들의 건강 진단과 작업환경 개선에 관한 것이었다. 노동자들은 최고 1억 원의 보상을 받았다. 지금의 가치로 정확하게 환산할 수 없지만 대략 10억 원 정도의 가치였다. 원진레이온 노동자 가족이 회사로부터 받기로 한 600만 원의 위로금 때문에 입을 닫아야 했을 때, 내가 가족을 설득하기 위해 말한 '10배 많은 금액'보다 훨씬 많은 보상금을 산재보험보상법에 따른 피해 보상과 별도로 받을 수 있게 된 것이다. 유해 작업 부서인 방사과 등에서 하루 12시간씩

일하고도 초과근로수당을 받지 않은 것은 회사 쪽의 명백한 불법 행위였다. 이를 회사가 모를 리 없었고 경영진이 모를 리 없었다. 물론 노동부도 관리 감독을 소홀히 한 책임이 크다. 이 회사는 국책은행인 한국산업은행 관리를 받고 있는 사실상의 정부 기업이어서 더욱 문제가 있었다. 이것이 〈한겨레〉 보도와 노동부의 특별근로감독 결과 드러난 것이었다. 이 합의서는 그 결과에 따른 당연한 조치였다. 나는 뒤늦게나마 원진레이온 노동자들이 초과근로수당을 추석 전 지급받고 또 최고 1억 원의 보상금까지 받을 수 있게 됐다는 소식을 전해 듣는 순간 마음 한쪽에서 기자가 되기를 잘했다는 기쁨이 솟구쳤다.

원진레이온 특종기와 그 뒤 벌어진 원진레이온 직업병 참사 이야기는 책을 몇 권 써도 모자랄 정도로 6년 동안 우리 사회를 뒤흔들었다. 원진레이온은 창립 29년 만인 1993년에 문을 닫았다. 원진레이온 노동자를 죽음으로 내몬 인견사 방적기계는 공장이 폐업한 이듬해인 1994년 중국 단둥으로 수출됐다. 공장 터에는 부영이 지은 5000세대의 아파트가 들어섰다. 1993년 원진직업병관리재단이 만들어졌고, 이를 모태로 해 1999년 구리와 2003년 서울 면목동에 50병상과 400병상 규모의 원진녹색병원 두 곳이 각각 세워져 지금도 활발하게 산재 환자와 저소득층 진료를 도맡아 하고 있다. 또 노동환경건강연구소도 1999년 별도로 세워져 산재 직업병 예방 교육과 직업병 연구를 하고 있다. 직업병 사건으로 이와 같은 대형 병원과 연구소가 세워진 것은 세계적으로도 유례를 찾기 힘든 것으로 알려져 있다. 원진레이온 직업병 참사가 지닌 위상을 짐작케 하는 대목이다. 아쉬운 점은 그 이후에도 부산 제일화학 석면 직업병, 한국타이어 직업병, 삼성 백혈병 등 안타까운 대형 직업병 사건이 지금까지도 꼬리에 꼬리를 물고 있다는 사실이다. 그리고 매년 1,000명에 가까운 직업병 사망자와 또 매년 1,000명에 가까운 산재 사망자가 우리나라에서 발생하고 있다. OECD 국가 가운데 한국은 여전히 최악의 산재공화국이란 오명을 뒤집어쓰고 있다.

원진레이온 직업병 참사는 내게 운명처럼 다가왔고 지금도 운명으로 남아 있다. 원진레이온 참사는 나 개인뿐 아니라 우리 사회에서도 결코 잊을 수 없는, 아니 결코 잊어서는 안 되는 일대 사건이었다. 〈한겨레〉 30년사에 '세상을 바꾼 몇 안 되는 대특종이자 창간 이후 최초의 특종'으로 기록됐다. 그리고 '한겨레신문 20년사'와 '한겨레신문 30년사'에 대특종 첫 페이지를 당당하게 장식하고 있다.

〈한겨레〉 1988년 7월 22일 7면

원진레이온, 이황화탄소 중독자 12명 발생

유해환경 놔두고 산재환자 강제 퇴사

—언어장애·팔다리 마비… 노동부는 팔짱만

원진레이온, 이황화탄소 중독자 12명 발생

유해환경 놔두고 산재환자 강제 퇴사

언어장애·팔다리 마비…노동부는 팔짱만

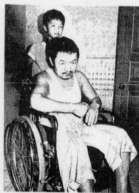

이황화탄소 중독으로 온몸이 마비된 서용선씨가 큰아들 명화(14)군의 도움으로 겨우 휠체어에 올라 앉아 있다. 〈김신규 기자〉

인견사를 생산하는 원진레이온(경기도 남양주군 미금읍 도농1리) 공장에서 시경독성 물질인 이황화탄소 중독 환자가 잇따라 발생, 말과 몸 움직임이 부자유스런 중증마비 상태에 이르러 회사로부터 강제퇴직당한 사람이 86년 이래 12명이나 되는 것으로 밝혀졌다.

중독은 주로 이황화탄소 용액으로 녹인 펄프에서 인조견사를 뽑아내는 방사과에서 발생했는데 퇴직자 중 서용선(46), 한병화(52)

씨 등은 팔다리가 완전히 마비되고 말을 못하며 대소변도 못 가리는 심한 장애에 빠져 있으며 정근복(49), 정명섭(46) 씨 등도 정상적인 사회활동이 어려운 상태다.

방사과에서 10년 이상 일해온 이들 이황화탄소 중독자들은 팔다리마비와 언어장애뿐 아니라 기억력 감퇴, 정신이상, 성 불능, 콩팥기능장애 등 다양한 증상으로 고생하고 있다.

이황화탄소 유해공정에서 현재도 약 2백 명의 노동자가 일하고 있는데 방사과 안은 배기장치가 제대로 유독가스를 뽑아내지 못해 늘 코를 찌르는 고약한 냄새가 나며 작업장 안이 습해 호흡기와 피부점막을 통해 이황화탄소에 쉽게 중독되게 되어 있다는 것이다.

이황화탄소는 고약한 냄새가 나는 노란 액체로 휘발성이 강한 신경독성물질이다. 이에 만성 중독될 경우 만성뇌막부종, 자율신경중추교란, 신경생리학적 변화, 내분비기능 파괴, 생식기능 장애, 심혈관질환, 소화기능 장애를 일으키는 등 온몸의 기능을 파괴하는 무서운 성질을 지니고 있다. 이황화탄소의 작업장 안 허용기준은 10ppm(ppm은 100만의 1의 비율을 뜻함)이다.

이 공장의 작업환경측정과 노동자건강검진은 83년부터는 경희대 의대, 86년부터는 고려대 의대 산업의학연구소팀이 맡아 해왔으나 중독 환자를 조기에 발견해내지 못했으며 작업환경 개선을 통한 직업병 예방에도 아무런 힘이 못된 것으로 드러났다.

원진레이온 공장에서 15년째 일해오던 서용선(46·경기도 남양주군 미금읍 지금6리 100-64) 씨는 지난 85년 작업장에서 이황화탄소 중독으로 쓰러져 강제퇴사 당한 뒤 2년이 지난 87년 뒤늦게 노동부로부터 장해등급(최고 1등급 최저 14등급) 판정을 받았다. 서 씨는 지금 한쪽 팔만 겨우 움직일 뿐 두 다리와 한 팔은 완전히 못쓰게 돼 혼자 힘으로 앉지도 휠체어에 오르지도 못하며 말도 못하는 폐인이 돼 버렸다.

또 68년부터 이 공장에서 일해오던 정근복(49·경기도 구리시 교문동 312-14) 씨는 86년 4월 방사1과에서 작업을 하다 쓰러져 강제퇴사를 당한 뒤 여러 병원을 돌아다니다 지난해 3월 구로고대병원에서 장해 8등급 판정을 받았다. 정씨는 후유증과 합병증으로 말을 제대로 하지 못하며 기억력이 크게 떨어지고 혼자 걷지 못하고 있다.

이 공장에서 15년째 일하다 지난해 2월 이황화탄소 중독으로 쓰러져 강제퇴사 당한 뒤 8개월 만인 10월 6일 노동부로부터 장해 9등급 판정을 받은 강희수(44·서울 용산구 서부이촌동) 씨는 "이황화탄소 환자가 발생할 때마다 회사가 무조건 강제퇴사 시킨 뒤 나중에 직업병과 장해등급 판정을 받으면 '민사형사 소송을 제기하지 않겠다'는 각서를 받고 600만 원씩의 보상금을 줘 사건을 무마시켜 왔다"고 말했다.

강 씨는 "퇴직을 당한 뒤 먼저 쓰러졌던 동료 정근복 씨의 도움으로 운 좋게 노동부로부터 직업병·장해보상 판정을 받았다"며 원진레이온 공장에서 병에 걸린 뒤 직업병인 줄도 모르는 채 퇴직 당했거나 계속 일하고 있는 노동자들이 상당수가 될 것이라고 밝했다.

한편 원진레이온 공장의 이러한 유해 작업 환경과 직업병 환자에 대한 사직강요 등 불법노동행위를 노동부가 지금까지 눈감아 준 것도 커다란 문제로 지적된다.

원진레이온 공장은 노동자들에게 직업병을 일으킬 뿐 아니라 심한 악취 때문에 부근 주민들에게까지 불편을 주어 항의소동을 빚기도 했었다.

1959년 세워진 원진레이온 공장은 경영 부실로 1979년부터 산업은행이 관리하고 있는데 현재 종업원 1천 5백 80명, 지난해 4백 55억 원의 매출액을 올린 대기업이다. 1979년 산업은행 관리로 들어간 뒤 이규학(전 합참의장), 전창록(전 공군소장) 씨를 거쳐 지금은 백영기(전 육군소장) 씨가 경영을 맡고 있다.

이승호

전 스포츠조선 기자

'삼청교육대 수기'를 대필하다

여자 삼청교육대 증언

1988년 봄, 출판그룹사인 ㈜CPI에 입사하여 시사 월간지 〈엔터 프라이즈〉 기자 생활을 시작했다. 고등학교 시절 몇몇 선생들과 사이가 안 좋았던 나는 교육 문제에 관심이 많았다. "학원 자율화의 또다른 폭력 구교대(救校隊)", "나는 교단에 서고 싶다, 미발령 교사들의 절규" 등의 기사를 썼다.

그때 시사 월간지들은 화제가 되거나 이슈로 떠오른 인물 몇을 인터뷰하여 맨 앞에 싣는 관습이 있었다. 사진은 크게, 글은 짧게 편집하는 방식이었다. 그해 7월, 8월호를 준비하는 기획회의 때 그 인터뷰 코너에 삼청교육진상규명전국투쟁위원회 출범을 준비 중이고 자신 역시 삼청교육대 피해자인 류영근 목사를 모시자는 말이 나왔다. 류 목사는 군부대에 끌려가 사망하거나 다친 사람들과 군인들의 가혹행위 관련 증언 등을 수집하여 진상을 밝히려 백방으로 노력하고 있었다. 류 목사는 주로 언론을 상대하고 있었다. 류 목사 인터뷰는 내가 발제를 했는지 다른 사람이 했는지 기억에 없다. 발제자가 인터뷰를 하고 기사를 쓰는 것이 관행이었으므로, 아마도 내가 발제를 하지 않았나 싶다.

지금은 삼청교육대의 실상에 대해 제법 많이 알려져 있지만 그때만 해도 상당 부분 풍문이나 괴담으로 떠돌던 시절이다. 류 목사를 만났다. 그가 들려주는 얘기는 끔찍했다. 끔찍하여 인터뷰 중간 무슨 질문을 하거나 말을 보태기조차 불편했다. 그래도 꼭 물어보고 싶은 게 하나 있었다. 세간에는 '여자들도 잡혀 갔다더라'는 소문이 무성했다. 구체적으로는 "포주, 매춘 여성 등 '질이 안 좋은 여자'들이 끌려갔다"는 식의 소문이었다. 나는 기어코 "여자들도 많이 끌려갔다던데… 혹시 연락해 온 분은 없는지요?" 하고 물었다. 류 목사가 대답했다. "한 분 있어요. 전영순 씨라고."

귀가 번쩍했다. 소문으로만 존재하던 그녀들 중의 하나가 '전영순'이라는 실명으로 등장한 것이다. 최초의 '커밍아웃'이었다. 순간 여러 가지 생각이 머릿속을 맴돌기 시작했다. 그녀의 얘기를 반드시 써야겠다, 그런데 입을 열까, 증언해줄까, 기사화에 동의할까, 아니 만나주기나 할까…. 류 목사에게 다시 물었다. "전영순 씨에게 인터뷰 하자고 하면… 하실까요?" 류 목사가 답변할 수 없는 우문이었다. "글쎄요." 류 목사는 그녀에게 '함께 활동하자'고 설득하고 있는 중이라고 했다. 그는 직접 얘기해보라며 그녀의 집 전화번호를 알려줬다.

데스크에게 보고했다. "여자? 여자 삼청교육대?" 그는 최대한 빨리 전영순 씨를 만나라고 재촉했다. 이제 만나고, 듣고, 쓰면 된다. 근데 그녀가 과연 나를 만나줄까. 악담과 모함이 유령처럼 세상을 떠돌고 있는데 과연 입을 열까. 다시 이런저런 걱정이 고개를 들었다. 분위기 파악을 좀 한 뒤 데스크에 보고할 걸, 하는 후회도 얼마간 생겼다. '전략'을 짜보자. 하지만 묘수가 없었다. 진심 외에 다른 전략이 있을 수 없었다. '세상에 진실을 알려야 하지 않느냐'는 말 외에 무슨 말을 하겠는가.

"여보세요." 전영순 씨에게 전화를 걸었다. 류 목사에게 소개받았고, 만나 뵙고 싶다는 말을 전했다. 그녀는 잠시 생각하는 눈치더니 "글쎄요"라고 대답했다. 나는 일언지하에 거절당하지 않은 걸 다행으로 여기며 말을 이어갔다. 진심이 느껴지기를 바라면서 "진실을 듣고 싶다"고 말했다. "내일 집으로 오세요. 대신 기사는 안 쓰는 조건입니다." 그녀가 전화기 저편에서 말했다. 1차 관문은 통과했다. 주소를 받아 적었다. 경기도 수원이었던가.

나는 전영순 씨의 얘기를 기억이 아닌 기록으로 남겨둬야 한다는 어떤 강박이 있었다. 기억은 아무도 인정해주지 않는, 사람들이 믿어주지 않아도 속절없는, 그런 것 아닌가. 볼 수 있고, 들을 수 있는 어떤 실체적인 근거를 남겨둬야 했다. 나는 1981년 육군본부에 근무하고 있었는데 삼청 관련 자료 등을 몰래 빼내 한동안 보관하다 소각한 부끄러운 기억이 있다. 보안대에서 나에 관한 조사를 한다는 누군가의 말을 전해 듣고 두려운 나머지 사람들 눈을 피해 태워버린 것이다. 평생 후회스럽고 부끄러운 일이다. 강박은 이런 기억에서 유래했을 것이다.

전영순 씨에겐 미안했지만 이야기를 몰래 녹음하기로 마음 먹었다. 세운상가 전파상에서 중고 소형 녹음기를 샀다. 낡은 일제 소니였다. 나로서는 거금을 들여 샀다. 그녀를 방문한 날은 무척 더웠다. 조금이나마 '우호적 감정'을 불러일으키기 위해 과일 가게에 들러 수박 한 통을 사 갔던 것도 같다. 작은 아파트였다. 초인종을 눌렀다. 문이 열리고 그녀의 얼굴이 나타났다. '조신해 보이는 중년 여성'이었다. 그녀는 당시 46세였다.

거실에는 사각형의 다과상이 있었고, 상 양쪽으로 방석 두 장이 깔려 있었다. 전영순 씨가 미리 자리를 준비한 것으로 보였다. 그녀는 나에게 앉기를 권한 뒤 "마실 걸 준비하겠다"며 주방 쪽으로 갔다. 앉자마자 가방 안에 숨겨두었던 녹음기를 꺼내 작동 버튼을 누른 뒤 다과상 밑에 뒀다. 상이 너무 작아 녹음기가 눈에 띌 것 같았다. 난감했다. 할 수 없이 가부좌로 앉은 상태에서, 왼쪽 허벅지 위에 녹음기를 올려놓고 탁자와 딱 붙게 밀착시켰다. 허벅지를 올려붙이다보니 자세가 어색했다. 그녀가 마실 걸 가져왔고, 우리는 다과상을 사이에 두고 마주 앉았다. "얘기는 하겠는데 기사는 안 돼요." 그녀가 다시 확인했다. 역시 녹음기를 준비하기 잘했다는 생각이 들었다.

전영순 씨는 군인이었던 남편과 사별하고 포항에서 딸 둘, 아들 둘을 키우는 평범한 주부였다. 그녀는 자식들을 먹여 살리기 위해 계모임을 했고, 포항경찰서에 재직 중이던 '서 형사'한테 받을 돈 1,524만 원이 있었다. '서 형사'는 이 핑계 저 핑계 대면서 돈을 갚지 않았다. 그녀는 법에 호소하기로 했다. 어느 날 경찰서 앞에 있던 대서소를 찾아 '법률 자문'을 받았다. 법적으로 해결하려 하자 '서 형사'는 그녀가 제시한 차용증이 가짜라고 역공했다. 사문서 위조라고 뒤집어씌웠다. '서 형사'의 모함으로 그녀는 1980년 8월 20일 대구지방법원 경주지원에 출두해야 했다. 경주지원을 나온 그녀는 같은 날 다시 포항경찰서로 불려갔다. 놀랍게도 포항경찰서는 그녀를 '보호실'에 가뒀다. 그리고 더욱 놀랍게도, 불과 하루 뒤인 8월 21일 그녀는 다른 여자들과 함께 차에 실려 어디론가 가고 말았다.

모든 것이 '서 형사'의 계략이었다. 대서소 사람은 경찰 출신으로 '서 형사'의 지인이었으며 서슬 퍼런 정화위원이기도 했다. 당시 지역정화위원은 삼청교육대 입소 여부를 심사하는 심사관 역할도 했다. 그녀를 잡아 가둔 포항경찰서는 바로 '서 형사'가 몸담고 있던 조직이었다. 전영순 씨도 모르는 사이에 일련의 조직적 조작이 진행되고 있었던 것이다.

전영순 씨를 실은 차는 경주를 향하고 있었다. 경주에서 여자 3명이 더 실렸다. 경주 이후로는 차가 어디로 가는지조차 알 수 없었다. 시간이 흐르면서 어느덧 10여 명의 여자들이 차에 실려 있었다. "우린 어디로 가는 건가요?" 누군가가 물었을 것이다. "아줌마들은 군부대에서 한 달 동안 훈련받아야 해요." 동행했던 호송 경찰이 대답했다. 어디선가 하룻밤을 자고 그녀와 그녀들은 다시 차에 실렸다. 차는 오후 서너 시쯤 돼서야 멈춰 섰다. 강원도 모처에 있는 군부대였다. 연병장에는 이미 셀 수 없이 많은 여자들이 잡혀와 있었다. 여자 삼청교육대였다.

전영순 씨 일행을 '인수한' 여군들이 다짜고짜 욕설을 퍼부었다. "이 쌍년들, 똑바로 못해!" "야, 거기 늙은 년!" 그날부터 지옥이었다. 매질을 당했다. 고막이 터졌다. 두피가 벗겨져 피가 흘렀다. 남자 군인들도 힘겨워한다는 공수 훈련까지 받았다. 보름 동안 몸무게가 15kg 빠졌다. 그녀의 고초에 대해서는 이 정도만 얘기하자.

정국은 정신없이 돌아가고 있었다. 최규하는 1980년 8월 16일 대통령직에서 사임했다. 전두환은 그로부터 채 일주일도 지나지 않은 8월 22일 전역과 함께 대통령 출마를 선언했다. 그러니까 전영순 씨가 삼청교육대에 입소하던 바로 그날, 전두환은 대통령이 되겠다는 야욕을 공개적-공식적으로 드러낸 것이다.

얼마 뒤 입소생 가운데 일부가 풀려날 것이라는 소문이 돌았다. 몇몇 조교들도 소문을 확인해줬다. 얘기인즉슨 "전두환이 대통령에 당선되면 기념으로 입소자 중 일부를 선별해 퇴소시켜줄 것"이라는 것이었다. 전영순 씨는 기도했다. '하나님, 전두환이 누군지는 잘 모르지만 그분이 대통령에 꼭 당선되게 해주시옵소서.' 그녀의 기도대로 전두환은 8월 27일 장충체육관에서 통일주체국민회의

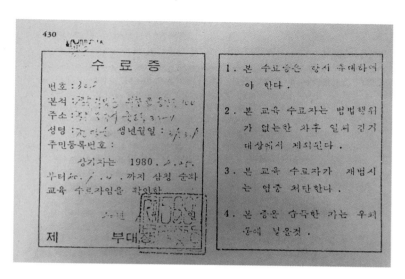

삼청교육 수료증

대의원에 의해 제11대 대통령으로 선출됐다. 9월 1일에는 취임식이 잠실체육관에서 개최됐다. 소문은 사실이었다. 입소생 일부가 '전두환 대통령 취임 기념'으로 삼청교육대를 나갈 수 있었다. 전영순 씨도 포함돼 있었다. 1980년 9월 4일, 부대 문을 나오는 그녀의 손에는 '삼청교육 수료증'이 들려 있었다.

전두환 얘기를 할 때 전영순 씨의 목소리가 가늘게 떨렸던 것으로 기억한다. 그녀는 전두환이 너무도 고마웠다고 한다. 대통령이 됐다고 자신과 같은 여자들을 풀어주니 덕 있는 지도자라고 생각했다는 것이다. 포항의 집으로 돌아오는 내내 그녀는 전두환을 위한 축복 기도를 드렸다. 그 뒤로도 여러 해 동안 TV에 전두환 얼굴만 보이면 '복 받으시라'고 마음속으로 기도했다.

아, 녹음은 실패했다. 전영순 씨의 얘기를 한마디라도 놓칠세라 수첩에 받아 적는 와중에도 허벅지 위의 녹음기가 잘 돌아가고 있는지 신경 쓰였다. 자세가 이상해서 더 그랬겠지만 다리가 저려오기 시작했다. 점점 심해지더니 마침내 감각이 없어졌다. 그녀가 눈치 못 채게 슬쩍슬쩍 움직여 피가 돌게 했다. 그때마다 전기가 통한 듯 찌릿했다. 오줌보도 터질 지경이었다. 화장실을 다녀올 수도 없는 노릇이었다. 녹음기 때문이었다. 그녀가 잠시라도 자리를 뜰 때까지 기다리는 수밖에 없었다. 그러나 그녀는 일어설 생각이 추호도 없어 보였다. 전두환 때문에 화가 났다. 인과관계로 따져보면 저림도, 마려움도 모두 전두환 때문 아닌가. 아, 어느 순간, 녹음기는 허무하게도 허벅지에서 바닥으로 떨어지고 말았다. 툭!

"어머, 이게 뭐에요!" 전영순 씨가 녹음기를 보며 말했다. 들켰다. 민망했다. 사과했다. "기사는 못 써도 언젠가 세상에 진실을 알려야 된다고 생각해 녹음했다"고 고백했다. 다행히 그녀는 나를 내쫓지 않았다. 속마음은 어땠는지 몰라도 화를 내거나 불쾌해하지도 않았다. 그저 내 '변명'을 담담하게 듣더니 "녹음기는 꺼달라"고 요구했을 뿐이다. 차라리 잘된 일인지도 몰랐다. 나는 화장실에 갈 수 있었고, 오줌을 쌀 수 있었고, 비로소 몸과 마음이 평온해질 수 있었다. 평온해지니 새삼 죄송했다. 다 전두환 탓이다.

전영순 씨 얘기로 돌아가자. 삼청교육대 퇴소 이후의 삶은 또 다른 지옥이었다. 그녀는 청력지체 3급 장애 판정을 받았으며, 다리를 절뚝거리며 살아야 했다. 하지만 사람들의 시선과 편견이야말로 지옥이었다. 사람들은 '저 여자가 뭔가 나쁜 짓을 저질렀으니 끌려갔겠지' 하면서 곁눈질하고 수군거렸다. 친지나 이웃들도 거리를 두는 기색이 역력했다. 채무자들은 '저런 여자 돈은 돌려주지 않아도 된다'며 강짜를 부렸다. 무엇보다도 자식들 때문에 아팠다. 자식들이 혹시 알게 돼 마음의 상처를 입을까봐, 손가락질 받을까봐, 나중에 무슨 불이익이라도 받을까봐 가슴이 미어졌다.

　모든 것을 잃은 전영순 씨는 서울행을 결심한다. 포항에서 살아갈 방도도 없었지만, 사람 많은 서울에 숨고 싶었다. 1983년 가을이었다. 그녀에게 남겨진 것은 자식들과 50만 원뿐이었다. 그러나 서울도 그녀를 숨겨주지 않았다. 예를 들면, 주민등록 등·초본 상단에는 '삼청교육 순화교육 이수자'라는 글자가 박혀 있었다. 그녀는 힘겨운 서울살이 와중에도 전두환을 위한 기도를 멈추지 않았다.

　'다 전두환 탓이었다니!' 어느 날, 전영순 씨는 자신이 오랜 세월 속아 살아왔다는 사실을 알게 됐다. 대선이 있던 1987년이었다. 그녀는 당시 야당에서 선거용으로 제작한 '5공 비리' 팸플릿을 우연히 보게 됐다. 전두환이 누구인지, 5공 비리가 뭔지 잘 모르던 그녀였다. 팸플릿에는 전두환과 신군부가 삼청교육대를 기획하고 실행했다는 내용이 담겨 있었다. 자신을 지옥에서 꺼내준 은인 전두환이 바로 그 지옥의 설계자였다니, 그녀는 경악했다. 그녀는 그때 처음으로 '진실을 알아야겠다'고 결심했다고 한다. 하지만 진실을 얘기해줄 사람이 없었다. 물어볼 사람도 없었다. 답답했다. 그녀는 다시 1988년 6월 15일자 〈한겨레〉 '독자투고'란에 실린 "정권 탄생의 제물 삼청교육 진상 밝혀라"를 우연히 읽게 된다.

민주주의를 부르짖다 개처럼 끌려왔던 경남대생 김 군, 신혼생활 한 달 만에 술 한잔 하고 집에서 고함치다 잡혀온 회사원 신 씨, 바람 쐬다 불량배로 몰려 잡혀온 재수생 이 군, 밀린 임금 요구하다 경찰에 고발되어 잡혀온 노동자 송 씨, 어머니 마중 나갔다가 영문 모르고 끌려온 열일곱 살 난 고교생 남 군, 팔뚝에 새겨진 문신 하나 때문에 퇴근길에 잡혀온 주방장 이 씨, 시장에서 장사하다 잡혀 왔다는 노점상 박 씨, 피투성이가 된 채 개처럼 끌려온 해직기자 이 씨, 장가 안 보내준다고 부모에게 투정부리다 잡혀온 노총각 황 씨, 부부싸움 하다가 끌려온 60살의 김 노인, 전과자라는 이유로 끌려온 남 군 등…. (…) 매 맞은 자리의 살이 썩고 머리가 터지고 팔다리가 부러지는 살인적인 훈련과 기합 속에서 우리는 살아남기 위해 몸부림쳐야 했다. (…) 지나간 세월을 돌이켜 볼 때, 한 정권의 탄생을 위해 억울하게 희생된 사람이 너무나 많았다는 생각이 든다. 그들의 명예 회복을 위해서 삼청교육대의 진실은 마땅히 밝혀야 한다고 생각한다.

전영순 씨는 다 읽고 나서 목 놓아 울었다. 억울해서 울었다. '나도 전두환 정권의 탄생을 위해 희생된 사람 가운데 하나구나'라는, 깨달음의 눈물이기도 했다. 그녀는 그 사람을 만나야 했다. 만나서 진실을 들어봐야 했다. 글을 투고한 '광명시 광명 4동 류영근'을 만나야 했다. 류 목사와의 연락은 그렇게 시작된 것이었다.

길고 길었던 인터뷰는 아마 이쯤에서 끝났을 것이다. 전영순 씨를 다시 설득했다. 늦게나마 진실을 아셨으니 얼마나 다행이냐, 그러나 아직도 진실을 모른 채 과거의 당신처럼 여전히 숨어사는 사람들이 얼마나 많겠느냐, 그들을 위해서라도 당신의 이야기를 세상에 알려야 하지 않느냐, 남자 삼청교육대는 류 목사 같은 분의 활동으로 이제 많이 알려질 텐데, 여자 삼청교육대도 피해 당사자인 누군가가 나서 얘기해야 하지 않느냐, 그래야 하는 거 아니냐, 그래서 나는 기사를 정말 쓰고 싶다고 설득했다. 얼마간의 침묵이 흘렀다. 마침내 그녀가 입을 열었다. "쓰세요."

데스크는 '잡일'에서 나를 빼주고 전영순 씨 기사를 우선 정리토록 했다. "분량은 얼마든지 좋으니 들은 얘기는 모두 박박 긁어 쓰라"는 말도 덧붙였다. 사나흘 뒤 200자 원고지 수십 매쯤 되는 기사를 제출했다. 그다음 날이었던가. 데스크가 말했다. "8월호는 삼청 특집으로 간다. 전영순 씨와 류 목사 인터뷰는 직접 쓴 수기 형식으로 고치자구." 왜 수기로 바꾸자는 것인지 알 수는 없으나 동의했다. 수기 형식의 글이 독자들한테 더 생생하게 읽힐 수도 있겠다는 생각이 들었다.

나는 "수기로 다시 정리하라"는 지시를 받고, 전영순 씨와 류 목사에게 전화했다. '수기'로 정리했으니 양해해달라는 전화였다. 두 분 모두 동의했다. 전화를 주고받는 과정에서 삼청교육진상규명투쟁위원회가 1988년 8월 10일 공식적으로 출범한다는 얘기를 들었다. 그리고, 전영순 씨가 공동 부위원장으로 참여키로 했다는 얘기를 들었다. '결심하셨구나.' 뭉클했다.

기억이 정확치는 않지만 1988년 7월 18일에 8월호 〈엔터프라이즈〉가 나왔을 것이다. 특집의 타이틀은 "증언! 한국판 아우슈비츠 수용소 삼청교육대"였다. 전영순 씨의 수기 제목은 "여자들은 이렇게 당했다"였고, 류 목사의 수기 제목은 "우리는 정권 탄생의 제물이었다"였다. 데스크가 직접 붙인 제목들이다. 그때는 월간지들이 나오면 일간지에 광고도 실었다. 광고 문안도 데스크가 직접 썼다.

"최초 공개, 여자들은 이렇게 당했다"

"우리는 정권 탄생의 제물이었다"

"빨간 모자의 꼭두각시들"

"그곳은 제5공화국 인권 말살의 현장이었으며 차라리 지옥도 이

보다 덜했을 것이다"

8월호는 며칠 만에 매진됐다. 재판을 찍었다. 전화기에 불이 났다. 독자 엽서 수백 통이 날아왔다. 데스크는 특종상을 상신하겠다며 흥분했다. 사장한테 불려가 칭찬도 받은 눈치였다.

그녀 이후 제2, 제3의 전영순이 나타났다. 여러 여성들이 용기를 내 입을 열기 시작했다. 전영순 씨는 그들과 함께 고난의 길을 걷기 시작했다. 삼청교육진상규명투쟁위원회는 나중에 삼청교육대인권운동연합(삼인련)으로 이름을 바꿨는데, 그녀가 대표를 맡은 뒤로 더욱 가열차게 투쟁했다. 2001년 늦가을, '삼인련 전영순 회장을 비롯 피해자와 유가족 112명이 전두환 등 17명을 살인 및 살인

교사 등 혐의로 검찰에 고소키로 했다'는 기사를 읽었다. 1980년의 전두환은 그녀에게 은인이었다. 2001년의 전두환은 살인마로 둔갑해 있었다.

전 회장이라고 쓰자. 전 회장은 2003년 '삼청교육대 백서'를 발간했다. 경찰청, 국방부 등을 돌며 발품을 팔았지만 '관련 서류가 폐기됐다', '있어도 공개할 수 없다'는 답변만 받기 일쑤였다. 그렇게 어렵사리 구한 자료들을 모아 발간한 백서였다. 이 백서는 이후 삼청의 진실을 알리는 귀중한 자료가 된다. 한국기독교교회협의회(KNCC)는 전 회장의 노력을 높이 사 2004년 제18회 KNCC 인권상 수상자로 선정하기도 했다. (2018년 초, 문재인 정부의 국가기록원은 비공개로 분류 관리해왔던 기록물 111만 건을 공개한다. 그중 삼청 관련 기록은 50여 건이었다.)

박근혜도 전 회장의 투쟁 대상이었다. 박근혜는 삼청교육대의 진실을 외면했다. 2005년 전 회장은 박근혜를 향해 "선진국으로 향하는 대한민국에 독재자의 딸은 필요 없다. 불법 세력이 정권을 찬탈해 4만여 명의 시민을 깡패로 누명을 씌운 뒤 끌고 가 마구 패고 죽였는데 박근혜는 진상 규명을 반대하고 있다"고 규탄했다.

어느 날 우연히 손에 집어든 선거 팸플릿이 그녀의 운명을 바꾸었을까. 어느 날 우연히 읽게 된 류 목사의 〈한겨레〉 독자투고가 그녀의 앞날을 결정했을까. 이런 우연의 계기들이 없었다면, 그녀는 여전히 전두환을 은인이라 여기며 축복 기도를 올리고 있을까. 누가 알겠는가. 그것이 우연이든 필연이든 진실을 알게 된 전영순 씨는 1988년 이후 숨겨져 있는, 더 많은 진실을 찾아 숨 가쁘게 달려왔다. 그 수십 년 세월의 노력이 중요한 것이다.

나는 이 글을 쓰며, 기사 속의 그녀, 사진 속의 그녀, 어느 거리에서 몸빼 차림으로, 마이크를 부여잡고, 외치는, 진실을 위해 싸워온, 한 할머니, 한 강인한 인간을 본다. 20대에 불과했던 내가, 감히, 아무런 의심없이, 그녀에게 설득의 도구로 사용했던, 어쩌면 은연중 강요했을지도 모를, 진실이란 말의 무게를 생각해본다. 무겁고, 무섭다.

최홍운

전 서울신문 편집국장

세계의 개혁 현장에 가다

1993 남미 4개국 개혁 현장

남미 개혁의 실패에서 교훈을 얻는다

1993년 2월 25일 대통령에 취임한 김영삼은 스스로 '문민정부'를 표방하고 대대적인 개혁에 나섰다. 5·16군사쿠데타 이후 32년 동안 계속된 군사독재정권과의 차별성을 부각하고 그 폐해를 뿌리 뽑기 위해서였다.

취임 직후부터 공직자 재산 공개와 금융실명제 실시, 군부 사조직인 '하나회' 해체 등 전광석화처럼 진행한 일련의 개혁 조치에 국민은 환호했다. 그러나 5·16 쿠데타의 설계자 김종필과 12·12 쿠데타의 주역인 노태우 등 군부 세력과 손을 잡고 3당 야합으로 집권한 정권의 한계는 금방 드러났다. 정통 민주 정당의 한 축을 이

끌던 김영삼이 군사쿠데타 세력에 투항한 3당 야합은 5공 청산을 가로막아 쿠데타 세력을 살려주었을 뿐 아니라 민주주의 발전을 크게 저해했다는 비판을 받고 있다. 결국 외환위기를 초래해 실패한 정부가 되고 말았지만 적어도 초기 개혁 조치들은 90%에 가까운 국민의 지지를 받았다.

〈서울신문〉은 당시 막 출범한 김영삼 정부가 의욕적으로 추진하던 개혁이 성공하기를 바랐다. 켜켜이 쌓인 군사독재정권의 잔재를 뿌리 뽑지 않고는 한 발짝도 앞으로 나아갈 수 없다는 판단에서였다. 이에 따라 〈서울신문〉은 정부에 바람직한 개혁 방향을 제시하기 위해 특별취재팀을 구성, 다양한 모습으로 개혁을 추진하던 19개국에 급파했다. 1993년 9월 23일자부터 12월 23일자 신문까지 3개월 동안 49회에 걸쳐 보도한 대기획 "세계의 개혁 현장"은 그렇게 탄생했다.

특별취재팀은 임춘웅(뉴욕 특파원), 이경형(워싱턴 특파원), 이창순(도쿄 특파원), 박강문(파리 특파원), 최두삼(북경 특파원), 유세진(본 특파원), 최홍운(사회부 차장), 나윤도(국제2부 차장), 김주혁(국제1부 기자), 김재영(국제2부 기자), 한종태(정치부 기자) 등 11명으로 짜여졌다. 나는 남미의 페루와 파라과이, 아르헨티나, 브라질 4개국을 순회하며, 취재해 보도했다.

당시 나는 서울시청을 취재하는 사회부 차장이었다. 때마침 '세계화' '국제화'를 부르짖던 정부 시책에 발맞춰 서울시에서도 14개 중소기업이 참여한 '남미 시장 개척단'을 구성해 1993년 8월 23일부터 한 달 동안 남미 각국에서 활동했다. 필자는 이 개척단 활동도 동행 취재해 〈서울신문〉 서울판에 20여 회 연재했다.

취재 과정에서 각국 주재 한국대사관의 외교관들, 대한무역투자진흥공사(KOTRA) 현지 무역관 관장과 직원들의 도움이 컸다. 그분들은 알베르토 후지모리 페루 대통령을 비롯한 각국 정부 관계자들을 만날 수 있게 도와주었고 현장 안내와 통역까지 해주었다.

"세계의 개혁 현장" 남미편은 전체 49회 가운데 아르헨티나(19~20회), 브라질(30~31회), 페루(48~49회) 3개국에 대해 매회 1면 6~7단의 큰 상자 기사에 이은 속지 흘림 기사로 6회, 후지모리 대통령 인터뷰(8월 28일자 1면과 4면)와 남미 종합 기사(9월 15일자 8면)를 통해 나갔다.

지구 반대편에 있는 남미 대륙의 각국은 19세기 스페인과 포르투갈의 오랜 식민 지배에서 벗어난 뒤 다시 1980년대까지 군부의 독재 통치에 시달려야 했다. 1990년대는 우연하게도 우리나라와 같이 문민정부가 들어서 대대적인 개혁 정책을 진행하며 희망의 새 시대를 향해 기지개를 켜고 있었다. 그러나 대부분의 나라에서 개혁은 실패했다. 국가 지도자의 자만과 과욕, 군부 독재정권 잔당들인 기득권 세력의 반발과 저항, 부도덕성이 나라를 망치고 국민을 도탄에 빠뜨렸다.

군부 세력에 뿌리가 닿아 있는 김영삼 정부의 개혁 실패 원인도 거기서 찾을 수 있겠다. 그 세력은 촛불혁명 이후에도 살아남아 곳곳에서 나라의 앞길을 가로막고 있다. 남미와 많이 닮아가는 것 같아 두렵다.

가장 역동적으로 개혁 추진했던 페루

남미 취재는 페루-파라과이-아르헨티나-브라질 순으로 나라마다 1주일씩 했다. 페루에서는 한국 기자로는 처음으로 알베르토 후지모리 대통령과 직접 인터뷰하는 성과도 거뒀다.

페루 리마 국제공항에 도착한 때는 1993년 8월 23일 저녁 무렵이었다. 국제공항이라지만 우리나라 시골 기차역과 비슷했다. 1인당 국민소득이 1,000달러 수준으로 중남미 평균 2,300달러에도 크게 미치지 못하는 페루의 현실을 그대로 말해주는 듯 했다.

그러나 다음 날부터 본격적인 취재에 나서 확인한 페루는 달랐다. 우선 국민들의 표정부터 밝았으며 어떤 어려움도 극복하겠다는 의지로 가득했다. 리마 상공회의소 사무엘 글라이스 카츠 회장은 "후지모리 대통령의 개혁정책에 대한 국민들의 지지는 절대적입니다. 페루 국민들은 비록 어렵게 살지만 모두 내일에 대한 희망을 안고 살아갑니다"라며 밝게 웃었다. 페루 산업협동조합 리카르도 마르케츠 플로레스 위원장도 "개방정책으로 지금 당장은 제조업 분야에서 경쟁력을 갖지 못해 어렵지만 대통령을 비롯한 모든 국민들이 경제를 살려야겠다는 각오로 뛰고 있어 분명히 우리는 일어설 수 있습니다"라고 역설했다.

국민들의 그 희망과 확신은 1990년 7월 취임한 알베르토 후지모리 대통령의 역동적인 개혁정책에서 비롯되었다. 후지모리는 집권 3년 만에 '남미의 영웅'으로 떠오를 정도로 정치·경제·사회 전 분

1993년 9월 15일자 〈서울
신문〉 8면에 게재된 '세계
의 개혁 현장–남미편' 종합
기사

야에 걸친 개혁을 강력하게 추진했다. 이에 2,200만 국민들은 전폭
적인 지지를 보내며 환호했다.

　당시 페루는 30여 년 동안 보호무역주의 등 폐쇄 경제체제를 고
수한 군사독재 정권이 국가 경제의 파탄을 초래했다. 국민들의 생
활은 참혹했다. 국민의 10%에 불과한 백인계 기득권 세력이 입법·
사법·행정·군부 등을 모두 장악한 가운데 50%에 이르는 극빈자를

포함한 90%의 국민들은 최저생계비조차 벌지 못했다. 이에 마지막 잉카의 후예를 자처하는 '투팍아마루 혁명운동'(MRTA)과 모택동주의파인 '빛나는 길'(SENDERO LUMENOS)로 대표되는 좌익 게릴라들의 무차별 테러와 살인이 나라 전체를 공포 분위기로 몰아갔다.

이런 절망의 늪에서 허우적대던 페루의 현실이 국립농과대 학장으로 있던 후지모리 교수를 대통령으로 불러냈다. 국민의 절대적인 지지로 출범한 후지모리 정부였지만 처음부터 가시밭길이었다. 기득권층의 반발이 끊이지 않았다. 의회는 개혁 입법을 막았고, 판사들은 테러리스트들을 '증거 불충분'이라며 풀어주었다. 경찰과 군, 국세청 등은 공공연히 마약 조직의 밀매 자금을 뇌물로 받았다. 만성적인 재정 적자와 전임 알란가르시아 정부가 넘긴 외채 200억 달러도 큰 짐이었다.

후지모리는 급기야 1992년 4월 5일 의회를 해산하고 좌익게릴라를 소탕하기 위한 국가비상재건조치(AUTO GOLPE)를 단행했다. 후지모리는 나아가 국가비상재건회의를 구성, 입법·사법·행정 기능을 수행하도록 하는 등 초법적인 개혁 조치를 하나하나 취해 나갔다. 아비마엘 구스만을 대통령으로 뽑아 별도의 정부 조직을 구성해 저항한 '카스트로 카스트로' 감옥을 진압한 작전은 가장 극적인 조치였다.

후지모리는 이에 그치지 않고 대법원 판사 13명을 비롯, 수십 명의 판사를 해임한 데 이어 국회 사무처 직원을 3,000명에서 400명으로, 상공부 직원 2,600여 명을 170명으로 줄이고, 마약·테러 조

1993년 8월 27일 페루 대통령궁에서 필자가 알베르토 후지모리 페루 대통령과 인터뷰하고 있다. 후지모리 대통령은 한국 기자와 처음으로 가진 이 인터뷰에서 장기집권의 야욕을 드러냈다.

직과 결탁되어 있던 군과 경찰에 대한 대대적인 수술을 단행했다. '작은 정부'는 후지모리 개혁의 첫 번째 과제였다.

두 번째 과제는 경제개혁이었다. 후지모리는 취임 직후인 1990년 8월 개방과 자율화에 바탕을 둔 1차 경제개혁 조치에 이어 1991년 3월 11일 2차 경제개혁 조치를 단행했다. 이 조치로 7,650%에 달하던 인플레율이 1991년 말 139%로 고삐가 잡힌 뒤 1992년 말 57.6%로 다시 떨어졌다. 경제성장률도 마이너스 성장에서 그해 8월까지 이미 6.6%를 기록했다.

이같은 성과에도 불구하고 페루 국민들이 당장 피부로 느끼는 생활의 변화는 없었다. 그러나 페루는 분명 절망의 늪에서 빠져나와 희망의 내일을 향해 달려가고 있었음을 2,200만 국민은 체감하고 있었고, 그 대열에 동참했다. 내가 취재했던 26년 전 페루 국민들은 그랬다.

그러나 바로 그때 후지모리는 국민들의 여망과 달리 몰락의 길로 접어들고 있었다. 나는 1993년 8월 27일 오후 6시부터 1시간 30분 동안 리마의 대통령궁에서 후지모리와 가진 인터뷰에서 자만과 과욕이 묻어 있는 그 몰락의 징후를 보았다. 관련 인터뷰 내용을 인용한다.

대통령께서는 페루의 개혁이 이제 막 시작됐는데 내년이면 임기가 끝납니다. 내년 선거에 재출마해 개혁을 계속 이끄실 계획이신지요?

"지금 진행되고 있는 개혁의 결실이 당장 내년에 맺어질 수는 없습니다. 훨씬 더 후에 가능한 일입니다. 좋은 결실을 맺기 위해 재출마를 결심했습니다."

대통령의 기반은 어떤 정치 조직이 아니라 대중적인 지지라고 생각됩니다. 대중이란 잘 변합니다. 대중이 변할 때 어떻게 대처하시겠습니까?

"나도 처음에는 재출마를 생각하지 않았습니다. 그러나 부패를 추방하고 인플레를 억제하는 개혁을 추진하면서 점차 재출마 의지가 굳어지게 됐습니다. 국민들의 지지는 계속되리라 생각합니다. 다른 대책이 없기 때문이지요. 페루 국민들의 지지는 단기적인 것이 아니라 장기적인 안목에서 우러나온 것이기 때문에 앞으로도 계속되리라 봅니다."

후지모리는 그 후 1995년 재선된 뒤 다시 장기 집권이 가능하도록 하는 헌법 개정을 통해 2000년 3선에 성공했으나 취임식 당일 대규모 시위가 일어나 결국 권좌에서 쫓겨났다. 재선 이후 독재의 길로 들어서 반대자들을 납치, 구금, 살인한 데 대해 국민들은 분노했고 용서하지 않았다. 후지모리는 아버지의 나라 일본으로 달아나 일본과 칠레를 떠돌다가 칠레에서 체포돼 2010년, 25년 형을 선고받고 현재 복역 중이다.

16세기 스페인에 정복되기 전까지 화려했던 잉카제국의 영광을 되찾겠다며 집권한 후지모리의 야망은 산산이 부서졌고 페루는 다시 길을 잃었다.

길고 모진 전쟁과 쿠데타에 시달린 파라과이

페루를 뒤로 하고 파라과이의 수도 아순시온에 도착한 때는 8월 말이었다. 아순시온 국제공항의 모습도 초라했다. 사람들도 활력이 없었다. 현지 한국대사관 외교관들은 너무 오랜 세월 동안 전쟁과 군부 쿠데타와 독재에 시달렸기 때문이라고 설명했다.

무기력하게만 보이던 그 파라과이에서도 개혁의 바람이 미약하게나마 불고 있었다. 개혁의 선봉장은 필자가 도착하기 한 달 전, 39년 동안의 군사독재 체제를 종식하고 문민정부를 세운 후안 카를로스 와스모시 몬띠 민선 대통령이었다. 그는 무엇보다 민주주의를 확고하게 정착시킨 가운데 경제개혁을 달성한다는 목표를 세웠다.

와스모시는 길고 모진 군사독재 정권의 학정에 시달린 430만 국민의 어려움을 잘 알고 있었다. 1992년 1인당 국민소득이 1,290달러에 불과했다. 40만 6,752km²의 넓은 국토에 풍부한 자원을 보유하고 있으나 개발할 돈이 없었다. 국민총생산의 28%가 농업과 축산 등 1차 산업으로 얻어지며 2차 산업 22%, 서비스 산업 50%였다. 2차 산업에 속하는 공업은 16%이며, 그나마 농산물 가공이 70%를 차지해 다양한 현대적 산업 개발이 절실했다.

이에 따라 그는 오랜 기간 온갖 만행과 부정부패로 축재한 군부 기득권층을 단죄해 재산을 환수하고 자원 개발과 산업을 일으킬 정책부터 시행했다. 한국과도 투자보장협정을 체결하는 등 외자 유치에 나서 성과도 올렸다. 남미공동시장(MERCOSUR) 구성에도 적극적이었으며 브라질이 주도하는 치에테 - 파라나 강 유역 개발에도 동참했다.

브라질과의 국경선을 이루는 파라나 강에 있는 세계 최대의 이타이푸 수력발전소와 이과수폭포는 파라과이의 자랑이며 보배다. 높이 196m, 길이 7.76km, 저수량 190억m³의 거대한 이타이푸 댐은 브라질과 함께 1971년부터 1991년까지 20년 동안 지었다. 여기서 생산되는 전력은 두 나라가 반씩 나누며 관리도 공동으로 한다. 완공 2년 후 직접 취재한 나도 그 놀라운 규모에 감탄했다.

역시 세계 최대 폭포가 있는 이과수 지역은 원래 파라과이의 원주민인 과라니족이 전체를 차지하고 있었다. 그러나 파라과이가 1865년부터 5년 동안 브라질-아르헨티나-우루과이와 치른 '3국 동맹 전쟁'에 패하면서 지금의 지역을 브라질과 아르헨티나에 빼앗긴 아픈 역사를 지니고 있다. 이에 따라 이과수폭포도 3개국으로 나눠졌다. 그 전쟁에서 '용맹한 전사' 과라니족 남자 90%가 죽었다. 파라과이는 1930년대 볼리비아와 치른 차코 전쟁으로 또 한 번 전란의 상처를 입는다.

파라과이는 1536년 스페인 식민지가 된 뒤 17~18세기에 걸쳐 가톨릭 수도회인 예수회의 관리를 받던 150여 년을 제외하고는 1811년 독립 이후 최근까지 대부분 전쟁과 군사 쿠데타로 평화로운 날이 없었다. 와스모시 문민정부가 들어선 후에도 군부 기득권층의 반발은 거셌다.

와스모시 취임 직후부터 군부는 끊임없이 쿠데타 모의와 테러 위협을 가해 모처럼의 개혁을 좌절시켰다. 와스모시는 1998년 물러났고 파라과이의 개혁도 거기서 멈췄다. 뿌리 뽑히지 않은 군부

독재와 부패한 기득권 세력의 탐욕과 저항이 나라를 어떻게 망치는지를 보여주었다. 오늘의 우리가 타산지석으로 삼아야 할 교훈이다.

파라과이 취재 마지막 날, 아순시온에서 버스를 타고 동쪽 브라질과의 접경지에 있는 사우드 엘 에스테에 도착해 세계 최대의 이타이푸 댐을 취재했다. 다음 날 국경을 이루는 파라나 강을 사이에 두고 놓인 우정의 다리를 건너 브라질 포즈 두 이과수로 건너가 이과수폭포를 취재했다. 국경이라 하지만 검문소는 물론 신분을 확

세계 최대 폭포인 이과수 폭포. 이과수 지역은 원래 파라과이의 원주민인 과라니족이 차지하고 있었으나 1865년부터 5년 동안 치러진 브라질-아르헨티나-우루과이 3국 동맹 전쟁에서 패배해 브라질과 아르헨티나에 일부 지역을 빼앗겨 지금은 3개국으로 분할되었다.

인하는 초병조차 없었다. 그곳이 150여 년 전 그토록 처절했던 살육전의 전장이었다는 사실이 믿기지 않았다.

이과수폭포의 웅장함은 과연 '세계 최대'임을 확인시켜 주었다. 우렁찬 폭포수 소리와 장엄한 절경 속에서 영화 〈미션〉의 장면들이 떠올랐다. 가브리엘 신부가 과라니족과 만났을 때 연주한 오보에 음률이 들려 오는 듯했다.

아순시온 공항에서 사우드 엘 에스터까지 이어진 여정을 파라과이 한국대사관 외교관이 동행하며 취재를 도와주었다.

희망의 21세기로 뛰는 메넴 개혁 – 아르헨티나

9월 초순에 도착한 아르헨티나는 부에노스아이레스 국제공항에서부터 밝았다. 만나는 사람마다 의욕이 넘쳤다. 이른바 '아르헨티나의 기적'을 일궈낸 '메넴 개혁'의 현장임을 실감할 수 있었다. 〈서울신문〉이 찾는 '개혁 현장'이었다. 당시 희망의 21세기를 향해 의욕적으로 일하던 아르헨티나의 모습을 필자는 "세계의 개혁 현장" 19회 기사(〈서울신문〉 1993년 11월 12일자 1면)에서 이렇게 전했다.

불과 몇 년 전까지만 해도 세계로부터 버림받았던 아르헨티나가 지금 제1세계로 진입하기 위해 다시 뛰고 있다.

이른바 '아르헨티나 기적'의 산실이며 시카고 보이들이 포진하고 있는 부에노스아이레스 후오리 거리의 경제부 건물은 밤 10시가 넘어도 불이 꺼질 줄 모른다. 밤새 불을 밝히고 있는 곳은 또 있다. 주문이 쇄도하고 있는 자동차공장의 노동자들은 한 달에 28일, 하루 11시간 이상 생산 라인에 매달리고 있다.

모든 작업 공정이 컴퓨터에 의해 자동으로 이뤄지고 있는 소 도축장마다에서는 '쇠고기만큼은 우리 것이 최고'라는 자부심까지 담아 세계시장으로 포장육을 실어 나르기에 바쁘다. 몇 년째 중단됐던 거리마다의 신축 건물 공사장에서는 해머 소리가 다시 요란하게 들리고 있고 부에노스아이레스 동쪽 공단의 굴뚝에선 밤낮없이 연기가 뿜어지고 있다.

요즘 대부분의 아르헨티나 국민들은 미래에 대한 희망으로 들떠 있다. 모두가 잃어버린 지난 세월을 한꺼번에 되찾기라도 하려는 듯 누구 하나 불평없이 허리띠를 졸라맨 채 구슬땀을 흘리고 있다. 지난 30년 시작된 군사 쿠데타가 반세기에 걸쳐 계속된 나라, 이른바 페론주의로 경제가 침체할 대로 침체한 나라, 포클랜드 전쟁 패배에 따른 주요 서방국들과의 외교 단절로 외채가 눈덩이처럼 쌓였던 나라.

이렇게 구제불능의 나라로 낙인 찍혔던 아르헨티나를 희망과 도전의 21세기를 향해 달려가게 한 사람은 1989년 7월 8일 취임한 카를로스 사울 메넴 민선 대통령이었다. 메넴은 1982년의 포클랜드 전쟁 패배 후 군정 종식을 요구한 국민들의 요구로 수립된 문민정부를 이끌었다.

메넴은 취임 후 1989년 4,900%, 1990년 1,300%에 달했던 인플레율을 1991년 86%. 1992년 13.6%, 1993년 8월까지 5.8%로 끌어내렸다. 이에 따라 1990년 0.4%였던 경제성장률이 1991년 8%, 1992년 9%에 이어 1993년 10%의 고도성장을 이룩했다. 기적이었다.

이 '아르헨티나의 기적'의 원동력은 메넴이었지만 개혁의 큰 줄기는 메넴이 발탁한 미국 하버드대학교 출신의 경제학박사 도밍고 카발로 경제부장관이 이끌었다. 메넴은 "과거 부패한 정권 때문에 잃어버린 국부를 되찾기 위해서는 바른 사람, 바른 정책이 필요하다"며 거세게 몰아붙였다.

카발로는 1991년 4월 1일 '카발로 플랜'이라고도 불리는 오텀 플랜(Autumn Plan)을 발표했다. '마법의 손'이라는 찬사를 받은 메넴 개혁의 핵심 신경제정책이었다. 이 플랜에 따라 태환정책을 도입해 달러 대 페소의 환율을 1대 1로 고정시켰으며, 인플레이션의 주범이었던 임금과 물가 연동제를 폐지해 상호 상승작용을 차단했다. 또한 시장을 개방하고 결제 자율화 조치로 기업에 활기를 되찾아 주었다. 공무원 20만 명을 감원해 작은 정부를 구현했으며 외채도 갚았다.

개혁 정책의 성공으로 아르헨티나는 라틴아메리카에서 가장 안정적인 성장을 이루어낸 나라라는 평가를 받았다. 그러나 이같은 외형적인 성과보다 더 큰 결실은 '이제 일해야겠다'는 국민의식을 일깨운 점일 것이다. '메넴 개혁호'는 국민의 압도적인 지지를 받으며 희망의 21세기를 향해 계속 순항할 것만 같았다.

그러나 메넴호는 좌초했다. 국민들의 지지를 업고 임기 6년의 단임제를 명시한 헌법을 4년 중임제로 개정해 1995년 재선된 뒤 1999년 3선 개헌까지 시도하다가 실패했다. 2기부터는 1기 때의 부작용이 나타났으며 그 자신이 부패 의혹에 시달려야 했다. 퇴임 후에는 무기 밀거래 개입 의혹으로 조사를 받았고, 2001년 가택연금이 되었다. 그러고도 2003년, 73세의 나이에 대통령 선거에 또다시 출마해 실패하는 노추를 보이고 말았다. 국가 지도자의 자만과 탐욕은 자신은 물론 나라마저 망친다는 교훈을 메넴에게서도 얻는다.

인플레와 탈세범 잡는 데 주력한 브라질

남미에서 국토가 가장 넓고 자원이 풍부한 나라 브라질은 9월 중순, 일주일 동안 상파울루와 리우 데 자네이루를 중심으로 취재했다.

상파울루 국제공항을 통해 입국해 숙소인 호텔에 도착하자 뜻밖의 손님이 찾아왔다. 〈한국일보〉 김인규 특파원이었다. 서울시 남미시장개척단 명단에서 내 이름을 확인하고 달려온 것이다. 김 특파원은 나와 같은 해에 언론계에 입문해 현장을 함께 뛰었던 동료 사건기자였다. 서로 경쟁하면서도 소속사를 초월해 쌓은 우정이 지구 반대편에서까지 이어질 줄은 몰랐다. 너무 반갑고 고마웠다. 김 특파원은 브라질을 취재하는 데 많은 도움을 주었다. 그 고마움을 잊지 못한다.

남미 대륙의 48%, 남한의 88배에 달하는 851만 2,999km²의 광활한 국토. 거기다 철광석·보크사이트·망간·석탄·석유 등의 지하자원 매장량은 물론 커피·대두·면화·오렌지 등 농산물 생산량에서도 세계 1~5위 안에 드는 자원 부국 브라질. 무한한 가능성과 희망이 있는 나라다.

사실 21년 동안의 군정을 종식하고 1990년 출범한 이타마르 프랑코 대통령이 펼치는 경제개혁 정책이 나오자 국민들은 '이제 기좀 펴고 살게 되나보다'며 저마다 미래의 꿈을 가슴에 심었고 뭔가 이뤄질 것이라는 기대로 생산 현장으로 발걸음을 재촉했다. 그러나 브라질의 당시 상황은 그리 녹녹하지 않았다. 내가 보도한 당시 기사(《서울신문》 1993년 11월 12일자)의 일부다.

이같은 잠재력과 역동적인 기상에도 불구, 고질적 병폐인 하이퍼 인플레와 높은 실업률, 정정 불안, 부정부패의 만연, 치안 불안 등으로 아직은 발전의 템포에 가속이 붙지 않고 있다. 지난해 국내 총생산(GDP)은 미화 4,350억 달러로 전년 대비 1.5% 증가하는 데 그쳤다. 1인당 국민소득은 2,920달러에서 2,890달러로 되레 줄어들었다. 불어난 인구가 까먹은 것이다.

물가 상승률은 연간 누적 인플레가 1,200% 이상 되는 상황에서 1,150%로 러시아에 이어 세계 2위의 불명예를 지키고 있다.

하루 1%를 넘나드는 인플레로 브라질에서는 현금을 갖고 있으면 그냥 앉아서 손해를 본다. 그래서 브라질의 호텔이나 공항 등지에서는 환율시비로 벌어지는 외국인과 현지인들 간의 실랑이를 흔히 보게 된다. 100달러짜리 여행자수표가 96달러, 신용카드는 무려 30%나 깎이는 것을 도저히 이해하지 못하는 외국인과 만부득 이하다고 주장하는 현지인들 간의 말다툼이다.

당시 브라질은 국가재정수지 적자 → 화폐 발행 → 인플레 및 고금리 → 수요·투자 위축 → 경기 하락·생산 감소 → 세수 부족 → 재정수지 적자라는 고인플레 악순환의 고리가 좀처럼 끊어지지 않는 열악한 상황이었다. 그렇게 열악한 상황에서도 국민들이 희망을 가졌던 이유는 이타마르 문민정부의 개혁정책에 거는 기대가 컸기 때문이다.

이타마르 개혁은 그해 6월 외무장관에서 재무장관으로 자리를 옮긴 페르난도 엔리케 카르도조가 이끌고 있었다. 그는 취임 직후 3,000명의 탈세자 명단 공개와 함께 이들을 사법 당국에 고발했다. 이어 브라질리아의 슈퍼마켓 재벌인 코브리가의 3부자를 탈세 혐의로 구속하고 재산을 압류했다. 엔리케는 탈세가 브라질을 병들게 하고 있는 제1 독소라고 생각했다. 이 조치 후 세수가 20% 이상 늘었다. 어느 누구도 상상 못 했던 '이변'이었다.

1993년 9월 브라질 리우 데 자네이루 코르
코바두 산 정상에 있는 구세주 그리스도상
앞에 선 필자. 70m 높이의 산 정상에 높이
30m(받침대까지 38m), 양 팔 사이의 길이
28m, 무게 635t 규모로 1931년 세워졌다.
예수 조각상으로 세계 최대다.

　　이타마르 정부는 이어 화폐개혁과 조세개혁을 시행하며 브라질
경제의 고질병인 악순환을 선순환으로 바로잡기 위한 강경 조치를
계속 펼쳤다. 또 남미공동시장(MERCOSUL) 4개국을 이어주는 치에
테-파라나 강 유역 개발을 비롯한 광활한 국토 개발 사업도 야심
차게 전개했다.

　　상파울루 주정부 청사인 반데이란치스궁에서 만난 해외협력부
호세 에두아르도 차관의 "브라질의 상대는 남미가 아니라 전 세계
입니다. 전 세계에 문호를 개방하고 있고 우리도 세계를 향해 진출

할 것입니다"는 말에서 브라질의 앞날이 밝게 비춰지기도 했다.

그러나 브라질 역시 인구의 1%가 국내총생산(GNP)의 15.7%를, 인구의 14%가 전체 부의 70%를 차지하고 있는 반면 80% 이상의 국민은 월 최저임금인 80달러도 벌지 못해 극빈 생활을 하고 있었다. 이런 부의 편중 현상을 극복하지 않고는 희망이 없어 보였다. 더구나 그 14%에 해당하는 사람들은 대부분 미국 마이애미 비치에 호화 별장을 갖고 있는 등 재산을 모두 해외에 도피시켰다. 그들은 대부분 군부독재 시절 부당한 방법으로 부를 쌓은 기득권층이다. 그들의 매국적인 행태에서 이타마르 정부 개혁의 한계도 보였다.

군부독재 정권의 잔재 뿌리 뽑아야 희망이 있다

필자가 취재한 26년 전 남미는 분명히 되살아나고 있었다. 오랜 군사독재 정권을 종식시키고 국민의 지지를 받으며 출범한 각국 문민정부의 개혁 정책은 거대한 남미 대륙을 희망으로 채워 나갔다. 그러나 대부분의 나라에서 개혁은 실패했고 희망도 사라졌다. 독재의 잔재를 발본색원하지 않았기 때문이다. 페루와 아르헨티나는 국가 지도자의 자만과 과욕으로, 파라과이와 브라질은 군부독재 정권의 잔당인 기득권 세력의 반발과 부패로 좌절한 실례를 보았다.

문민정부 이후 오늘까지 목격하고 있는 우리의 현실도 남미와 크게 다르지 않다. 촛불혁명으로 민주 정부가 세워졌으나 과거 기득권 세력이 사사건건 발목을 잡고 있다.

그 세력은 김영삼이 3당 야합으로 살려준 군부독재 세력의 후예들이며, 멀리는 왕조시대의 수구 보수층, 일제강점기 때의 친일파들과도 맥을 같이한다. 그들은 해방 후에도 일본을 앞세운 미국의 동아시아 정책에 힘입어 일본의 군국주의자들과 함께 되살아나 이승만 정권에서부터 득세해 기득권을 누렸고, 급기야 장면 민주정부를 무력 쿠데타로 무너뜨리고 오늘에 이른다. 일부이기를 바라지만 그들 중에는 북한을 주적으로 삼아 한반도의 영구 분단을 꾀해 남한에서 누리는 기득권만이라도 계속 지키려는 자들도 있다. 군국주의 제국 일본의 부활을 획책하는 일본 아베 신조 정권의 야욕과 상통한다. 이들 반통일 반민족 군부독재 세력의 잔재를 뿌리 뽑지 않고는 희망이 없다. 남미 개혁 실패에서 얻은 교훈을 잊지 말아야 할 것이다.

유숙열

전 문화일보 기자

여기자에서 페미니스트 기자로

1997 〈페미니스트 저널 if〉 창간

80년 5월과 나

곰곰 생각해본다. 내가 인생 취재라고 할 만한 기사를 취재하고 쓴 적이 있었던가? 나는 30년 가까운 세월을 기자로 일하며 많은 기사를 썼다. 그리고 대부분이 여성 관련 기사였다. 그러나 그 30년 동안 기사 외적인 문제로 사표도 쓰지 못하고 두 번을 강제해직 당했다. 또 마지막 직장이었던 문화일보에서도 반 강제로 사표를 쓰고 신문사를 떠날 수밖에 없었다. 따라서 언론계에서 내 커리어는 정년을 채우지 못하고 중도에 좌절됐다고 할 수 있고, 내게는 그로 인한 회한이 적지 않다. 물론 그런 좌절이나 회한이 나를 멈추게 하지는 못했다.

첫 번째 해직은 1980년 5·18과 연루되어 이뤄진 것으로 5·18 계엄 확대와 함께 지명 수배된 선배(당시 한국기자협회장이던 故 김태홍)를 숨겼다가 그 사실이 발각나 쫓겨났다. 당시 5·18은 나에게 너무나 큰 충격으로 다가왔다. 민주화를 염원하는 광주 시민들이 폭도로 둔갑해 죽어나가고 있는데 기자들은 보도 통제와 검열로 인해 기사 한 줄도 쓸 수 없었다. 기자협회에서는 유인물 발간과 함께 전국적인 검열 거부, 제작 거부 운동을 벌였다.

나는 당시 남영동 대공분실로 잡혀가 그 유명한 고문기술자 이근안한테 물고문을 당했다. 고문으로 위액까지 토해내며 덜덜 떠는 나를 진찰하기 위해 수도육군병원에서 급히 의사가 불려 오기까지 했다. 그는 내가 보는 앞에서 "여기에서 있었던 일을 아무에게도 발설하지 않겠다"는 각서를 쓰고 나를 진찰했다. 지금 와서 돌이켜보면 생각만으로도 머리가 쭈뼛 서는 무서운 일이었다. 다른 사람 아닌 바로 내가 1987년의 박종철이 될 뻔했기 때문이다.

1980년 여름 나는 그렇게 제작 거부, 검열 거부를 이끌었던 전국의 다른 기자들 1,000여 명과 함께 쫓겨났다. 언론계의 취업은 금지되고 스물일곱 팔팔한 나이에 백수가 되고 보니 정말 난감했다. 그 시절 붐을 이루었던 사회과학 서적을 많이 읽다가 '페미니즘'을 발견했다. 그 당시 나에게 페미니즘의 발견은 마치 신대륙의 발견과도 같았다. 그래서 페미니즘을 학문화한 여성학을 공부하기로 결심했다.

그리고 대학 시절부터 사귀었던 남자 친구와 결혼을 하고 1982

년 같이 미국 유학길에 올랐다. 남편이 뉴욕의 콜럼비아대학으로 유학이 결정 났기 때문이었다. 마침 뉴욕은 미국 여성운동의 본거지이면서 또 여성학의 개척지이기도 했기 때문에 내게도 더없이 좋은 기회였다. 나는 뉴욕의 교민들을 대상으로 발행되는 〈미주조선일보〉 기자로 일하면서 여성학 공부를 병행했다.

그때는 여성학을 공부한다고 하면 대부분의 사람들이 '그렇다면 남성학도 있겠네요?'라고 되물으며 의아해하던 시절이었다. 미국의 60, 70년대 여성해방운동과 함께 발전한 신학문이었던 여성학은 그만큼 일반에 널리 알려지지 않은 미지의 신세계(?)였다. 나는 여성 문제라는 전문성을 갖춘 페미니스트 기자가 되고 싶었다. 그래서 여성학 학사학위가 있던 뉴욕 헌터컬리지에서 여성학 학부과정을 공부했고 이어 뉴욕시립대 대학원으로 진학해 여성학 석사학위를 받았다.

그러나 언론인으로서 내 인생은 미국에서도 순탄치 않았다. 뉴욕 미주조선일보에서 일하는 동안(1984~1990) 현지 채용 직원들의 노동조합 결성 움직임이 있었고 거기에 합류했다가 1990년 또다시 해고당하는 일이 벌어진 것이다. 해고 후 노조 측에서 뉴욕 지방노동위원회에 제소해 부당 인사라는 판결을 얻어내긴 했지만 나는 그대로 귀국을 결심했다. 그래서 1991년 10년 가까운 미국 생활을 청산하고 귀국했다. 한국에 돌아와 그해 11월 창간한 〈문화일보〉 기자로 들어갔다. 문화일보는 현대그룹 고 정주영 회장이 1992년 대선에 출마하기 직전 창간한 신문사로 창간 당시에는 새 언론으로서 의욕이 넘쳐흘렀다.

'여성표를 잡아라' 그리고 '자기만의 방'

나는 한국에 페미니즘이나 여성학이 소개되기 이전인 1978년 〈합동통신〉에서 기자 생활을 시작했다. 그 시절은 여기자가 존재하기는 했지만 만일 부장이나 데스크로 승진한다면 그 여자는 미쳤거나 변태이거나 둘 중 하나라는 농담이 돌던 시절이었다. 나도 처음 기자 생활을 시작했던 초창기에는 철두철미 가부장제 문화에 물들어 있었다. 생물학적으로 여성이기는 하지만 '명예 남성' 같은 그런 기자였던 것이다.

하지만 미국에서 페미니즘을 공부하고 돌아온 나는 완전히 달라졌다. 페미니즘의 눈을 통해 세상을 보니 여성으로 살면서 그동안 느꼈던 모든 부조리와 부당함의 수수께끼가 풀리는 듯했다. 뉴욕에서의 페미니즘 공부는 나를 '내츄럴 본 페미니스트'로 다시 태어나게 만들었다.

창간 때부터 〈문화일보〉 여성 전문기자로 일하면서 나는 남성 동료들에게 '여성계에서 언론계에 침투시킨 프락치'라는 비아냥 섞인 농담을 들을 정도로 여성 문제에 천착하는 기사를 썼다. 〈문화일보〉에서 처음으로 주목을 받은 기사는 1992년 대선에서 여성 유권자의 투표 향방을 분석한 기사 "여성표를 잡아라"(기억이 확실치 않

다.)였다. 당시만 해도 여성 유권자에 대한 대중의 인식이 희박했던
지라 투표에 젠더 개념을 도입해 사실상 다수를 점한 여성표를 분
석한 최초의 기사였던 이 기사는 문화일보 1면 머리기사로 보도됐
다. 그리고 다음 날 거의 모든 신문들이 이 기사를 받아 유사한 기
사들을 썼다.

그러나 수백 명의 기자들이 정해진 지면을 놓고 무한 경쟁하는
시스템 하에서 한 사람의 페미니스트 기자가 거둘 수 있는 성과에
는 한계가 있었다. 나는 몸담고 있던 〈문화일보〉의 기사 쓰기에만
만족할 수 없었다. 그래서 여성주의적인 입장에서 문화, 예술을 연
구 분석하고 실천하는 사람들의 모임인 '여성문화예술기획'에 합류
하여 본격 페미니즘 연극을 표방한 강연극 형태의 모노드라마 〈자
기만의 방〉을 무대에 올렸다.

버지니아 울프의 에세이 *A Room of One's Own*을 번역, 한국화한
이 작품은 '셰익스피어에게 그와 똑같은 재능을 지닌 누이가 있
었다면 그녀는 어떤 인생을 살았을까'라는 의문에서 출발한다. 내
가 쓴 〈자기만의 방〉은 연극의 허울을 쓰긴 했지만 사실은 여성
들의 의식화를 목표로 한 '페미니즘 수업'이었다. 그런데 그 연극
같지 않은 연극이 뜻밖의 성공을 거두었다. 1992년 11월부터
1993년 6월까지 7개월 동안 서울 공연에서만 4만 관객을 동원한
것이다. 마광수, 김용옥, 김지하 등 유명 남성 지식인들을 마손톱,
김동양, 김생명이라는 별칭으로 희화화하며 비판한 이 모노드라
마는 당시 언론으로부터 "공격적 페미니즘의 한국 상륙"이라는 평

가를 받았다.

페미니즘이 생소했던 1992년에 〈자기만의 방〉의 성공은 나를 확고한 페미니스트 기자로 자리매김했다. 나는 여성과 관련된 것이기만 하면 그것이 정치, 사회, 문화 등 기존 어느 부서에 속하든, 소위 '나와바리'에 상관없이 다양한 기사를 썼고, 그것은 기존 부서의 벽에 갇혀 있던 다른 기자들의 반발을 사기도 하면서 기자 사회의 색다른 논란을 일으키기도 했다.

'여성들이 원하는 러브 & 섹스' vs '강안 남자'

〈문화일보〉 생활건강부장으로 일하며 '여성들이 원하는 성과 사랑'을 주제로 한 신문 연재소설을 기획, 연재했던 일은 특기할 만하다. 당시 〈문화일보〉 사고(2001년 8월 27일자)를 보자.

문화일보가 새로운 패러다임의 소설을 선보입니다. 여성 작가들의 릴레이 소설 〈여성들이 원하는 러브 & 섹스〉를 9월 3일부터 연재합니다. (…) 21세기는 여성의 시대라고 합니다. 그러나 지금까지의 신문 소설들은 남성 작가들과 남성 화가들의 전유물처럼 쓰여져왔습니다. 소설 속 남녀 사랑 또한 남성적 시각으로 전재되었으며, 여성들은 단지 남성들의 사랑과 섹스의 대상으로만 그려진 경우가 대부분이었습니다.

문화일보의 새 연재소설 '여성들이 원하는 러브 & 섹스'는 이같은 남성 중심의 세계를 탈피하고 남녀 간 성과 사랑의 문제를 여성의 시각으로 다루면서 신문 소설의 새로운 지평을 열고자 합니다. 또한 이 시대를 대표하는 여성 작가와 여성 화가들이 '성과 사랑'이라는 동일한 주제를 놓고 집단 릴레이 작업을 함으로써 이 시대 여성들의 성적 정체성에 대한 새로운 화두를 던지고자 합니다. (…)

그러나 여성 독자들에게 "여성의 성적 성숙에 대한 매혹적 텍스트"(김승희, 〈문화일보〉 2001년 10월 4일)라는 평가를 받은 이 릴레이 소설의 연재는 3개월 만에 끝나게 된다. 그리고 곧바로 '신드롬'이라는 말까지 나올 정도로 남성 독자들에게 인기를 끈 〈강안남자〉가 2002년 1월부터 연재되기 시작했다.

전경린, 배수아, 차현숙 등 문학적으로 평가를 받는 여성 작가들의 릴레이 소설에 이어 시작된 〈강안남자〉(이원호)의 연재는 나에게 뒤통수를 맞은 듯한 배신감을 안겼다. 〈강안남자〉를 기획한 사람이 당시 문화부장이던 후배 기자였고 포르노물이라는 여론의 비판 속에서도 2009년 10월 30일까지 장장 7년 10개월 동안 꿋꿋하게 연재를 계속하며 〈문화일보〉를 대변하는 연재소설로 자리 잡았기 때문이다. 당시 〈강안남자〉에 열광했던 독자들은 소설 시장의 아웃사이더이던 중장년 남성들이었고 그것은 곧 〈문화일보〉의 편집 방향이 여성 독자들을 외면하고 포르노적이고 폭력적인 남성들의 성문화를 대변하는 신문으로 방향을 틀었다는 상징과도 같았다.

특별 연중기획 '차별 없는 한국을 위하여'

　나는 '강안 남자' 파동 이후, 다시 특별 연중기획 '차별 없는 한국 사회를 위하여-우리 사회의 현주소' 시리즈를 기획했다. 시리즈 첫 번째로 2002년 3월부터 5월까지 '남녀차별' 문제를 다뤘다. 이 시리즈는 총 12회에 걸쳐 연재되었다.

1) 남녀차별 철폐의 신호탄, 남녀차별 금지법 제정

2) 마초(macho) 천국 대한민국-'남아선호' 의식 바꿔야 '평등' 온다

3) 남자만 후손이냐?-딸들의 반란, '종중(宗中) 재산 왜 딸 몫은 없나?'

4) 왜 호주는 남자여야 하는가?-아들 선호, 남녀 불평등의 씨앗

5) 한국의 결혼 평등한가?-'집안일은 여성 몫' 편견 못 벗어나

6) 남자의 펜은 페니스다-문화예술계의 남근중심주의

7) 쾌락에도 성차별 있다-술, 담배, 성문화까지 2중 잣대

8) 신은 남성인가?-종교계 성차별, 대부분 종교가 사제직 '여성 불가'

9) 양성평등 군대는 불가능한가?-여군 '똑같은 훈련'에 보직은 '불이익'

10) 상아탑 사회의 성차별

11) 여성 공무원이 우대받는다?

12) '정치에 치마를 입히자'

나는 그렇게 〈문화일보〉라는 남성 중심 언론에서 여성 문제를 지면에 반영하기 위해 고군분투했지만 날이 갈수록 점점 더 여성들만의 매체가 절실함을 느꼈다. 그래서 뜻이 맞는 페미니스트들과 함께 1997년 5월 한국 최초의 페미니즘 잡지 〈페미니스트 저널 if〉를 창간하게 된다.

〈페미니스트 저널 if〉 이야기

〈페미니스트 저널 if〉(이하 〈이프〉)는 1997년 여름호로 창간돼 2006년 봄 완간호까지 총 36호가 발행된 계간 페미니스트 잡지를 말한다. 나는 〈문화일보〉 기자로 일하면서 〈이프〉가 만들어지는 과정에 준비 단계부터 주도적으로 참여했고 창간 이후 완간에 이르기까지 전 과정을 함께했다.

나는 1995년부터 '여성문화예술기획' 안에 출판분과를 만들어 워크숍, 세미나 등을 진행하며 페미니스트 잡지 창간 준비 작업을 했다. 그때까지 기존의 여성 잡지들은 여성들을 아내와 엄마, 소비자의 역할에 국한시킨 패션, 요리, 육아, 연예인 신변잡기 등으로만 가득 차 있는 여성의 '노예선언서'와 다를 바 없었다. 반면, 학자나 교수 등 여성 전문가들이 내놓는 여성 관련 학술지들은 푸코, 데리다, 라캉 등이 춤추는 현란한 담론의 장이었다. 한마디로 너무 어려워 일반 대중들과 유리되었던 것이다. 그 둘 사이를 잇는 다리 역할을 하는 잡지를 만드는 것이 내 오랜 꿈이었다.

그렇게 우리가 페미니스트 잡지 준비 모임을 하고 있던 1997년 봄 이문열의 소설 『선택』이 출간되었다. 이문열은 『선택』에서 직계 조상인 정부인 안동 장씨(1598~1680)의 입을 빌어 "진실로 걱정스러운 일은 요즘 들어 부쩍 높아진 목소리로 너희를 충동하고 유혹하는 수상스런 외침들이다. 그들은 이혼의 경력을 무슨 훈장처럼 가슴에 걸고 남성들의 위선과 이기와 폭력성과 권위주의를 폭로하고 그들과 싸운 자신의 무용담을 늘어놓는다. 이혼은 '절반의 성공' 쯤으로 정의되고 간음은 '황홀한 반란'으로 미화된다. 그리고 자못 비장하게 '무소의 뿔처럼 혼자서 가라'고 외친다"라고 썼다.

이문열은 비열하게도 후배 여성 작가들인 이경자, 공지영 등의 소설 제목을 그대로 차용하면서 400년 전 조상인 장 씨 부인의 입을 빌어 현대 여성들에게 훈계질을 한 것이다. 나는 페미니스트 잡지 창간을 더 이상 늦출 수 없다고 판단하고 바로 '지식인 남성의 성희롱'을 특집으로 〈이프〉를 창간했다.

출사표

왜 지금 페미니즘인가?

—〈페미니스트 저널 if〉를 세상에 내놓으며

페미니즘에 대한 남성들, 특히 지식인 남성들의 공격과 비난이 시대 현상처럼 번지고 있다. 그리고 그 공격은 예외 없이 무지하고

feminist journal if

1997 **창간호** 소장판

악의적이다. 이 시대 페미니즘 또는 페미니스트라는 말은 '더러운 꼬리표'가 되고 말았다. 온 세상이 다 페미니즘의 사고체계와 주장대로 진행되고 있는데도 이 사회에서 페미니스트라는 이름표를 붙이는 것은 금기가 되고 말았다. 참으로 이상하지 않은가? 중세에 불었던 마녀사냥의 광풍처럼 21세기의 미명을 코앞에 두고 있는 지금 한국에서 페미니스트 사냥이 시작되고 있는 것이다.

그들은 왜 페미니즘을 공격하는가? 페미니즘을 공격하는 사람이 반드시 남성만은 아니다. 여성들조차 그것이 자신의 '음전한' 여성성을 보증하는 방패라도 되는 양 "저는 페미니스트는 아니지만"이라는 단서를 달곤 한다. 페미니스트는 죄인이 아니다. 그런데 왜 페미니즘은 같은 여성으로부터도 공격을 받아야 하는가?

페미니즘이란 도대체 무엇인가? 페미니즘은 다른 아무것도 아니다. 그것은 여성도 인간이라는 여성의 인간선언일 뿐이다. 여자의 주인은 남편도 아이도 아닌 바로 여자 자신이라는 그 단순한 진실을 말하는 것이 어째서 그토록 많은 파문을 일으켜야 하는가?

페미니즘은 여성의 삶에 대한 주도권을 여성에게 줌으로써 양성 관계

의 변혁을 목적으로 한다. 궁극적으로는 모든 사람이 인간의 잠재성을 실현할 기회를 더욱 많이 가질 수 있게 하려는 것이다.

페미니즘은 단순한 이념이나 사상을 넘어선다. 그것은 남녀 관계의 변화를 통해 세계를 변혁하려는 사회이론이며 동시에 정치적 실천이다. 따라서 페미니즘은 우리 사회에서 자연스럽고 정상적이며 바람직하다고 인정되는 많은 것에 도전한다. 페미니스트들의 이러한 도전이 지금 비난과 저항에 부딪치고 있는 것이다. (…) 여성은 오랜 세월 남성 욕망과 남성 쾌락의 대상에 불과했다. 이제 여성은 스스로 주인이 되어 여성이란 무엇인가에 대한 질문을 새롭게 시작해야 한다. 우리는 자랑스럽게 선언한다.

"**if**는 페미니스트 저널이다."

나는 〈이프〉 창간호에 출사표라고 들어간 위의 글을 직접 썼다. 그러나 이 글은 내 이름으로 나가지 못하고 박미라 초대 편집장의 이름으로 나갔다. 내가 몸담고 있던 〈문화일보〉에서 나 때문에 기자들의 대외 활동 규정이 만들어지고 그에 대한 회의가 열리고 있다는 소식이 들려왔기 때문이다. 그래서 막판에 인쇄소에서 필자 사진을 바꿔 넣었다.

우리는 또 공동 토론을 통해 〈이프〉의 기본 컨셉을 '여자의 욕망을 아는 잡지'로 정하고 "이프 스피릿, 웃자! 놀자! 뒤집자!"를 개발했다.

웃자!

우리는 이제까지 너무나 많은 눈물을 흘려왔다. 그러나 이젠 웃고 싶다. 웃음은 우리를 기쁘고 행복하게 만든다. 폭발하는 침묵처럼, 치솟아 오르는 분수처럼 그렇게 웃고 싶다. 자 웃자!

뒤집자!

우리는 여자로 태어나 이 세상을 살아오면서 우리의 내면에서 자연스럽게 자라온 하나의 욕망을 지니게 되었다. 그리고 알게 되었다. 우리 모두 똑같은 욕망을 지니고 있으며 그 욕망이 파괴적이라는 것을. 뒤집고 싶다. 이 세상을 한번 신나게 뒤집어버리고 싶다. 궁금하지 않은가? 어떻게 될까?

놀자!

우리는 그동안 눈물과 고통에만 익숙해왔다. 여자로 이 세상을 산다는 것은 고통과 인내, 희생의 지겨운 학습 과정에 다름 아니었다. 그리고 그 과정은 우리의 몸과 마음을 중독시켜 마침내 노예의 평안을 선사했다. 이젠 싫다. 즐겁고 싶다. 재미있고 싶다. 놀고싶다. 그리하여 여자들을 즐겁게 만들고 싶다.

나는 또 〈이프〉의 창간 특집 '지식인 남성의 성희롱'의 본론이라할 수 있는 문학 부문 텍스트 분석 글 "예술과 폭력 사이에서 꽃피는 남근의 명상"을 썼다. 한국 문단에서 제각각 다른 대표성을 지니는 네 명의 남성 작가, 송기원(『여자에 관한 명상』), 이문열(『선택』), 김원우(『모노가미의 새 얼굴』), 김완섭(『창녀론』)의 작품들을 페미니즘의 시각에서 분석, 비판한 이 글은 내가 페미니즘을 공부하지 않았다면쓸 용기를 낼 수 없었던 그런 글이다.

지금까지 네 명의 남성 작가가 그리고 있는 여성상을 살펴보았다. 이들 서로 다른 남성들이 경험하고 작품 속에 그려낸 여성은 어머니, 아내, 애인, 창녀까지 다양한 모습을 하고 있다. 그러나 이들이그리고 있는 여성상의 실상은 하나이며 그것은 모두 여성의 성기에 집중돼 있다. (…)

미국의 작가 노만 메일러는 '작가에게 남근은 펜이나 잉크보다 중요하다'고 주장했다. 한국의 남성 작가들은 메일러처럼 직접적으로 발언하지는 않는다. 그러나 그들의 작품을 살펴본 결과 한국 남성 작가들의 남근중심주의(phallocentrism)도 만만치 않음이 드러났다. 남근중심주의란 남성성이 모든 것의 중심이며 잣대가 되는 믿음을 의미하며 이때의 남근(phallus)은 단순한 남성의 성기 이상의 의미를 지닌다.

남근은 사회적으로 남성적이라고 여겨지는 모든 문화의 상징이며 여성은 물론 세상을 통치하는 영향력을 행사하게 되는 것이다. 결국 이들 남성 작가들은 남근을 통해 사고하고 창조하며 문학 또는 예술이라는 허울을 쓰고 펜으로, 붓으로, 카메라로 여성에 대한 성희롱과 폭력을 자행하고 있는 것이다. 수많은 여성들이 문학 또는 예술의 권위를 갖고 자기들에게 들려오는 이들 남성들의 메시지를 내면화시키며 거기에 맞춰 살기 위해 노력한다.

나는 직장이었던 문화일보에서 쓰지 못하는 글들을 〈이프〉에 쓰며 페미니스트 기자로서의 정체성을 확립해갔다. 여성들에게 금기시되던 호스트바를 잠입 취재한 기사 "if 단독 호스트바 잠입 르포 -다꽝 마담에서 왕 게임까지"(1997년 가을호), 루소나 니체, 쇼펜하우어 등 유명 철학자들의 여성 혐오주의를 폭로한 글 "'여자를 만나러 가십니까? 그러면 채찍을 잊지 마십시오' 니체-남성 철학자들의 여성 혐오주의"(1998년 여름호) 등이 독자들의 호응을 받았던 기억이 난다.

또 한국이 낳은 걸출한 예술가 고 백남준 선생이 백악관 클린턴 대통령 앞에서 바지를 벗은 사건에 대해서 쓴 "세기의 테러리스트 백남준 선생에게-'백악관 해프닝' 실수인가, 예술인가?"(1998년 가을호)는 20년이 지난 지금까지도 내게 말하는 사람들이 있다. 비록 모자이크 처리를 하기는 했지만 벌거벗은 아랫도리가 적나라하게 드러난 백남준 선생의 사진과 그 행위에 대한 페미니스트적 비평은 당시 어느 언론에서도 볼 수 없었던 글이었기 때문이다.

한편 미국 여성해방운동과 성문제를 다룬 "여성이여 성을 노래하라-미국의 페미니스트가 고백하는 '섹스와 여성해방운동'"(1998년 겨울호), "한국에 온 글로리아 스타이넘 동행 취재-기지촌 여성들과의 특별한 만남"(2002년 겨울호) 등은 미국 페미니즘 운동에 대한 오해를 해소하기 위해 쓰여진 글들이다.

또한 페미니스트의 입장에서 남성들을 인터뷰한 기사, "맛있는 남자 박진영-난 페미니스트의 노예가 되어도 좋아"(1998년 여름호), "밝히는 남자 박노해-부드러운 페니스로…"(1999년 겨울호) 등도 기성의 남성 중심 언론에서는 쓸 수 없는 인터뷰 기사로 남성 페미니스트의 발굴을 목표로 쓴 글들이다.

반면 "'아가'를 들고 돌아온 이문열 선생에게-몰락하는 국민 작가를 보며 한국 남성에 고함"(2000년 여름호), "공자의 부활을 꿈꾸는 도올 김용옥 선생에게"(2001년 봄호) 등은 유명 남성 지식인들에 대한 페미니스트적 비판을 담은 글들이다.

미인대회에 대한 비판을 담은 "예쁜 여자는 페미니스트의 적인 가?-아름다움의 욕망에 관한 명상"(1999년 봄호)은 안티 미스코리아 페스티발 기사와 함께 실렸고, "남자는 어머니를 모른다 -모성도 유행?"(1999년 여름호), "남자 이름 쓰기와 남자 옷 입기-조르쥬 상드의 '선택'을 중심으로"(1999년 가을호), "가부장 사회의 '명예로운' 전통, 여성 살해"(2000년 여름호) 등은 여성들의 가부장 사회 생존 전략을 다룬 글들이다.

다시 시작한 '이프북스'

〈이프〉가 2006년 사실상 폐간호인 완간호를 내게 된 것은 광고 수주의 어려움과 재정난 때문이었다. 완간이라는 표현을 한 것은 폐경이라는 표현 대신 완경이라는 표현을 쓰는 페미니스트의 자존

심 때문이었다. 나는 〈이프〉에 내 모든 것을 쏟아부었다. 내 모든 능력과 열정과 시간과 돈, 내가 갖고 있는 것은 그것이 무엇이든 어떤 형태로든 〈이프〉로 들어간 셈이었다. 그래서 〈이프〉의 완간은 나한테 가장 받아들이기 힘든 일이었는지도 모른다. 그래서 문화일보

를 그만두고 〈이프〉를 완간한 나는 오랫동안 많이 아팠다.

그렇게 10년의 공백이 있은 후 〈이프〉 창간 20주년이 되는 2017년을 앞두고 역대 편집장들을 중심으로 다시 무언가 해보자는 분위기가 무르익었다. 2015년 메갈리아의 미러링 논란, 2016년의 강남역 살인 사건 등을 계기로 페미니즘이 다시 이슈가 된 것도 영향을 미쳤다. 그래서 오랜 토론 끝에 우리는 "대한민국에서 살고 있는 당신을 페미니스트로 만든 것은 무엇인가?"라는 질문에 대한 답변을 사적인 고백 형태로 집필한 책을 출판하기로 했다.

우리의 기획 의도는 2017년 현재 페미니스트로 살고 있는 사람들의 공적인 페미니즘 담론이 아닌 사적인 고백을 들음으로써, 'Personal is Political'이라는 페미니즘의 대명제에 대한 한국 페미니즘의 현주소를 찾고자 하는 것이었다. 다양한 페미니스트들의 고백을 통해 페미니스트가 뿔 달린 도깨비가 아니라 우리 주변의 누구와도 다르지 않은 보통 여성이라는 것을 알리고, 일반 대중에 페미니스트에 대한 이해를 높이는 것이 우리의 목적이었다.

그렇게 단행본 『대한민국 페미니스트의 고백』은 탄생하게 되었다. 20대부터 60대까지 현장에서 활동하고 있는 26명의 페미니스트 활동가들이 원고를 써주었고 나도 "놈들이 나를 미치게 했고 엄마의 재혼이 나를 페미니스트로 만들었다"는 제목으로 나의 정신병동 입원 경험을 커밍아웃했다.

출판사 '이프북스'는 〈이프〉를 만들었던 사람들이 십시일반으로 제작비를 모아 『대한민국 페미니스트의 고백』을 출판하면서 새로

이 설립한 일종의 비영리 출판사이다. 이후 『1997 페미니스트 저널 if』 창간호 소장판, 『근본 없는 페미니즘-메갈리아부터 워마드까지』, 정미경의 다큐 소설 『하용가』, 『작전명 서치라이트-비랑가 나를 찾아서』, 『여성을 위한 별자리 심리학』 등 논란과 이슈가 있는 페미니즘 도서들을 출간했고 앞으로도 계속 페미니즘 전문 출판사로 활동할 계획이다.

이채훈

전 MBC PD

혐오와 거짓은 민주주의가 아니다

2002 미국 9·11 그 후 1년

　　2002년 월드컵으로 '붉은악마'의 물결이 광장을 뒤덮을 무렵이었으니 꽤 오래전 일이다. 그해 신효순, 심미선 두 중학생이 미군 장갑차에 깔려 숨지는 사건이 일어났다. 어린 여학생을 죽여놓고 책임지지 않는 미군 당국의 태도는 격렬한 반미 감정을 불러일으켰다. 바로 이 무렵 MBC에서는 "미국" 시리즈 10부작이 한창 촬영 중이었다. 2001년의 9·11 테러 이후 미국을 제대로 조명해봐야 하는 게 아니냐는 문제의식이 MBC 교양국 내에 존재했다. 반미, 친미를 떠나 미국을 있는 그대로 바라보자는 취지로 기획된 이 시리즈는 '효순이 미선이 사건'을 계기로 많은 시청자들의 관심을 모았고, 〈MBC스페셜〉 역사의 한 모퉁이를 장식할 만한 의미 있는 프로그램으로 남았다.

미국, 있는 그대로 바라보기

미국은 우리에게 무엇인가? 해방과 분단, 전쟁의 비극, 평화통일의 염원 등 이 나라의 현대사는 미국과 뗄 수 없는 관계를 맺고 있다. 북미 정상회담의 추이에 온 국민이 촉각을 곤두세우는 것도 그 때문이다. 미국을 영원한 우방이자 은인으로 여기는 사람들은 집회에 태극기와 성조기를 함께 들고 나온다. 하지만 미국을 분단과 동족상잔의 원흉으로 보는 사람도 있다. '철천지 원쑤'까지는 아니더라도 이 땅의 평화에 가장 큰 걸림돌이 미국이라고 보는 시각은 여전히 존재한다. 극단적인 친미와 반미 사이에는 실용적인 한미관계와 북미 관계가 필요하다는 다양한 의견의 스펙트럼이 존재한다. 하지만 2002년 그 무렵, 그 어느 쪽도 미국의 실체를 총체적으로 이해한다고 장담할 수 없는 게 현실이었다.

제작팀은 정치적 편향을 최대한 배제하고 구체적으로 미국을 보여줄 수 있는 10개의 화두를 정한 뒤 취재에 나섰다. 김환균 PD는 자유의 여신, 김상균 PD는 군산복합체, 장덕수 PD는 총기 소유의 자유, 김철진 PD는 어퍼머티브 액션(Affirmative Action), 민운기 PD는 할리우드의 작동 원리 등을 맡았다. 정연주 선배 기자(당시 미국 워싱턴 특파원을 마치고 귀국하여 〈한겨레〉 논설위원으로 있었다.)가 아이템 선정과 취재 방향에 대해 자문해주었다. 나는 첫 회 "9·11 그 후 1년"과 "수정헌법 1조" 두 편을 방송했다. 첫 회는 9·11 이후 변화한 미국의 분위기, 테러리스트를 색출하기 위해 논의되었던 'USA Patriot법'—

테러리스트로 의심되는 시민에 대한 수사 기관의 이메일 감청 허용—문제, 그리고 아랍계 미국인에 대한 마녀사냥을 주로 다뤘다.

개인적으로는 "수정헌법 1조"편이 무척 재미있었다. '특종'이라 할 만한 건 없었지만, 미국 사회에서 상식으로 여겨지는 표현의 자유가 한국에서는 아무렇지도 않게 유린돼왔기 때문에 이 아이템이 꽤 큰 반향을 일으킬 거라고 생각했다. 바로 전해, "이제는 말할 수 있다" 시리즈에서 국가보안법 문제를 다뤘다가 국가보안법으로 고발된 경험이 있는 나로서는, 국가보안법과 레드 콤플렉스가 개인의 사상과 양심의 자유를 짓밟아온 한국에서 이 수정헌법 1조가 어

떻게 받아들여질지 무척 궁금하기도 했다. 연방대법원의 몇 가지 판례를 통해 수정헌법 1조가 미국에서 표현의 자유를 어떻게 보장하는지 알아보았다.

2002년 당시 취재한 것들 중 특히 세 개의 연방대법원 판결이 인상적이었다. 그레고리 존슨의 성조기 소각 사건, 시카고 인근 스코키의 나치 시위 사건, 포르노 잡지 〈허슬러〉 사장인 래리 플린트 사건인데, 한국에서 유사한 일이 벌어질 경우 일반 여론과 법원 판결이 어떻게 나올지 궁금증을 자아내며 자연스레 한국의 경우와 미국의 경우를 비교하게 만드는 사례들이었다.

"화난다는 이유로 사람을 처벌하면 되나"

먼저, 성조기 소각 사건. 1982년 한국에서는, 강원대학생 학생 2명이 성조기를 불태우는 사건이 발생했다. 광주 학살의 배후도 미국이요, 전두환 군부독재의 배후도 미국임을 알리려는 몸부림이었다. 두 학생은 국가보안법 위반죄로 징역 1년 6개월의 실형을 선고받았다.

그리고 1984년 미국에서는, 그레고리 존슨이라는 모택동주의자가 공화당 전당대회장 밖에서 성조기를 불태우는 일이 벌어졌다. 미국인들은 격노했고 텍사스 주법원은 유죄를 선고했다. 이 분위기에 편승해 공화당 의원들은 '성조기 모독죄'를 신설하려 했다. 그러나 연방대법원은 원심을 뒤집고 그에게 무죄를 선고했다. 성조기를 불태운 것이 남에게 물리적 상해를 끼치는 행위도 아니었고 미국 체제를 위협한 것도 아닌, 단순한 '상징적 표현'이라는 게 무죄 이유였다.

그레고리 존슨은 취재진에게 "아무리 시위를 벌여도 언론이 보도하지 않고 무시하기 때문에 충격적인 방법을 썼을 뿐"이라고 밝혔다. 그는 "당시 미 제국주의의 상징인 성조기가 불타서 재가 되는 광경은 정말 근사했다"고 은근히 자랑했다. 성조기는 미국의 번영의 상징이자, 자유와 평화의 상징으로 미국 사회를 하나로 묶어주는 구심점 역할을 해왔다. UC 버클리대학의 법철학자 제시 초퍼 교수는 이러한 대다수 미국인의 정서를 존중해야 한다고 주장했다. "정부를 비판하지 말라는 게 아니다. 무슨 말이든, 제일 험한 말이라도 하라는 것이다. 그건 보호하겠다는 거다. 하지만 성조기를 태우지는 말라는 거다. 국가는 자기의 상징인 성조기를 보호할 권한이 있다."

하지만 같은 대학 법대 학장인 마이클 헤이만 교수는 의견이 달랐다. 헤이만은 저명한 법학자지만, 클래식 음악을 즐겨 듣고 토머스 울프의 소설을 좋아하는 멋진 분이었다. "한국과 미국의 이 대조적인 판결에 대해 어떻게 생각하느냐?"고 대놓고 물어보았다. 그는 잠시 생각하더니 껄껄 웃었다. 답변 요지는 간단했다. "화나게 하려고 성조기를 불태운 것 아닌가? 많은 사람들이 성조기를 소중하게 여기는 걸 알기 때문에 태운 것이다. 자기 행동을 보고 사람들이 화를 안 낸다면 뭐 하러 불태웠겠는가? 그러나 화난다는 이유로 사람을 처벌하면 안 되는 것이다." 지극히 당연한 이 말이 당시 내게는 충격적으로 다가왔다. 이승만, 박정희, 전두환 정권 내내 권력에 거슬리는 표현을 하면 '화난다'는 이유로 정보기관에 끌려가서 구타당하고 국가보안법으로 처벌받고 인생을 망치는 사례를 수도 없이 목도해온 입장에서 이 말은 다른 세계의 언어 같았다. 헤이만 교수는 이렇게 부연했다. "말이 아니라 행동으로 표현된 생각도 수정헌법 1조가 보호해야 할 상징적인 언어라고 볼 수 있다. 성조기보다 표현의 자유를 보호하는 게 더 중요한 일이다."

연방대법원은 토론 끝에 5:4로 "성조기 소각은 의사 표현일 뿐이므로 보호받아야 한다"는 판결을 내렸다. 조지 부시 1세는 "애국

심은 정치적 이슈나 당파적 문제가 아니"라며 반발했고, 의회는 1989년 성조기 보호법을 통과시켰지만 연방대법원은 이 법 또한 수정헌법 1조에 위배된다며 위헌 판정을 내렸다. 브레넌 연방대법원 판사의 판결 취지문은 감동이었다. "성조기를 불태웠다고 처벌한다면, 성조기가 상징하는 미국의 표현의 자유가 훼손될 것이다."

다큐에서 바람에 휘날리는 성조기를 클로즈업하고, 이 코멘트를 자막으로 넣을 때 짜릿한 감동이 몰려왔던 게 기억난다. 미국이란 나라는 얼핏 보면 도덕적, 철학적으로 형편없다고 생각하기 쉽지만, 쉽사리 판단하면 큰 오산이었다. 미국 연방대법원은 정치나 여론에 흔들리지 않고 개인의 자유와 권리를 수호해왔고, 미국인들은 이러한 연방대법관들을 '은둔하는 철학자'라고 부른다. 세상에 믿을 게 아무것도 없어도, 사회적 신뢰의 마지막 보루인 사법부의 양심이 살아 있다면 그 나라는 건강하다고 할 수 있다. 수정헌법 1조가 있고 이를 수호하는 연방대법원이 살아 있는 한 미국의 민주주의는 결코 허약하지 않아 보였다. 양승태 대법원의 사법농단을 겪었고, 아직 이를 수습조차 못 하고 있는 한국에 비하면 부러운 일이 아닐 수 없다.

나치를 변호한 유대인

또 하나 재미있는 사례는 스코키 사건이다. 미국 나치들이 1977

년 시카고 북부의 유태인 마을 스코키에서 위협적인 시위를 벌였다. 미국 나치들이 시위 계획을 발표하자 이 마을 주민들—히틀러의 유태인 대학살 생존자들이 상당수 포함돼 있었다—은 나치의 위협에서 자신을 보호해줄 것을 당국에 요구했고, 스코키 시장은 "폭력 사태에 대비하여 35만 달러의 보험에 가입해야 집회를 허용한다"고 밝혔다. 사실상 네오나치의 집회를 금지한 것이었다. 일리노이 주법원은 오랜 기간 고심한 끝에 "스코키 지역의 특수성을 고려, 집회를 불허한다"고 판결했다. 당시 판사였던 하비 슈바르츠는 "나치의 시위는 스코키 주민들에게 생각을 주고받는 연설이 아니라 감정적, 물리적 고통을 주는 폭력 행위에 해당됐다"고 밝혔다. 600만 명을 학살한 나치의 만행은 스코키 사람들에겐 잊을 수 없는 상처였기 때문이다.

네오나치는 '표현의 자유'를 주장하며 즉각 연방대법원에 항소했다. 미국인들의 관심이 집중된 이 재판에서, 연방대법원은 1978년 1월 27일 '네오나치 승소'라는 역사적 판결을 내렸다. "나치 스와스티카(卍)를 앞세운 시위는 상징적 행위로, 수정헌법 1조가 보호하는 표현의 자유에 해당한다. 이에 대해 사전 제약을 가하는 것은 옳지 않다." 미국 나치를 이끌던 프랭크 콜린은 의기양양했다. "나의 목표는 내 생전에 백인만의 미국을 만드는 것"이라며 "우리의 취지를 대대적으로 알려 합법적으로 정권을 잡고 헌법을 고쳐 유태인 공산주의자들을 박멸하겠다"고 큰소리쳤다.

놀라운 일은, 이때 미국 나치의 변론을 맡은 ACLU(American Civil Liberties Union, 미국민권연맹, 우리나라로 치면 민변쯤 될까?)의 변호사 데이비드 골드버거가 유태인이었다는 점이다. 이 때문에 ACLU는 구성원들의 의견이 분열되고 3만 명의 회원이 탈퇴하는 혹독한 대가를 치러야 했다. 데이비드 골드버거는 "프랭크 콜린의 생각은 끔찍했다. 하지만 중요한 것은 그의 생각이 아니었다"고 밝힌 뒤 "우리와 의견이 다르다는 이유로 소수자의 표현의 자유를 제한하면, 우리가 소수가 됐을 때 똑같은 일을 당할 것이기 때문에 이 사건의 변론을 맡았다"고 밝혔다. 더 놀라운 일은 그 뒤에 일어났다. 나치가 실제 시위를 벌였을 때 미국의 지식인, 종교인, 인권운동가를 비롯한 엄청난 수의 미국 시민들이 스코키에 집결해 반 나치 시위로 대응한 것이다. 기가 죽은 네오나치는 다시는 스코키에 들어오지 못했다. 연방대법원이 나치의 표현의 자유를 인정하자, 더 많은 시민이 더 강력한 표현의 자유로 맞선 것이다. 나치의 광풍을 잠재우고 시민사회를 지켜낸 양심과 상식의 통쾌한 승리가 아닐 수 없었다.

하지만 나치의 시위가 잦아든 뒤에도 논란은 가라앉지 않았다. 주민 대표 버나드 슈츠(유태인 학살 생존자) 등 스코키 주민들은 "나치는 물러가라"며 맞섰지만, 연방대법원이 나치 집회를 허용한 것을 여전히 납득하지 못했다. 버나드 슈츠는 취재진에게 "어떤 사람의 자유가 다른 사람에게 피해를 줄 경우, 그 자유에는 일정한 선을 그어야 한다"고 강조하며 데이비드 골드버거의 판단에 지금도 반대한다고 밝혔다. "일부 미친놈들의 소행에 불과하니 신경 쓰지 말자"

는 의견과 "히틀러의 광풍도 소수에서 시작했으니 이들의 행동을 묵과해서는 안 된다"는 의견이 오래도록 맞섰다. 5·18 희생자를 '홍어'에 비유하는 혐오 표현, '5·18 북한군 개입설'이라는 가짜뉴스를 퍼뜨리는 자들이 아직도 기세등등한 한국의 경우라면 어떻게 하는 게 옳을까?

"헌법은 저 같은 '잡놈'도 보호해주죠"

수정헌법 1조는 1791년 미국헌법에 추가된 권리장전으로, "연방의회는 국교를 제정할 수 없으며 언론, 출판의 자유를 제한하거나 평화적 집회의 권리를 제한하는 법률을 제정할 수 없다"는 내용이다. 이는 미국인들이 신대륙을 개척하면서 꿈꾼 가장 높은 이상이기도 했다. 미국 연방대법원은 수정헌법 1조의 정신에 따라 악마 숭배의 자유(라슨 판례, 1982), KKK 집회의 자유(브란덴부르크 판례, 1969), 교복 착용 강제 금지(틴컨 판례, 1969), 국기에 대한 맹세 강요 금지(뉴다우 판례, 2002), 베트남전 비밀문서 보도 허용(〈뉴욕타임즈〉 판례, 1973) 등 모든 분야에서 표현의 자유를 옹호해왔다. "다른 사람의 신체에 위해를 가하지 않는 한", "폭력 사태를 야기하지 않는 한", "명백하고 현존하는 체제 위협이 아닌 한" 등의 단서를 달기는 했지만 말이다.

도색잡지 〈허슬러〉 대표인 래리 플린트 판례는 코믹해 보였다. 그는 영화 〈래리 플린트〉로 잘 알려진 인물로, 〈허슬러〉에 재클린

오나시스의 누드를 실어서 '대박'을 내고, 포드 대통령과 키신저 국무장관이 자유의 여신을 성폭행하는 커리커처로 반전 의지를 보이는 등 좌충우돌하며 미국 포르노 산업의 중요 인물로 떠올랐다. 그는 현직 의원이나 관리와 불륜 관계를 맺은 여성이 제보하면 100만 달러를 준다는 광고를 실었고, 이에 겁을 먹은 정치인들이 알아서 의원직을 사퇴하는 해프닝을 유도하기도 했다.

래리 플린트는 미국 보수 기독교의 지도자 제리 폴웰 목사를 표적으로 장난을 쳐서 물의를 빚었다. 제리 폴웰 목사는 당시 동성애 반대 캠페인에 앞장서고 있었는데, 래리 플린트는 〈허슬러〉에 실린 캄파리 술 광고에 폴웰 목사가 "자기 어머니와 X했다"는 문구를 넣었고, 광고 하단에는 "패러디일 뿐이니 너무 심각하게 받아들이지 말 것"이라고 작은 글씨로 써 넣었다. 고매한 미국인들은 격분했고, 제리 폴웰 목사는 그를 명예훼손으로 고소했다. 그의 변호인인 앨런 아이작맨은 법정에서 폴웰 목사에게 대뜸 질문했다. "어머니와 X하셨습니까?" 폴웰 목사가 당황하여 아니라고 답하자 아이작맨 변호사는 판사를 향해 "정상적인 사람이라면 이 광고 문구가 사실이라고 믿을 수 없을 것이므로 명예훼손은 성립되지 않는다"고 주장했다. 미국 연방대법원은 결국 "공직자나 영향력 있는 인물에 대한 풍자는 명예훼손이 아니"라고 판결하여, 래리 플린트의 표현의 자유를 옹호해주었다.

래리 플린트는 포르노에 흑인 남성과 백인 여성의 성행위 장면을 넣었다가 극우 백인 단체의 테러를 당해 목숨을 잃을 뻔한 적도 있지만, 자기 뜻을 굽히지 않았다. 그는 취재진에게 빙글빙글 웃으며 말했다. "포르노를 탄압하는 사람들은 알몸이 외설이라고 하는데, 그렇다면 조물주에게 항의하지 왜 나한테 항의하는 거죠? 하느님이 창조한 인간의 육체를 있는 그대로 보여주는데 왜 음란하다고 하는지 이해하기 힘듭니다." 인터뷰에서 래리 플린트가 남긴 한마디가 특히 기억에 남는다. "수정헌법 1조는 저 같은 '잡놈'도 보호해주지요. 따라서 모든 사람이 수정헌법 1조의 보호를 받는 것입니다."

래리 플린트 같은 '잡놈'을 포함, 당시 인터뷰한 사람들은 아마도 미국에서 제일 유쾌한 사람들이었고, 그들은 예외 없이 수정헌법 1조를 자랑스러워했다. 과거 군부독재 시절 국가보안법과 레드 콤플렉스로 평범한 사람들의 입을 틀어막고, 민주화 이후에도 걸핏하면 '종북' 딱지를 붙이며 윽박지르고, 문화예술계 블랙리스트를 만들어서 숨통을 조이는 한국, 심지어 방송사 안에서 거슬리는 말을 한다는 이유로 기자와 PD들을 징계·해고해온 이 나라의 역사에 비추어볼 때 부럽기 짝이 없었다.

수정헌법 1조, 한국에 적용할 수 있을까?

수정헌법 1조는 미국 민주주의를 지키는 최후의 보루이며, 이 원칙에 충실한 연방대법관들은 미국의 살아 있는 양심인 셈이다. 하지만 수정헌법 1조가 보장하는 표현의 자유가 언제나 그냥 주어지는 게 아니라는 점을 역사의 경험이 웅변하고 있다. 1950년대 매카시 광풍이 미국을 휩쓸었을 때 수정헌법 1조는 실종된 바 있고, 바로 지금 대통령 당선자 트럼프는 "성조기를 모욕하면 시민권을 박탈하겠다"고 으름장을 놓고 있다. 어느 나라, 어느 시대건 표현의 자유는 깨어 있는 시민의 힘으로 지켜야 할 가치라는 점을 잊어서는 안 된다는 뜻이다.

수정헌법 1조를 무조건 한국 사회에 적용할 수 있을지는 여전히 의문이다. 과거에 표현의 자유가 억압되었다면 지금은 표현의 자유가 과잉이 아닌가 싶다. 약자에 대한 조롱과 혐오 표현, 심지어 가짜뉴스들을 '표현의 자유'란 이름으로 무제한 방치하는 것은 위험하다. 5·18 희생자들을 모욕하는 온갖 혐오 표현과 가짜뉴스들이 저절로 사라지겠지 하며 방치하는 것은 무책임해 보인다. 국가보안법과 레드 콤플렉스로 수많은 사람들이 억울하게 희생된 우리나라의 경우, 나치를 찬양하거나 나치 희생자를 모욕하면 처벌하도록 한 유럽의 사례가 더 적절하지 않나 싶다.

대한민국 체제에 위협이 되는 것은 이석기와 통합진보당이 아니다. 박근혜 정부와 양승태 사법부는 이들에게 법의 올가미를 씌워 감옥에 넣고 정당을 해산했는데, 사실 이들이 저지른 국정농단, 정경유착, 부정채용, 탈세 등이야말로 자본주의 체제의 근간을 뒤흔드는 반체제 범죄라 할 수 있다. 이들을 제대로 처벌하지 못하는 대한민국에 희망이 있을까? 이들을 제대로 청산하지 못한 결과 오히려 기가 살아서 혐오 표현과 가짜뉴스를 태연하게 유포하고 있는 게 대한민국의 현실 아닌가?

법과 제도도 중요하지만 결국 사람이 더 중요하며, 사람을 판단하는 기준은 그들이 행동하고 실천해온 역사가 아닐까 싶다. "나는 당신과 의견이 다르다. 하지만 당신의 견해가 억압받는다면 나는 당신의 표현의 자유를 위해 끝까지 싸우겠다." 볼테르의 잠언은 아름답다. 하지만 볼테르의 잠언을 예찬하기 전에, 법 위에 군림하며 기득권을 누려온 인물들을 처벌하고 상식과 신뢰가 지배하는 세상을 만드는 게 우선돼야 할 것이다. 기득권 세력이 반성은커녕, 사회적 약자와 피해자들을 향해 혐오 표현과 가짜뉴스를 쏟아 부어서 상처를 덧나게 하고 문화 풍토를 병들게 하는 것은 민주주의가 아니다.

김보근

한겨레신문 기자

'두 개의 역사'를 보여주는 박물관

2003 황해도 신천박물관

신천 가는 길

덜컹거리는 승합차가 북한 황해북도 사리원시를 빠져나오자 눈앞에 너른 들판이 나타났다. 북한의 대표적 곡창지대인 재령평야가 모습을 드러낸 것이다. 지평선까지 이어진 들판의 논에서는 2003년 7월의 뜨거운 햇볕을 받으며 벼가 익어가고 있었다. 1990년대 중반부터 북한 관련 취재를 해온 필자는 금세 기도하는 마음이 되었다. 30여만 명의 아사자를 남긴 1995~1997년의 '고난의 행군'이 생각났기 때문이다.

'저 곡식들이 잘 자라 북한 식량 사정이 조금은 더 나아졌으면….'

북한 사회는 1998년 '고난의 행군'을 결속한 뒤 2000년부터는 경제성장률도 플러스로 돌아섰다. 평양의 전력 사정도 2001년에 이루어진 첫 방북 취재 때와 비교해 불과 2년 만에 많이 좋아진 것을 느낄 수 있었다. 하지만, 세계식량계획(WFP)이나 유엔아동기금(UNICEF)은 북한의 식량 사정은 여전히 좋지 않고 특히 아이들의 영양 상태가 우려된다는 보고서를 내놓고 있던 시점이었다.

차창을 내다보며 기도하는 마음은 곧 긴장감으로 바뀌었다. 평양에서 함께 출발한 몇 살 연상의 민화협(민족화해협력범국민협의회) 참사가 오늘 취재할 현장에 가까이 왔음을 환기시켜주었기 때문이다.

"보근 선생, 이 2차선 도로를 따라 가면 재령군을 거쳐 목적지인 신천박물관까지는 채 한 시간도 안 되는 거리입니다."

이날 나는 북한 민화협 참사들과 함께 승합차를 타고 아침에 평양을 출발했다. 북한의 대표적인 학살 박물관인 신천박물관을 취재하기 위해서다. 김일성종합대학을 나온 북쪽 참사는 승합차를 타고 오는 도중 "중앙 일간지와 방송사를 통틀어 남측 언론이 신천박물관 취재에 나선 것은 이번이 처음"이라고 여러 차례 강조했다. 때는 2003년 7월 24일, 한국전쟁 정전 50돌을 불과 3일 남긴 시점이었다.

북한 참사의 말마따나 나는 남한 언론인 중 최초로 신천박물관을 취재하기 위해 북한 당국이 잘 공개하지 않는 시골길을 달려가고 있던 참이었다. 더욱이 신천박물관은 북한이 반미계급교양의 성지로 여기는 곳이고, 1950년 한국전쟁 당시 황해도 신천에서 벌어진 학살에 대해서는 남북의 역사 해석마저 크게 다른 상태였다. '과연 남북 주민 모두에게 사실을 넘어 진실을 전할 수 있을까.' 신천박물관에 가까이 다가갈수록 긴장감은 커져만 갔다.

북한의 주장에 따르면, 신천박물관은 한국전쟁 당시인 1950년 10월 17일부터 12월 7일까지 미군이 황해북도 신천 일대에서 저질렀던 학살과 관련된 자료들을 전시해놓은 곳이다.

당시는 북한이 얘기하는 '일시적 후퇴기'다. 북한은 그해 6월 25일 한국전쟁을 일으키고는 파죽지세로 낙동강까지 밀고 내려갔다. 하지만 9월 15일 연합군의 인천상륙작전으로 전세는 역전된다. 10월 1일에는 국군이 38선을 넘었고, 이후 국군과 연합군은 빠른 속도로 평양을 거쳐 압록강까지 치고 올라갔다.

북한은 "인민군의 일시적 후퇴 시기인 이 기간 동안 신천군에서는 당시 군 인구의 약 4분의 1에 해당하는 3만 5,383명이 미군에 의해 학살됐다"고 주장한다. 신천박물관은 그 참혹한 '학살 증거들'을 모아놓은 곳이다.

나는 이 신천박물관을 취재하기 위해 그해 초부터 다양한 경로로 북한에 취재 허가를 요청했다. 내가 소속돼 있는 〈한겨레〉는 2003년 당시 정전 50돌을 맞아 "평화, 멀지만 가야 할 길"이라는 연중기획을 준비했다. 총 4부로 이루어진 연중기획은 1부 "정전 50년, 끝나지 않은 전쟁"에서 정전협정의 불안정한 상태를 짚어본 뒤, 제2부 "학살과 보복, 그 악순환을 넘어"에서 전 세계 학살 현장을 찾아 학살과 증오를 넘어 화해로 나아가려는 움직임들을 다루고자 했다. 이어 3부와 4부에서는 어떻게 하면 정전협정에서 평화협정으로 전환될 수 있는지를 다루는 대형 기획이었다.

〈한겨레〉 기획팀은 이 가운데 제2부의 핵심 취재 현장으로 신천 박물관을 꼽았다. 다른 나라의 사례를 통해 화해의 몸짓을 배우는 궁극적 목표가 바로 남북한의 화해였기 때문이다.

신천박물관은 정말 "학살과 보복, 그 악순환을 넘어"라는 주제에 딱 맞는 장소였다. 우선 신천군은 전쟁 때 수많은 민간인들이 학살된 곳이다. 북한은 학살자로 미군을 지목했고, 학살 자료들을 모아 놓은 '신천박물관'을 대표적인 반미 교육장으로 활용하고 있다. 1958년 3월 26일 개관한 이후 해마다 북한 주민들은 수십만 명씩 이곳을 방문한다. 그리고 방문자들은 미국의 '귀축(짐승) 같은 만행'에 치를 떨며 '복수'를 다짐한다. 신천박물관이 여전히 냉전 상태인 한반도에서 '학살과 보복'의 중요 기제로 활용되고 있는 것이다.

이렇게 신천박물관이 학살과 보복의 기제가 되고 있다는 것도 화해와 평화의 시대로 나아가기 위해 풀어야 할 문제이지만, 더욱 큰 문제점은 북한의 주장이 과연 사실인가 하는 점이다. 무엇보다 신천 학살을 바라보는 남한과 미국의 시각이 북한과는 크게 다르기 때문이다.

소설가 황석영은 2001년 『손님』이라는 장편소설을 통해 신천 학살의 당사자로 좌익 공산주의자와 우익 기독교도를 거론했다. 남쪽의 역사학자들 중 일부는 우익 기독교도와 함께 지주 계급을 학살의 한 축으로 꼽기도 한다. 이들 우익 세력들은 북한에 공산 정권이 수립되면서 박해를 받고, 일부는 학살되기도 했다. 그리고 미군과 한국군이 1950년 10월 1일 38선을 넘어 북진을 시작하자, 우익 인사들은 10월 13일 반공 봉기를 일으킨 뒤 자체적으로 치안대 등을 만들었다. 그리고 무장력을 갖춘 우익 인사들이 다시 공산주의자를 학살하는 보복에 나선 것이다. 더욱이 이후 북한이 다시 황해도 지역을 장악했을 때 피의 역사가 되풀이됐다고 한다. '학살과 피의 보복'이라는 악순환이 몇 차례나 반복된 것이다.

그럼 그때 미군은 어떤 역할을 했을까? 문화방송MBC에서 2002년 방영된 "이제는 말할 수 있다-망각의 전쟁, 황해도 신천 사건"은 미 국립문서보관소에 있는 한국전쟁 당시의 문서들을 토대로 "미군의 주력 부대가 신천에 머문 시간은 불과 두 시간"이라고 보도했다. 두 시간 만에 3만 5,000여 명을 학살하는 것은 물리적으로 어려운 일일 것이다. 물론 그렇다 하더라도 당시 북한 지역에 대한 최고 통치권을 미군이 가지고 있었으므로, 치안대의 학살이 미군과 전혀 무관하다고 말할 수도 없는 일이다.

학살 문제에서는 가해자의 시각과 피해자의 시각이 다른 경우가 대부분이지만, 이렇게 사실 관계가 전혀 다르게 해석되는 사례는 흔하지 않다. 더욱이 학살이 일어나고 50년을 넘어서까지 그 학살 현장이 복수의 기제로 작용하는 경우는 전 세계적으로도 드문 일이다.

〈한겨레〉 기획팀이 신천박물관 취재를 추진한 것은 아무리 복잡한 사안도 그 해결의 출발점은 현장 취재에 있다고 보았기 때문이다. 기획팀은 내게 북한과의 섭외를 맡겼다. 내가 그 당시 〈한겨레〉가 주도해 국민 성금을 모아 만든 '한겨레통일문화재단'에서 북한과의 각종 사회문화 교류사업을 맡아 진행하고 있었기 때문이다.

나는 연초부터 북한에 〈한겨레〉의 연중기획 취지를 설명하고 현장 취재를 허가해줄 것을 요청했다. 하지만 신천박물관 취재 허가는 쉽게 떨어지지 않았다. 여러 가지 이유가 있었을 것이다. 무엇보다 앞서 말한 대로 신천 학살에 대해서는 북한과 남한의 주장이 엇갈리는 상황이라는 점이 크게 작용했을 것이라고 생각한다. 남북이 엇갈린 주장을 하고 있는 현장에 남한 기자를 보낸다는 것이 북한 당국으로서는 부담이 되었을 것이다.

또 신천까지 가기 위해서는 평양-사리원-재령-신천으로 이어지는 국도를 이용해야만 한다. 이때 열악한 도로 환경은 물론, 농촌지역의 열악한 주거 환경도 남한 기자에게 다 보여주어야 한다. 북한 당국으로서는 열악한 도로 환경이나 열악한 주거 환경 모두 남쪽 취재진에게 보여주고 싶지 않은 모습이었을 것이다.

하지만 필자는 포기하지 않았다. 당시 베이징, 선양, 다롄 등에서 북한 관계자와 만날 때마다 계속 현장 취재의 필요성을 설명했다. 그리고 결국 정전협정 50돌을 얼마 남겨두지 않은 시점에 취재 허가가 떨어진 것이다. 북한 당국이 왜 태도를 바꾸었는지 정확한 이유는 지금도 알 길이 없다. 다만, 당시 북한의 참사들과의 대화 등을 통해서 느꼈던 '미국의 북한 침공에 대한 긴장감'이 어느 정도 영향을 주었으리라 생각한다.

당시 미국 대통령 조지 W. 부시는 2002년 1월 29일 연례 일반교서에서 북한, 이라크, 이란을 '악의 축(axis of evil)'으로 규정했다. 그 이후 북한 참사 등 북한 간부들을 만날 때, 그들과의 대화에서 긴장된 속마음들을 느낄 수 있었다. 실제로 미군과 영국군은 2003년 3월 20일 합동으로 이라크를 침공했다. 북한의 참사들은 1차 타깃이 북한이 아닌 것에 안도하면서도, 그 뒤에도 긴장감을 놓지 않았다. 미군과 영국군의 이라크 침공이 5월 1일 이라크의 후세인 정권을 완전히 무너뜨리는 것으로 끝난 이후에도, 북한 관계자들의 마음속에는 여전히 '다음 공격 차례는 조선이 아닐까' 하는 두려움이 가시지 않았기 때문이라고 당시 나는 생각했다.

그때 '미국의 조선 침공 위협'이라는 상황에서 북한 당국이 여러 가지 상황을 고려해 신천박물관 취재가 도움이 된다고 결론지었을 것이라 짐작만 할 뿐이다. 무엇보다 신천은 북한이 주장하는, '미군에 의한 최대 학살 피해 장소' 아닌가. 그 '오래된 전쟁 피해' 장소에 대한 보도가 '새로운 전쟁 피해'를 막는 데 조금은 도움이 된다고 판단한 것은 아닐까?

가장 긴장됐던 방북 취재

"이제 신천 땅에 들어섰습니다. 곧 박물관의 모습도 보일 것입니다."

북쪽 참사의 말에 다시금 긴장감이 높아졌다. 사실 그 이전의 방북 취재 경험에 비추어본다면, 신천박물관 취재에서 느끼는 긴장감은 좀 이해하기 어려운 일이었다. 나는 2001년부터 북한을 방문해 리종혁 당시 아태 부위원장을 만나 '대북 송금' 문제와 관련해 인터뷰를 하기도 했고, 대동강 상류 쪽인 평안남도 덕천에 위치한 승리자동차연합기업소의 공장장과 북한의 자동차 산업, 그리고 남북 산업 교류와 관련해 인터뷰를 하기도 했다. 승리자동차연합기업소는 1954년부터 화물차와 버스를 제작·생산해온 북한의 대표적 자동차 공장이다.

그 뒤에도 마찬가지다. 2004년 4월 폭파 사고가 났던 룡천 지역의 복구 상황을 파악하기 위해 2005년 4월 말 룡천인민학교 등을 취재했을 때나, 2005~2007년 북한 어린이용 공책을 만드는 '한겨레 평양 어린이 공책공장 건립 사업'을 위해 여러 차례 방북·취재했을 때도 큰 긴장감은 느껴지지 않았다.

그런데 왜 유독 신천박물관 취재 때는 다른 때보다 더 큰 긴장감을 느꼈을까? 나는 그 차이가 '같음'과 '다름'에 있지 않을까 생각한다. 북한에서 한 대부분의 취재는 '우리는 같은 민족이고, 같이 잘 살 수 있는 길을 찾는다'는 '같음'에 바탕을 두고 취재를 한 것들이다. 북한 어린이들에게 부족한 학습용 공책을 제공하기 위해 2007년 7월 건립한 '한겨레 평양 어린이 공책공장 사업'이 대표적이지만, 리종혁 부위원장이나 승리자동차연합기업소 공장장 인터뷰도 이 범주에서 벗어나지 않는다고 생각한다. 같은 민족인 남북이 무엇인가 잘 풀어보자는 취지였기 때문이다.

하지만, 신천박물관 취재는 달랐다. 이 취재는 남과 북의 '다름'이 취재의 핵심이었다. 1950년 10월부터 12월 사이에 벌어진 신천 지역 학살 사건을 놓고 남과 북은 사실 관계를 다르게 인식하고 있고, 대처도 다르게 하고 있다.

이런 '다름'은 남과 북이 대립하게 만드는 근본 원인 중 하나다. 가령 북한의 핵 개발 문제를 보자. 1993년 북한이 핵확산금지조약(NPT)을 탈퇴하면서 남한 사회는 북한의 핵 개발 위협을 20여 년 동안 경험해오고 있다. 그러나 이 문제가 이렇게 오랫동안 풀리지 않는 것은 '다름'의 문제이기 때문이기도 하다. 남한과 미국은 북한의 핵을 공격용으로 파악하지만, 북한은 핵 개발이 미국의 자국에 대한 군사적 공격을 억제하는 억지력이라고 주장하고 있다. 핵 문제를 인식하는 데서 남한-미국과 북한 사이에 '다름'이 발생한 것이다. 북한 핵 문제 해결은 한쪽의 주장만으로 가능한 것은 아니고 이런 '다름'을 서로 인식하는 데서 출발해야 한다고 생각한다.

신천박물관 취재도 마찬가지다. 과연 북한이 신천박물관에 전시해놓은 학살의 증거물들은 북한의 주장을 이해하는 데 얼마나 도움이 될 것인가? 북한의 주장의 진실성이 어느 정도인지 이해하는 것은 신천 학살에 대한 남북한의 '다른 해석'을 좁히는 데 도움이 될 수 있을까? 일행을 태운 승합차가 신천박물관에 다가갈수록 긴장감은 조금씩 더 커져갔다.

참혹하고 끔찍했던 신천박물관 전시 내용

신천박물관에 도착했을 때 가장 먼저 눈에 들어온 것은 건물 외부에 그려진 커다란 벽화였다. 그 벽화에는 "승냥이 미제를 천백배로 복수하자"라는 붉은 글귀가 크게 강조돼 있었다. 박물관 건물 앞에 세워진 2층 높이의 이 벽화에는 우선 흰옷을 입은 여인이 눈에 띄었다. 자식을 잃은 어머니를 형상화한 듯한 이 나이든 여인은 복수를 다짐하듯 굳게 쥔 오른손을 얼굴 가까이까지 높이 들고 있었다. 그 여인을 중심으로 학살당하는 인민들과 인민들을 총으로 쏘는 미군의 모습이 그려져 있었다. 여인의 뒤를 받치는 붉은 배경은 그 복수의 색깔 역시 학살의 색깔과 똑같은 핏빛임을 암시하는 듯했다.

박물관 건물 앞 넓은 마당으로 눈을 돌리자 중학교 학생들로 보이는 어린 학생들이 수십 명씩 앉아 있는 모습이 보였다. 중학생뿐만이 아니었다. 아이들 옆에는 군복을 입은 건장한 청년들의 모습도 보였다. 이들은 이날 몰려든 관람객이 너무 많은 탓에 자신들의 입장 차례를 기다리고 있는 상태였다.

〈로동신문〉은 필자가 신천박물관을 방문하기 1년여 전인 2002년 1월 22일치 기사에서 "지금까지 40년 동안 1,300여만 명이 박물관을 참관했다"고 보도했다. 1년에 평균 30만 명 이상이 박물관을 찾은 것이다. 더욱이 북한이 반미 주간으로 설정한 6월 25일부터 7월 27일까지는 관람객이 집중되는 기간이라고 한다. 필자의 취재가 7월 24일 이루어졌으므로 가장 관람객이 많은 시기 중 하루였던 셈이다.

몇 십 분을 기다린 중학생들과 청년들은 "신천 땅의 피의 교훈을 잊지 말자!"라는 큰 글씨가 쓰여 있는 현관문을 통해 박물관 내부로 들어간다. 박물관 입구에서 학생들을 맞은 것은 당시 40대로 보

2003년 7월 24일 오전 신천박물관 안 운동장, 참관을 위해 전국에서 모인 학생들과 군인들이 참관 순서를 기다리며 운동장에 앉아 있다.

이는 여성 해설 강사였다. 이 여성 강사는 "'신천 대학살'이 나치의 유대인 학살보다도 더 잔인한 학살"이라는 말로 운을 뗐다. 강사의 말에 학생들 얼굴엔 벌써 긴장감이 돌았다. 하지만 이것은 '예고편'에 불과했다. 이제 학생들이 곧 둘러볼 전시실에는 도저히 인간이 한 일이라고 믿기 어려운 '지옥의 학살 현장'에 대한 증거들이 전시돼 있었기 때문이다.

1관 16호실, 2관 3호실 등 2개 건물 총 19개의 전시실을 갖춘 '신천박물관'엔 사진과 그림, 그리고 학살자가 사용한 총이나 학살 피해자인 여성들의 머리채 등 '물증'들로 가득했다. 그 '물증'들이 가리키는 학살의 모습은 하나같이 잔혹했다. 얼음 창고에 1,200여 명을 가두어 굶어 죽게 하고, 여성을 능욕하고 국부에 말뚝을 박는다. 살아 있는 사람의 머리에 못을 박아서 죽이고, 총창으로 눈을 도려낸다. 항의하는 여성들을 붙잡아 산 채로 가슴을 도려내기도 한다. 물렛가락을 코에 꿴 채 끌고 다니기도 하고, 임신 9개월 된 임신부의 배를 가르기도 한다. 소 두 마리에 양 팔과 양 다리를 따로 묶고 두 마리의 소를 다른 방향으로 가게 함으로써, 몸을 여러 토막으로 찢어놓는다. 방공호에 사람을 모아 놓고 휘발유를 뿌린 뒤 불을 붙이거나 폭발물을 던진다. 딸을 업은 어머니를 생매장하고, 다리에서 수백 명의 사람들을 밀어 강물에 떨어뜨린다!

하얀 웃옷을 입고 붉은색 삼각 수건을 목에 두른 학생들은 내내 놀란 표정을 지으며 '19개 지옥'을 한 곳 한 곳 거쳐 간다. 학생들은 박물관 건물을 나서며 흥분된 가슴을 쓸어내리지만, 아직 학살

신천박물관 해설 강사가 2003년 7월 24일 신천박물관을 방문·취재 중인 내게 1950년 10월에 벌어진 '신천대학살'의 전체 규모를 설명하고 있다.

현장 방문 일정이 끝난 것이 아니다.

이제 아이들이 향하는 곳은 박물관에서 차로 5분 거리에 있는 옛 화약 창고들. 창고 옆 두 개의 커다란 봉분 비석엔 각각 '400 어머니 묘', '102 어린이 묘'라고 새겨져 있다. 해설 강사는 "학살자들은 조선인들을 편하게 죽게 할 수는 없다. 최후의 순간까지 서로 찾으며 울부짖게 해야 한다"며 "같이 있는 어머니들과 아이들을 나눠 아이들은 위 화약 창고에, 어머니들은 아래 창고에 각각 가두었다"

2003년 당시 신천박물관장
김병호 씨

고 설명한다. "학살자들은 절규하며 서로 찾는 아이와 어머니들을 모두 불에 태워 죽였다"고 말하는 순간 강사의 목소리에서는 핏빛이 더욱 선명하게 느껴졌다. 학살 현장을 둘러보는 중학생들 앞에서는 주상원 할아버지가 당시의 참혹한 현장을 증언한다. 주 할아버지는 그 '불지옥'에서 가까스로 살아남은 3명의 어린이 중 한 명이다. 당시 58살인 주 할아버지는 5살 때 경험한 학살의 현장에 대해 "그 화약 창고의 공기 구멍으로 휘발유를 뿌리기 전 미국놈이 얼굴을 내밀어 안을 살펴보기도 했다"고 밝혔다. 그의 증언 앞에

신천박물관 근처에 있는 화약 창고. 북한은 이곳에서 '102명의 어린이'와 '400명의 어머니'가 분리된 채 학살당했다고 설명한다.

'미제에 의한 학살'이 더 부정할 수 없는 진실이 된다. 그 증언은 중학생들은 말할 것도 없고 신천박물관을 참관한 북한 주민들의 가슴에도 복수의 불길이 일게 만들고 있었다.

취재 현장에서 인터뷰한 북한 주민들뿐 아니라 전국 곳곳의 북한 주민들 또한 미국에 강한 적대감을 드러냈다. 신천 학살이 중요한 매개 고리다. 묘향산 근처인 평안북도 구장군에 사는 로순애(30)

씨는 1992년 대학 때 박물관 현장 견학을 아직도 못 잊는다고 했다. "박물관을 찾은 뒤 며칠 동안 잠을 못 잤어요. 지금도 공화국에 대한 압살 정책이 극에 달해 있지만 신천을 생각하며 조그마한 환상도 가지지 말아야 한다고 다짐합니다."

평안남도 남포갑문에 근무하는 최영옥(당시 22살) 씨도 직장 내 청년동맹 주최 행사 참석차 1년 전인 2002년 신천을 찾았다. 그는 "미국과 결산할 것이 한두 가지가 아니다"라며 당시 북한을 악의 축으로 비난했던 미국의 태도를 "도적이 매를 드는 격"이라고 비판했다.

당시 평양 지하철에서 근무하는 김정철(29) 씨는 1998년 군 복무 시절 중대원과 함께 신천박물관을 다녀왔다고 했다. "당시 신천군민의 4분의 1이 죽었습니다. 다시는 그런 일이 없어야죠. 이제 사회에 나와 직접 총을 들지는 못하지만, 열심히 일하는 것이 공화국을 지키는 것이라고 생각합니다. 그리고 다시 침략 조짐이 보이면 언제든지 총을 들겠습니다."

아직까지는 화해하기 힘든 두 개의 역사

취재를 마치고 서울로 돌아온 뒤 기사를 어떻게 쓸 것인지 고민이 많았다. 사실 박물관에 놓인 '증거'들이 보여주는 가장 중요한 사실은 '그곳에 미군이 3만 5,383명의 신천군민을 학살했다는 직접적 증거는 없다'는 것이었다. 신천박물관에서 제시하는 전시물들은 '피에 절은 옷가지들과 고무신들, 불에 타다 남은 머리태('머리채'의 북한말)들, 각종 고문 도구들과 살인 흉기들'이다. 이것들은 신천에서 학살이 있었다는 증거는 될 수 있을 것이다. 하지만 그 학살자가 미군이라는 증거는 되지 못한다. 증거는 오직 전시실에 걸려 있는 학살 현장을 담은 그림들 속에서만 등장한다. 그렇다면 "다섯 살 때 화약 창고 공기 구멍을 통해 미군의 얼굴을 봤다"는 주상원 할아버지의 증언은 또 어떻게 해석할 수 있을까? 더욱이, 치안대가 아무리 설쳤다고는 해도 그곳의 통치권을 가진 것은 미군이지 않은가? 북한의 주장에 허점이 많다고 느꼈지만, 단 하루 취재만으로 북한의 주장을 틀렸다고 단정하는 것도 무리가 있다고 판단했다.

나는 결국 "신천 학살 사건은 아직도 남과 북이 진상을 함께 파악하지도, 합의하지도 못하고 있다. 그래서 더 비극적이다"라고 적었다. 다만, 신천 학살 사건과 관련이 있는 '10·13 동지회' 회원 오준식(가명·70) 씨 인터뷰를 통해 "신천대학살은 좌우 대립의 결과로 생겨난 아픈 과거"라며 "남한이 먼저 손을 내밀어 악수를 청해야 하며, 남북 당국이 정치적으로 풀어야 한다"는 주장을 전했다. '10·13 동지회'는 1950년 10월 13일 신천 일대에서 반공 봉기를 일으킨 이들의 모임이다.

'다름'을 '같음'으로 만들어야 한반도 미래 열려

신천박물관을 취재한 지도 15년이 지났다. 그때 나는 신천 학살과 관련해 남북 사이의 '다름'을 '같음'으로 만들고 싶었다. 하지만한 번의 취재만으로 가능한 일이 아님을 뼈아프게 경험했다. 다만, '신천 학살 취재'는 그 이후로도 필자가 남북 문제를 다룰 때 하나의 나침반과 같은 구실을 해오고 있다. 탈북자 문제를 취재할 때나남북의 군사 문제를 바라볼 때도, 남북의 '다름'을 인식하고 그것을어떻게 하면 '같음'의 밑거름이 되도록 할 수 있을지 항상 고민해왔다.

신천 학살 문제만을 놓고 본다면 그 사이 남북 사이에는 이 사건을 보는 시각에서 '다름'이 더 강화됐는지도 모른다. 북한은 2015년 7월 26일 신천박물관을 현대식으로 확장·개건했다. 이는 김정은 국무위원장이 2014년 11월 신천박물관을 방문해 "고기가 물을떠나 살 수 없는 것처럼 반제반미교양, 계급교양을 떠나 사회주의승리에 대하여 생각할 수 없다"며 신천박물관 현대화를 주문한 데따른 것이다.

2018년 3월 26일 조선중앙통신은 "새 신천박물관 개관 이후 3년동안에만도 140여만 명의 참관자들이 이곳을 찾았다"고 전한다. 그리고 "신천박물관이 창립된 때로부터 지난 60년간 1,800여만 명의인민군 군인들과 각 계층 근로자들, 청소년 학생들이 이곳을 참관하였다"고 덧붙였다.

왜 그럴까? 왜 북한은 김일성·김정일 시대뿐 아니라 김정은 시대에도 신천박물관을 통한 반미계급교양에 집착하는 것일까? 여기에는 북미 관계와 남북 관계의 악화라는 변수와 밀접한 관련을 가진 것으로 보인다. 가령 김정은 위원장이 신천박물관 개건을 요구했던 2014년 말 북한은 '경제-핵 병진정책'을 통해 지속적인 핵 개발을 하고, 미국은 이에 대해 유엔 안보리를 선도해 대북 제재를 강화하던 시기였다. 그 이전 김일성 주석이나 김정일 위원장이 신천박물관을 방문했을 때도 북미 관계가 악화됐을 때였다. 더욱이 남북 관계도 이명박·박근혜 정부의 '북한 붕괴론'에 기초한 대북 정책으로 악화될 대로 악화된 상태였다.

그런데 최근 변화의 조짐이 보이고 있다. 2019년 6월 10일 북한 사이트 '우리민족끼리(www.uriminzokkiri.com)'에서 기사를 검색해본 결과, 2018년 4월 이후 신천박물관에 대한 기사를 찾아볼 수 없었다. 이때는 북한이 평창올림픽 참가, 판문점 남북 정상회담 개최, 싱가포르 북미 정상회담 개최 등으로 대화 국면을 유지해오던 시기였다. 북한이 대화 국면에서는 신천박물관을 강조하지 않는다는 것을 보여주는 한 사례로 읽힌다.

앞으로 많은 걸림돌이 있겠지만, 남북한의 대화와 북미 간의 대화가 진척돼 나간다면, 신천 학살에 대한 남북 간의 대화와 공동 연구가 시작될지도 모른다는 생각을 해본다.

이때 중요한 것이 무엇보다 언론의 역할이다. 그동안 남한의 언론은 북한 관련 보도에서는 '같음'을 추구하는 '평화 저널리즘'이 아니라 '다름'을 확대하는 '전쟁 저널리즘'의 입장에서 주로 보도해 왔다고 생각한다.

앞으로 북한 관련 보도를 다루는 언론 종사자의 태도가 조금씩 변화해가기를 기대해본다. 지금과 같은 '다름' 속에서는 남북이 함께 잘 사는 길은 영원히 현실이 될 수 없을 것이기 때문이다. 물론 이런 변화는 남한뿐 아니라 북한 언론에서도 함께 이루어져야 한다. 남북 언론이 '같음'의 사례를 좀 더 고민하여 보도해 나간다면, 언젠가 신천박물관 보도를 남북 언론이 함께하는 날도 올 것이라고 기대해본다.

강기석

전 경향신문 편집국장

죽음의 공포와 고독감

2004 이라크 전쟁 종군기

출발 전야

인간이란 살면서 시도 때도 없이, 때로는 아무 이유도 없이 외로움을 느끼게 마련이지만 그런 고독은 정신적 사치인 경우가 많다. 2004년 1월 15일부터 2월 5일까지 이라크에서 종군기자로 내가 겪은 절대 고독과 비교하면 더욱 그렇다. 생명의 위험은 처음부터 각오하고 갔으니 그렇다 치자. 주변에 나와 친밀하게 말을 주고받을 사람이 하나도 없는 상황. 생긴 것, 먹는 것, 입는 것, 생각하는 것이 아주 많이 다른 사람들에게 둘러싸여 20여 일을 살면서 그것을 느낀 것이다.

무엇보다 내가 살아오면서 쌓아온 연륜과 그에 따르는 편의가 이곳에서는 전혀 통하지 않았다. 나는 그저 동양에서 온 이름 모르는 한 작은 신문사의 늙은 무명 기자일 뿐이었다. 내가 존귀하거나 천하다는 것은 내 존재 자체가 그러하기보다는 나와 관계 맺은 주변 사람들이 그렇게 만드는 것이라는 사실을 그때 통렬하게 깨달았다. 언론인으로서 건방을 떨며 살아온 내 인생 전체에 대한 깊은 반성의 기회였다.

나이 50이 결코 많은 것은 아니지만 전쟁터 같은 험한 곳을 뛰어다니는 종군기자 역할을 하기에는 아무래도 무리가 있는 것으로 여겨지는 게 당연하다. 누가 강요한 것도 아니니까 정 싫으면 가지 않아도 됐다. 하지만 내 무의식이 무엇을 원했는지는 별도로 '가고 싶다' 혹은 '가야만 한다'는 의식이 당시 너무 또렷했다. 편집국장을 마친 후 대기자랍시고 앉아서 칼럼이나 끄적거리고 있는 것이 후배들 보기에 민망했던 점도 있었다. 영웅 심리가 작동했는지도 모른다. 아주 조금은 세계사의 현장을 내 눈으로 직접 보고 싶다는 욕심도 있었을 것이다. 그리하여 외신이 아닌 내 눈으로 직접 보고 내가 해석한 이라크 전쟁을 독자들에게 전해주고 싶었다. 하기야 그건 전쟁도 아닌, 약소국에 대한 강대국의 일방적인 침략이었을 뿐이지만….

보험도 들지 못했다. 전례가 없다며 받아주는 보험회사가 없다는 것이 편집국 서무의 전갈이었다. 그렇다고 회사가 특별히 뭘 보장해줄 처지도 아니라는 것은 경영기획실장까지 지낸 내가 더 잘 알았다. 그저 방탄복이나 하나 든든한 것으로 마련해 오라 했더니 방산업체에 특별 주문한 것이라며 방탄모 포함 총 중량 8kg에 이르는 것을 한 세트 가져왔다. 유서를 쓰는데 눈물이 주르륵 흘러 글자가 번졌다. 개인 통장, 비상금 등과 함께 봉투에 넣어 밀봉한 후 가장 신뢰하는 후배에게 맡긴 후 회사를 나왔다. 죽으면 마눌님에게 전해주되 살아 돌아오면 그대로 돌려받기로 하고….

전쟁 속으로

요르단 수도 암만에서 하루 자고 그다음 날 한밤중에 대절 지프차로 출발했다. 국경까지 5~6시간, 국경에서 바그다드까지 다시 5~6시간 걸리는데, 더 위험한 국경~바그다드 길을 해가 있을 때 운행하기 위해 암만에서는 야밤에 출발한 것이다. 새벽녘 국경에 거의 이르렀을 즈음 차를 세우고 도로 옆 노상 음식점에 들렀다. 케밥과 콜라를 시켜 먹으면서 둘러보니 음식점의 한 벽면에 명함과 각 나라 지폐들이 빽빽하게 붙어 있었다. 나보다 먼저 이곳을 거쳐 간 여러 나라 기자들의 것이었다. 내 것도 하나 붙여놓고 다시 국경으로 출발했다.

　짙은 어둠속에 도착한 국경의 정경은 스산하기 짝이 없었다. 사막을 가로질러 설치된 겹겹의 철조망과 초소, 주유소, 가게 등에서 번져 나오는 몇 개의 불빛만이 사람의 존재를 느끼게 해줄 뿐이었다. 이런 곳에서는 일부러 보려 하지 않아도 저절로 눈에 들어오는 것이 허공에 걸린 조각달이었다. 아주 멀리까지, 군데군데 돌무더

기가 쌓여 있는 사막의 윤곽을 희끄무레 드러내주는 이 조각달이 야말로 가냘프면서도 기괴했지만 동시에 이 시각 이 땅에서 가장 분명하고 뚜렷한 존재였다. 많은 이슬람 국가의 국기에 왜 이 조각 달이 들어 있는지를 비로소 알 것 같았다.

해 뜨기 직전 바그다드로 출발했다. 나 같은 손님을 태우고 이곳을 자주 다닌다는 팔레스타인 출신의 운전사가 "지금은 이 도로가 그다지 위험하지 않다"고 거듭 말했지만 나는 악착같이 방탄복과 방탄모를 챙겨 입었다. 수개월 전 이곳에서 일하던 한국인 노무자 몇 명이 차를 타고 이동하다가 총에 맞아 사망한 사건을 생생히 기억했기 때문이다.

사담 후세인 시절 한국 기업이 참여해 만들었다는 도로는 넓고 탄탄했다. 다만 전쟁통에 군데군데 폭격을 받아 무너진 곳이 있어 우리는 가끔씩 우회로를 찾아야 했다. 해가 뜨면서 도로에 통행 차량이 부쩍 늘었다. 가끔씩 장갑차를 앞세운 미군 순찰대가 도로를 오가며 경계하는 모습이 목격됐다. 긴장이 풀렸는지 깜박 잠이 들고 말았다.

전쟁터에서 만난 사람들

바그다드에 도착해서 교민 박상화(47) 씨를 만났다. 이라크에서 자원봉사 활동을 했던 한 시민단체 활동가를 통해 소개받은 인물로, 내 취재 활동을 도와주기로 이메일을 통해 사전 약속한 터였다. 그는 현지 안내인과 차량, 운전기사도 알선해놓고 있었는데, 나와 몇 마디 나눈 후 아주 고마운 뜻밖의 제안을 했다. 위험한 호텔에 있을 것 없이 아주 자기 집에 기거하자는 것이었다. 가능하면 취재 때도 동행해주겠다고 했다. 유능한 기자가 되기 위해서는 다양하고 깊이 있는 취재원을 확보해놓는 것이 절대 필요하다. 마찬가지로 외국의 위험 지역을 취재할 경우 현지 사정에 정통한 유능한 가이드가 절대적으로 필요한데 나는 그 점에서 운이 좋았던 셈이다.

박 씨는 청년 때 대기업 현지 직원으로 파견 나갔다가 이라크 여성과 결혼하여 21년째 이라크에서 살고 있는 교민이다. 부인은 소수민족의 하나인 투르크만 출신으로 한국 대사관에서 일하고 있었다. 나는 그 집에 기거하면서, 구태여 별도 취재를 할 필요도 없이, 전쟁이 몰고 온 생활의 피폐함을 몸소 경험했다. 가장 절실한 것이 전기와 상하수도, 통신 문제였다. 하루에 10여 차례씩 전기 공급이 끊어졌는데 그나마 박 씨처럼 살 만한 가정에서는 개인 자가발전기를 설치해 견뎠다. 수돗물은 마실 수가 없어 끓여 먹거나 비싼 생수를 사 먹을 수밖에 없었다. 기자에게 가장 절실한 것이 통신 수단인데 미국이 전쟁 중에 특히 통신시설을 집중 파괴했기 때문에 이라크의 통신망은 매우 열악했다. 가정에서 국제전화를 걸려면 전화카드를 사서 카드에 있는 비밀번호를 입력한 후 지불한 돈만큼 통화를 할 수 있는데 이것이 자주 끊겼다. 할 수 없이 시내 몇 군데에 설치되어 있는 통신센터를 이용할 수밖에 없었다. 그때마다 박

씨는 자신이 직접 차를 몰아 데려다주었다.

 그가 소개한 수아드 압둘 알 카림(50)이라는 여성 가이드는 80kg이 넘을 것 같은 거구인데 사담 후세인과 같은 수니파 출신으로 이라크 지배층에 나름대로 인맥이 있었고 조기 영어교육을 받아 영어를 유창하게 구사할 줄 알았다. 억척스럽다고 할 만큼 성격도 아주 적극적이어서 내가 부탁한 일은 반드시 해낼 각오가 되어 있었다. 일찍 남편을 여의고 혼자 친정 부모와 5명의 자녀를 부양하다 보니 그렇게 된 것이라고 박 씨가 귀띔했다. 어딜 가도 이 여성과 함께 가면 최소한 저항 세력에게 납치당하지는 않을 것 같다는 믿음이 들었다. 실제로 수아드는 내가 바그다드 시내는 물론 이라크

남부의 나시리야에서부터 북부의 키르쿠크, 아르빌에 이르기까지, 20여 일간 겁도 없이 이라크 전역을 휘젓고 다닐 때 박 씨, 운전기사 알리와 동행하면서 완벽하게 가이드 역할을 해냈다. 그녀는 또 이라크의 유력 정치인들과 무사 알 무사위 바그다드대학 총장 등 학자들과의 인터뷰는 물론 경찰서, 현지 언론사 방문 등을 최선을 다해 알선했다.

아브라함의 유적지에 주둔한 외국 군대

아무리 전기, 수돗물, 통신 사정이 좋지 않다고 하지만 그래도 수도 바그다드에서의 생활은 지방에 비하면 천국이라 할 만했다. 한반도처럼 남북 축으로 발달한 이라크는 바그다드를 중심으로 북쪽으로는 티크리트~모술, 키르쿠크~모술, 남쪽으로는 디와니야~나시리야~바스라, 쿠트~아마라~바스라를 연결하는 X자 형태의 굵은 고속도로를 끼고 띄엄띄엄 군소 도시와 촌락들이 형성됐는데 마치 60년대 우리 농촌을 연상케 했다.

내 이라크 취재의 하이라이트는 서희·제마부대가 주둔해 있는 남쪽의 나시리야로 내려갔다가 다시 자이툰 부대가 추가 파병될 키르쿠크를 취재하기 위해 북쪽으로 올라가는 것이었다. 나시리야 출장은 2박 3일, 키르쿠크 취재는 내친 김에 아르빌까지 치고 올라가는 바람에 3박 4일이 걸렸다. 이라크에서는 고속도로를 달리는 것 자체가 모험이었다. 어디에서 총알이 날아들지 모르는 총격의 우려도 있었지만 당장은 열악한 도로 사정과 과속 운전이 더 문제였다. 말이 고속도로지 바그다드 인근을 제외하고는 거의 왕복 2차선인데다 군데군데 땅이 파인 상태로 방치되어 있었다. 이런 길을 주로 시속 150km를 놓고 반대 차선으로 오는 차들을 피해 추월을 해 가며 곡예운전으로 달려갔다. 오금이 저리고 속이 메슥거리지 않을 수가 없었다.

간신히 나시리야에 도착해 보니 한국군은 도심에서도 한참 떨어진 허허벌판에 미군, 이탈리아군과 함께 주둔하고 있었다. 말이 함께 주둔하는 것이지 실제로는 미군과 이탈리아군의 보호를 받고 있었다. 부대 출입도 미군의 통제를 받아야 했다. 내가 도착하기 며칠 전, 이라크 게릴라의 폭탄 공격으로 부대 초소에서 근무하던 이탈리아 군인 10여 명이 죽거나 다치는 사건이 발생하기도 했다.

이라크 공군기지였다는 이곳에는 부대 내에 유대인의 조상 아브라함의 탄생지가 있었고 폐허가 된 지구라트의 밑동이 아직도 남아 있었다. 옛날 수메르 시대 때 종교의식을 치르던 제단이라는 것이 정설인데 일설에는 바벨탑의 잔해라고도 했다. 전전(戰前)에는 한국 등에서 온 성지순례단이 빼놓지 않고 들르던 곳이었다고 한다. 성경의 무대는 지금의 이스라엘 땅에 국한되는 것이 아니라 요르단, 레바논, 이라크 등 중동 전역에 이른다는 사실을 새삼 알게됐다. 수천 년이 흐르면서 민족이 갈리고 종교가 갈린 데다, 2차 세계대전 후 유럽에 의해 이스라엘이 만들어지면서 전 중동이 구획

정리를 하듯 직선형 국경선으로 나누어진 것이 현재의 모습이고 거기에서 중동 문제가 발생한 것이다.

분쟁 지역에서의 한국 언론

나보다 몇 시간 뒤에 MBC 이진숙 기자가 부대에 왔다. 당시만 해도 그녀를 한국의 대표적인 중동 전문기자이며 종군기자로 꼽는 데 아무도 이의를 제기하지 않았다. 그녀는 CNN의 크리스티안 아만푸어 기자를 연상시켰다. 후배이면서 여성이기까지 한데도 그녀를 만나자 갑자기 이라크라는 곳이 덜 위험한 곳으로 느껴지니 신기한 일이 아닐 수 없었다. 나이나 성별을 불문코 베테랑의 저력이란 그런 것인 모양이다. 좀 늦은 결혼을 했는데도 여전히 처녀 때처럼 중동을 휘젓고 다니는 모습이 더욱 존경스러웠다. 나와는 정식으로 인사를 나눈 적이 없는데도 금방 나를 알아보고 반가워하는 것이 고마웠다. 이진숙 기자는 나와 헤어진 후에도 계속 이라크에 남아 저항 세력들과 은밀히 접촉해 그들의 작전 모습을 찍은 동영상을 보도해 세계 언론을 깜짝 놀라게 했다. 오랫동안 이라크를 취재하면서 사담 후세인 대통령을 직접 인터뷰하는 등 수니파 지도자들과 깊은 친분을 쌓았기에 가능한 취재였다.

그 전해에 미국이 이라크를 침략할 당시 어떤 신문사들은 미군의 꽁무니를 졸졸 따라다니면서 취재 보도한 것(embedding)이 무슨 대단한 종군 취재나 되는 것처럼 대서특필하며 요란을 떨었는데, 그것이 위험지역에 직접 뛰어들어가 취재하는 이진숙 기자의 경우와는 질적으로 다르다는 것은 두말할 필요도 없는 것이다. 바그다드에 직접 들어가 취재했다고 다 똑같은 것이 아니다. 박 씨가 전하기로는 1차 걸프전 때 이진숙 기자의 활약에 당황한 라이벌 방송사에서 기자를 급파했는데 이 기자는 현장에는 한 번도 나가지 않고 오로지 호텔에 죽치고 앉아 현지 고용인들이 번역해서 가져다주는 현지 언론들의 기사를 인용해 보도하더라는 것이다. 그때의 좋은 인상이 남아 있기 때문인지 그 후 나이 들어가면서 좀 실망스럽게 변한 이진숙 기자의 모습이 나는 엄청 슬프다.

한참이 지난 후 아프가니스탄에서의 한국인 선교단 납치 사건으로 분쟁지역 취재를 둘러싸고 언론계에 많은 논란이 있었다. 우리 군대가 파견되어 있는 나라에서 우리 국민이 20명씩이나 납치된 사건인데도 우리 기자는 한 사람도 현지에 가지 못하고 전적으로 외신에만 의존해 보도해야 하는 상황에 대한 자성의 목소리가 높았다. 하지만 나는 우리 언론계가 그러한 자성의 결과로, 분쟁지역 전문기자를 양성하거나 지금보다 훨씬 많은 기자들을 훨씬 적극적으로 파견할 것이라고는 생각하지 않는다. 우선 기사에 대한 수요가 없기 때문이다. 우리 군은 미군처럼 '점령'하거나 '평정'하기 위한 국가적 목적으로 파병되는 것이 아니다. 지극히 제한된 목적으로 파병되는 군에 대해 국민적 관심이 모아질 리 없고 따라서 언론이 특별히 취재해서 보도해야 할 유인이 없는 것이다. 만일 기자가

파견된다 해도 군부대 내에 머물지 않는 한 일반 여행객 이상의 안전을 보장받을 수 없다. 서방의 유수 언론의 종군기자들도 생명의 위협을 느끼기는 한다. 종종 죽기도 한다. 하지만 그들의 뉴스는 전 세계를 시장으로 하고 있기 때문에 그만큼 취재할 가치가 있으며, 반대로 그런 이용 가치 때문에 양측으로부터 오는 위험의 정도가 약한 것이다.

이라크 종군에서 얻은 것

내가 이라크를 다녀온 지 두 달여 후에 한국인 목사 7명이 납치됐다 풀려나더니, 그 두 달 후에 결국 김선일 씨가 납치돼 참수당하는 끔찍한 일이 벌어지고 말았다. 그렇게 보면 내가 사지를 헤매다 나온 것만은 분명한데 사실 현지에 있을 때는 처음 하루 이틀을 빼고는 그렇다할 위험을 느끼지 못했다. 한국전쟁을 겪었고 월남전에 참전까지 했던 집안 어른이 "전쟁이란 원래 그런 것"이라고 했다. 한국전쟁처럼 치열한 전쟁에서도 후방에서는 비록 삶이 피폐했어도 일상적인 죽음의 공포는 전혀 느끼지 못했다는 것이다. 전선이 불분명한 월남에서도 시장 거리의 술집에서 폭탄이 터져 여러 사람이 죽고 상했는데도 몇 시간이 지나면 언제 그랬느냐는 듯 다시 흥청댔다는 것이다.

나는 죽음의 공포보다는, 익숙한 사회와의 단절로 인한 고독감으로 더 심하게 고통을 겪으면서 기자라는 내 직업에 대해 더 겸손해져야 함을 뼈저리게 느꼈다. 아무도 몰라주는 이라크의 바닥을 박박 기며 모든 것을 나 혼자 판단하고 결정하고 해결하면서 한국에서 기자라는 것이 얼마나 좋은 환경에서 대우를 받으며 일하는 직업인가를 새삼 알았다. 우리 사회가 더 양질의 기사를 기자에게서 기대하기 때문에 그러한 대우를 해주는 것인데 그것을 제 잘났기 때문인 것으로 알고 교만을 떤다면 얼마나 낯 뜨거운 일인가.

오기현

전 SBS PD

가수, 평양에 서다

2005 조용필 평양 공연

북측에서 온 전화

"조용필 선생을 불러주시오!"

찌는 듯한 무더위가 기승을 부리던 2004년 7월 16일 오후, 중국 상하이에서 연수 중이던 나는 베이징으로부터 한 통의 전화를 받았다. 김○○ 참사의 전화였다. 대북 사업을 하는 사람들 사이에서는 그가 힘센 사람이라는 건 익히 알려져 있었다. 그렇더라도 감히 가왕(歌王) 조용필을 불러 달라니… 일단 그의 정확한 지위와 제안의 진정성에 대한 확인이 필요했다.

남북교류 사업을 하다 보면 남북 관계의 특수성 때문에 비밀주의가 횡행한다. '최고 지도자의 측근이다', '권력 핵심부와 바로 통하는 사람이다', '군부 실세와 친하다' 등 도무지 검증할 수 없는 말들이 진실 여부와 상관없이 효력을 발휘하고, 정체불명의 브로커들이 활동한다. 이럴 경우 확인 방법은 두 가지다. 일단 그가 북한 노동당의 대남 사업기관인 '통일전선부', 즉 통전부 소속인지 아닌지를 알아보는 것이다. 통전부 소속원은 보통 외부 활동을 할 때 '민족화해협의회' 혹은 '조선아시아태평양평화협회' 소속이라고 밝히므로, 이 두 기관 사람이면 신뢰할 수 있다.

또 하나는 발언 태도를 보고 확인한다. 시쳇말로 '뻥을 치느냐 아니냐'는 것이다. 북한의 기관원들은 할 수 없는 일을 애매하게 대답하지만, 할 수 있는 일도 애매하게 대답한다. 모든 의사결정이 한 사람으로 집중된 북한 사회에서 어느 누구도 확언을 해줄 수 없다. 잘못 입을 놀렸다가는 언제 설화(舌禍)를 입을지 알 수 없다. 진짜 북한 사람은 일을 성사시키기 위해서 적극적으로 일하기보다는, 가능한 소극적으로 일한다. 칭찬 듣는 일보다는 책임 지지 않는 일을 선호한다. 따라서 큰소리를 친다면 사기꾼일 가능성이 크다.

베이징에서 만난 김○○ 참사는 거리낌 없이 행동하는 듯 보였으나, 발언은 매우 신중했다. 그는 조용필 외에도 나훈아, 심수봉, 조수미, 김연자의 방북 공연도 제안했다. 일단 조용필 공연부터 성사시키고 나서 다른 가수들의 방북을 추진해보겠다고 대답했다. 베이징에서 그는 혁명 원로의 자제로 알려져 있었다. 최고 학부인 김일성대학 정치경제학과를 졸업했고, 적어도 외국을 자유롭게 드나드는 몇 안 되는 북한 사람 가운데 한 사람이라는 것이다. 그의 사무실에 가서 직접 확인해본 결과 그의 주요 사업은 무역업이었다. 그래서 김정일 위원장의 개인 자금을 관리하는 '39호실' 소속으로 추정되기도 했다. 소속이 어디든, 중요한 것은 그가 조용필 공연을 수행할 능력이 되느냐 하는 것이었다. 나는 수집된 정보를 정리해서 서울 본사에 보고했다.

가수는 팬이 원한다면 어디든 가야 한다

SBS에서는 그와 협상을 계속하라는 답이 왔다. 우리에게 긍정적인 답변을 받은 김 참사는 두 달 안에 공연을 성사시키자며 열의를 보였다. 내친김에 북한 지방 공연도 추진해보자고 제안했다. 하지만 공연 당사자의 의사가 중요했다. 나는 서둘러 서울로 돌아가 이남기 당시 제작본부장과 함께 조용필을 만나러 갔다. 이남기 본부장은 조용필과 언제든지 만날 수 있는 몇 안 되는 방송인 중 한 사람이었다. 조용필의 집은 방배동 서래마을에 위치한 고급 빌라였다. 저녁 시간이었지만 집 앞에는 소녀 복장을 한 세 명의 중년 여성이 서성이고 있었다. 그들은 우리가 탄 차를 조용필의 것으로 착각하고 달려왔다가 실망했다. 한 사람의 손에는 여러 날 접었을 종이학이 가득 담긴 바구니, 또 다른 두 사람의 손에는 정성스럽게 포장한 꽃다발이 들려 있었다. 인기가 이 정도인 조용필이 굳이 평양까지 가서 고생스럽게 공연을 하려고 할까 하는 의문이 들었다.

공연 준비를 하는 스태프들의 방문이 잦기 때문인지 조용필의 거실은 사랑방 같은 분위기였다. 그러나 작곡 작업을 위해 노트북 컴퓨터에 연결된 스피커, 두툼한 악보 뭉치, 손때 묻은 기타, 십 수년간 모아 둔 트로피는 대중예술사에 기록된 그의 위상과 무게를 느끼게 했다.

"조용필 씨, 평양 공연 한번 가봅시다."

이남기 본부장이 거두절미하고 본론부터 말했다. 이미 방문 목적을 알고 있던 조용필도 거두절미하고 대꾸했다.

"내가 지금까지 북한 공연을 제안받은 것은 한 서너 번 됩니다. 언젠가는 반 협박성 제안을 받기도 했고…. 그나저나 평양 공연이 과연 가능하기나 하겠어요?"

"조용필 선생님이 평양에 꽤 알려진 것은 확실한 것 같습니다."

우선 조용필의 관심을 끌기 위해서 나는 아는 척하고 끼어들었다. 그리고 남북한 관계의 불안정성 때문에 우여곡절은 있겠지만 북한 최고위층의 재가를 받아서 추진하는 사업이 분명하므로 실현 가능성이 크다고 했다. 조용필은 즉답을 피하고 술잔을 내려놓은 채 조용히 생각에 잠겼다. 그때 짧은 정적을 이남기 본부장이 깨뜨렸다.

"가수는 팬이 있는 곳에 가야 할 의무가 있는 것 아닌가요?"

조용필은 대답을 하지 않았다. 하지만 갈등하고 있음을 표정에서 읽을 수 있었다. 이미 새벽 1시 반이 넘은 시간이었다. 한잔 하고 가라는 그의 권유를 뿌리치고 자리에서 일어났다. 그에게 조용히 생각할 시간이 필요하다고 느꼈기 때문이다.

우리는 일단 공연 성사를 염두에 두고, 제작진 구성부터 서둘렀다. 그리고 개성을 통한 육로 방북을 추진하되, 여의치 않을 경우를 대비해 일단 항공사, 해운회사와 접촉했다. 과거 계약서를 기초로 가계약서도 준비했다. 공연 날짜는 여유 있게, 추석 때인 9월 말로 잡았다. 시간이 빠듯할 경우에는 10월 초도 고려해보자고 김○○ 참사에게 통보했다.

조용필을 만난 지 사흘이 지난 날, 이남기 본부장으로부터 급하게 호출이 왔다. 조용필의 마음이 흔들린다는 것이다. 이번에는 조용필이 운영하는 YPC(YONG PIL CHO) 프로덕션의 김일태 사장도 동석했다.

"아무리 생각해도 평양은 못 가겠습니다. 나는 가수입니다. 대중 가수인 내가 정치적인 논란에 휘말리는 건 큰 부담입니다. 게다가 남북한 관계가 좋을 때라면 한번 시도해볼 수 있겠지만 남북 관계도 최악의 상황이라는데, 하필이면 내가 이럴 때 꼭 가야 됩니까?"

그는 주위 사람들이 모두 방북을 만류하는 분위기라고 했다. 이미 결심이 굳어진 듯 보였다.

"조용필 선생님은 국민가수를 넘어서서 아시아의 가수입니다. 개인 조용필이 아니라 공인 조용필입니다. 아시아의 가수로서, 공인으로서 지녀야 할 역사적인 의무가 있습니다. 남북 관계가 악화되었을 때 조용필이 나서서 그 어려움을 타개할 역사적인 의무가 있는 것입니다. 좋은 시절에는 누구나 방북할 수 있습니다. 그러나 어려운 시절에 방북해서 남북 관계를 개선시킬 수 있는 역할은 오직 조용필만이 할 수 있습니다!"

작곡용 노트북 자판을 가볍게 톡톡 치던 그는 한참 동안 말이 없었다. 잠시 후 노트북을 닫더니 말문을 열었다.

"좋습니다. 평양 공연 한번 가봅시다. 그리고 이왕이면 북한의 지방 순회 공연도 한번 해봅시다."

조용필의 표정은 상기되어 있었다. 그의 결정을 기다리고 있던 김일태 사장과 곧바로 공연 일자를 협의했다. 당시 진행되고 있던 전국투어 '2004 Pil & Peace'의 일정을 고려할 때, 원래대로 9월 20일경이나 10월 초가 좋다고 했다. 이제 북한과의 일정 조정만을 남기고 있었다.

5톤 트럭 50대분의 장비 수송

조용필이 결심을 한 이상 이제 장비 수송 문제를 해결해야 했다. 이전의 다른 공연과 조용필 공연의 가장 큰 차이점은 평양까지 무대 장비를 운송하는 일이었다. 2003년 10월 '류경정주영체육관 개관 기념 공연' 때도 평양까지 무대 장비를 운송했지만 그때는 육로를 통해서 인원과 장비가 모두 들어갔기 때문에 별 어려움이 없었다. 그러나 이번에는 육로 개방에 대한 확신이 없는 데다 장비의 규모도 그때와는 비교가 안 될 정도로 컸다.

당시 상암 월드컵경기장에서 열린 조용필 콘서트 무대의 폭은 무려 170m였다. 공연에 쓰일 전체 장비를 수송하려면 5톤 트럭 50대가 필요했다. 이런 물량을 나르는 데 필요한 배의 공간을 확보하기가 쉽지 않은 데다, 전자 장비의 경우엔 배에 싣거나 내릴 때 자칫하면 파손의 위험성이 있어서 특별한 수송 방법이 요구되었다.

다음 날 인천과 북한의 남포를 오가며 화물을 실어 나르는 '트랜스포춘호'와 접촉했다. 비정기선인 트랜스포춘호는 일단 화물이 완전히 적재되어야 출항을 했다. 따라서 우리가 출항할 수 있는 날짜도 확실하지 않았고, 일정을 우리 마음대로 조정할 수도 없었다. 화물차 50대 분량이면 컨테이너는 대략 25개가 필요했고, 인천-남포 왕복일 경우 수송비용만 1억 원 넘게 들었다. 트랜스포춘호 측은 남포항에는 선적 장비가 갖춰지지 않아 짐을 싣고 내릴 때 파손될 가능성이 크다고 알려주었다. 조용필 측과 정주영체육관의 크기를 고려하여 무대 규모를 줄이고 필수적인 장비만 가져가기로 협의했다. 짐의 양이 5톤 트럭 26대 분량으로 대폭 줄었다. 수송비용도 절반으로 줄었다. 그런데 방송사의 발전차 5대와 중계차 5대를 추가하니 수송 차량이 다시 36대로 늘었다.

공연단과 참관단을 싣고 갈 전세기 확보는 이전에도 경험이 있어서 상대적으로 수월했다. 북한의 항공기는 150명 탑승에 비용이 8,000만 원 정도 들었다. 남한 항공기는 300석 좌석에 비용은 6,000~7,000만 원으로 오히려 적게 들었다. 우리는 남한 항공기를 선택했다. 항공사에서도 이런 역사적 행사에 자사 항공기를 이용하길 바라며 적극적으로 나섰다. 나는 진행 상황을 정리해 베이징을 통해 평양으로 팩스를 넣었다.

7번의 연기 끝에 성사된 공연

베이징의 김 참사는 여유 있게 10월 15일이나 24일로 공연을 열자고 수정 제안을 해왔다. 10월 17일에 청주 공연이 잡혀 있던 조용필 측은 일단 판매된 티켓을 환불하고, 평양에서 10월 15일 공연을 준비하기로 했다. 공연 팀은 방북 공연에 대한 뜨거운 열정으로 불탔다. 남한의 공연을 평양에서 선보였을 때 과연 관객들이 어떤 반응을 보일지 궁금해하며 마음이 설레었다. 이제 남한에서 진행되는 공연도 평양 공연을 위한 예행 연습처럼 느껴졌다. 우리는 매일 준비 상황을 체크했다.

그런데 시간은 점점 다가오는데 아직 평양 쪽에서 확답이 오지 않았다. 추석 연휴가 시작되는 9월 25일 이전에 답이 오지 않으면 10월 15일 공연은 물리적으로 불가능했다. 나는 하루가 멀다 하고 베이징에 전화를 했다. 조금만 더 기다려보자는 대답뿐이었다. 김 참사도 답답한 건 마찬가지였다.

드디어 9월 24일 연락이 왔다. 그러나 11월로 일정을 또 미뤄야겠다는 내용이었다. 조용필도 각오를 하고 있었는지 담담하게 받아들였다. 그러던 사이 10월 초가 지나갔다. 여전히 평양 측에선 별

다른 기별이 없었다. 이러다간 11월 중순 공연도 불가능하게 될 가능성이 컸다. 조용필은 무한한 인내력을 발휘하며 조용히 기다리고 있었다. 중간에 선 나는 죄인이 된 기분이었다. 혹시 밤중에라도 연락이 올까봐 아예 전화기를 끼고 잠자리에 들었다.

그러던 중 부시 미국 대통령이 북한을 '악의 축'이라는 발언을 했다는 보도가 있었다. 11월 공연도 물 건너갔다. 다시 12월 중순으로 공연을 미루었다. 예술의 전당에서 열리는 조용필의 송년 공연이 끝나야 했기 때문이다. 그러나 여전히 답은 오지 않았다. 그러다가 결국 해를 넘겼다.

2005년 새해에도 남북 관계는 별 진전이 없어 보였다. 이런 상황에 직면하면 남북 관계에서 방송은 정치의 종속변수에 불과하다는 사실을 절감한다. 비단 방송뿐이 아니다. 일반적인 문화 교류나 경제적인 거래도 늘 정치적 상황에 민감하다. 남한에서는 '민간 교류를 늘려서 남북한 간 긴장을 해소하고 평화를 정착시키자'고 주장하지만, 북한에서는 '정치적인 문제가 해결되어야 민간 교류도 가능하다'는 입장이다. 이른바 남한의 '기능주의' 논리와 북한의 '구조주의' 논리의 대립이다. 둘 다 나름대로 일리가 있지만, 당장 짧은 시간에 문제를 해결하기 위해서는 구조주의적 견해가 더 설득력이 있어 보이기도 했다.

1월과 2월에 개성에서, 3월에 금강산에서 한 번씩 만나 4월 공연에 합의를 했지만 또 무산되고, 다시 시간이 흘렀다. 봄날이 다 가고 다시 여름이 되었다. 나는 부지런히 서울과 베이징을 오갔다. 여전히 북한 측으로부터는 소식이 없었다. 우리는 더 이상 타들어갈 속마저 남아 있지 않았다. 조용필은 오히려 덤덤했다. 그러던 중 6월 30일 드디어 민화협 측으로부터 팩스가 날아왔다. 공연을 8월 3일과 4일에 개최하자는 내용이었다.

우리는 7월 초 다시 개성공단의 봉동관에서 만났다. 날짜가 확정된 때문인지 이번 협의는 이전보다 속도를 냈다. 시간이 많이 흘러 준비가 철저히 된 탓이기도 했지만, 양측 모두 이번 기회를 놓치면 기회가 없을 것 같은 절박감을 가지고 있었다.

조용필 평양 공연을 성사시키기 위해서 넘어야 할 가장 큰 장애물은 사업비였다. 북에서 다소 과도한 금액을 요구했으나, 총액의 30%는 현물로 지급하는 조건이 추가되면서 양측이 예상외로 쉽게 합의를 봤다. SBS에서는 조용필 평양 공연의 상징적 의미 때문에, 북측은 경제적 절박성 때문에 시일을 지체할 수 없었다. 그다음 해결해야 할 과제는 '방북 경로'와 '공연 장소'였다. 방북 경로는 휴전선을 통한 방북이 장비 수송의 효율성을 위해서 절대 필요했다. 하지만 북측은 육로 방북은 절대 불가능하다는 입장이었다. 그들은 휴전선을 담당하고 있는 군부가 공연에 관여하는 것을 무척 꺼려했다. '군인들을 설득하는 것은 불가능합니다'라는 말을 공공연하게 했다. 군부가 남북 교류에 별로 호의적이지 않다는 것, 북한에도 나름 다양한 의견이 존재한다는 것을 알 수 있었다. 하지만 보다 근본적인 이유는 돈 문제로 보였다. 군부와 방북 경로를 협의할 경우, 우리가 지급하는 사업비를 그들과도 나누어야 하기 때문이었다.

우리는 일단 방북 경로는 북측의 의견을 따르기로 했다. 대신 공연 장소는 류경정주영체육관을 고수했다. 조용필은 그곳이 아니면 방북하지 않겠다는 입장이 확고했다. 자신이 준비한 무대를 세울수 있는 실내 공간이 평양에는 류경정주영체육관 외에는 없었다. 하지만 북한 측은 봉화예술극장을 주장했다. 체육관에서는 체육을 해야지 공연을 하는 건 사리에 맞지 않다는 논지였다. 그들은 '품위 있는 공연무대'인 봉화예술극장을 거부하는 우리 입장을 이해하지 못하겠다고 했다. 그런데 실제로는 다른 이유가 있었다. 현대아산이 시공한 류경정주영체육관에 대해서 북한 측은 보안에 대한신뢰가 없었다. 혹시 김정일 위원장을 비롯한 북한의 주요 요인들이 공연 참관을 할 경우, 자신들이 건설한 극장이 훨씬 안전하다고여기기 때문이었다.

봉화예술극장의 무대 폭은 38m로, 조용필이 준비한 '2005 Pil & Peace' 공연 무대를 수용하기에는 도저히 불가능했다. 따라서 우리도 북한 측의 제안을 수용할 수 없었다. 우리는 물자의 육로 수송은 양보하겠으나, 공연 장소에 대해서는 절대로 양보할 수 없다고버텼다.

북한 측과 협상을 해보면, 협상장에 참석한 북한 대표는 자신들의 결정 사항을 일방적으로 전달하고 귀를 닫아버리는 경우가 많다. 따라서 한 번 의견을 내놓고 나면 협상이 더 이상 진전되기 어렵다. 봉동관에서 양측의 입장이 워낙 첨예하게 대립되어서 회의는 일찍 끝나버렸다. 점심을 먹은 뒤 오후에는 별로 할 얘기가 없어서 서로 술잔만 기울이다가 서울로 돌아왔다.

2005년 7월 16일 현대아산 현정은 회장이 금강산에서 김정일 위원장을 만났다는 보도가 있었다. 정몽헌 회장 사후 오랜 기간 불편한 관계에 놓여 있던 현대아산과 북한 측의 갈등이 봉합되는 자리였다. 현대아산은 북한 측과 백두산 관광에 대해서도 합의했다. 그런데 그 자리에서 김정일 위원장은 자신이 〈돌아와요 부산항에〉와 〈그 겨울의 찻집〉 등 조용필의 노래를 좋아한다면서, 공연을 류경정주영체육관에서 열어도 좋다는 허락을 했다고 한다.(나중에 현정은 회장을 통해서 확인된 사실이다.) 베이징에서 김 참사가 '조용필 선생을 불러주시오'라고 말한 지 정확히 1년이 되는 날이었다.

평양에서 다시 협의를 진행하자는 연락이 왔다. 7월 30일, 공연무대 설비를 담당하는 YPC 측 스태프를 포함한 우리 쪽 인원 10명이 베이징을 통해 평양으로 들어갔다. 순안비행장 주변 넓은 들에는 뜨거운 햇살에도 아랑곳없이 사람들이 분주히 풀을 뽑고 있었다. 뜨거운 햇살 아래 대동강의 푸른빛이 한층 더 강렬하게 빛났다. 이 도시 한가운데서 조용필의 노래가 울려 퍼질 것을 생각하니 벌써부터 가슴이 뭉클했다.

대동강 가운데 있는 양각도 호텔에서 양측은 마주 앉았다. 장소 문제가 해결된 뒤라 다른 협의는 대체로 순조롭게 진행되었다. 공연은 8월 23일 저녁 6시부터 2시간 동안 1회만 갖기로 했다. 우리도 처음에는 지방 공연에 적극적이었지만, 장비 수송이 부담이 되었다. 북측도 지방 도시에서 남조선의 가요가 소개되는 것을 꺼렸

다. 방북 인원은 양측 요구 안의 중간 선인 163명으로 최종 확정됐
다. 7번의 연기 끝에 최종 합의에 도달했다.

서울-평양 비행 시간 55분

조용필은 경기도 광주의 연습실에서 마지막 연습에 들어갔다. 북
한 측은 23곡의 노래 중 적어도 절반은 남북에 다 알려진 계몽기
가요(일제시대 대중가요)나 민요 혹은 북한 노래를 불러주기를 요청했
다. 조용필의 입장은 단호했다. 평양 관객들이 조용필의 노래를 들
으러 오는 것이지 자신들이 다 아는 북한 가요를 들으러 오는 건
아닐 거라고 했다. 미국 가수 마이클 잭슨 내한 공연 때 우리 관객
들이 〈아리랑〉을 듣고 싶어서 공연장을 찾겠느냐는 논리였다. 북
한 관객에 대한 배려가 부족하다는 비판이 있을 수 있지만 예술가
로서 조용필의 고집은 일리가 있어 보였다.

조용필은 북한 관객을 배려해서 북한 가요를 단 두 곡만을 부르
겠다고 했다. 이를 위해서 조용필은 100곡이 넘는 북한 가요를 들
었다. 그 가운데 인민배우 전혜영이 부른 〈자장가〉와 북한 가극의
삽입곡인 〈험난한 풍파 넘어 다시 만나네〉를 선택했다. 북한 측은
다시 〈그 겨울의 찻집〉과 〈돌아와요 부산항에〉는 공연 곡목 안에
꼭 넣어달라고 마지막으로 요청을 해왔다. 이번 요청을 수용하기
란 어렵지 않았다.

모든 연습과 준비가 끝났다. 8월 18일 오후 2시, 선발대 69명이 먼저 아시아나 전세기를 타고 평양으로 떠났다. 그리고 정확히 55분 뒤인 오후 2시 55분 평양 순안비행장에 도착했다. 서울과 평양의 물리적 거리는 결코 멀지가 않았다.

1달러짜리 커피의 진한 맛

2005년 8월 18일 오후 2시 55분, '조용필 공연' 선발대 69명이 드디어 평양 땅을 밟았다. 평양 순안비행장에는 이미 가을을 재촉하는 선선한 바람이 불어왔다. 선발대는 서둘러 숙소인 고려호텔로 달려갔다. 공연 팀은 공연 팀대로, 생방송 제작 팀은 생방송 제작 팀대로 마음이 급했다. 1년간 준비해온 공연이지만, 남북 관련 사업이 으레 그렇듯이 일정이 빡빡했다. 완벽히 준비하지 않으면 어디서 사고가 터질지 알 수 없었다.

우리보다 먼저 도착하기로 돼 있던 화물선이 선적이 늦어져 19일 새벽에나 남포항에 도착한다고 연락이 왔다. 게다가 하역 작업마저 늦어져 장비가 언제 공연장에 도착할지도 알 수 없었다. 무대 설치에 필요한 최소 시간이 적어도 72시간인데, 장비 하역과 수송 상황에 따라서 공연에 심각한 지장을 받을 수도 있었다. 1년을 넘긴 준비 기간이 무색했다. 마치 한 치 앞도 예측할 수 없는 남북 관계를 보는 것 같았다.

20일 새벽 1시, 장비가 곧 류경정주영체육관에 도착할 것이라는 전갈이 왔다. 막 잠자리에 들었던 선발대는 곧바로 공연장으로 달려갔다. 공사가 중단된 채 처연히 서 있는 103층 류경호텔이, 달빛 아래에서는 마치 평양을 지키는 수호신 마냥 위용을 자랑하고 있었다. 체육관 사무실 한쪽에서는 우리보다 한발 앞서 나온 여직원들이 한복을 곱게 차려 입고 분주히 움직였다. 남한 손님들에게 팔려는 커피를 끓이는 중이었다. 한 잔에 1달러짜리 커피! 우리는 상업 행위에 눈을 뜬 평양 시민들의 모습을 기꺼워하며, 평소 빈속에는 잘 마시지 않던 새벽 커피를 사 마셨다. 속은 좀 쓰렸으나 수요 공급의 원칙에 따라 시장이 형성된 남북 경제협력의 작은 현장을 확인한 것은 의미가 있었다.

기다림에 지친 대부분의 사람들이 긴 하품을 하며 졸음을 쫓을 즈음, 엄청난 굉음이 평양 하늘에 울려 퍼졌다. 공연 장비를 실은 40대의 트럭과 방송 차량이 줄지어 체육관 마당으로 들어왔다. 짐칸에 실은 장비들이 힘에 부쳐 트럭이 내려앉을 지경이었다. 어떤 짐은 조금 더 달리면 뒤로 빠져버릴 듯 아슬아슬하게 걸려 있었다. 물질적 한계 속에서도 '고난의 행군' 정신으로 어려움을 극복하는 북한의 생존 방식을 보는 것 같았다. 남포항 세관이 체육관 후문 앞에 임시로 차려졌다. 통관 시간 단축을 위한 북한 측의 배려였다. 그들의 신속한 작업으로 세관 검사는 2시간 만에 끝났다. 하지만 결국 전자오르간 한 대가 운송 과정에서 고장이 났고, 하역 장비가 없어서 밧줄에 묶여 배에서 내려졌던 4억짜리 중계차는 운전석 양

옆이 찌그러졌다.

쉴 틈도 없이 곧바로 무대 설치 작업이 시작되었다. 조용필 도착 시간까지 58시간밖에 남지 않았다. 무대 설치 팀은 수면 시간을 반으로 줄이고 도시락을 먹으며 작업에 매달렸다. 손이 딸려 결국 북측에 인력 20명을 요청했다. 민화협의 리〇〇 부장은 한 사람당 하루 일당을 150달러 요구했다. 전문가가 아닌 단순노무자 일당으로는 지나친 금액이었다. 북측과 사업을 하다 보면 드물지 않은 일이어서 우리는 별로 놀라지 않았다. 단 5분 안에 30달러로 합의점을 찾았다. 한편 길이가 총 170m나 되는 공연 무대는 체육관의 폭에 맞춰 60m로 압축했다. 류경정주영체육관은 모두 7,000명의 관객이 관람할 수 있는 훌륭한 공연장으로 탈바꿈하고 있었다.

세부합의서 11조를 지키시오!

공연진과는 별도로 〈8시 종합뉴스〉, 〈출발 모닝와이드〉, 〈세븐데이즈〉, 〈TV연예〉, 〈한수진의 선데이클릭〉 등을 방송하기 위해 취재진 7팀이 동행했다. 취재를 협조하기로 한 북한 측과 합의 내용에 따른 것이었다. 당장 공연 나흘 전인 19일부터 저녁 8시 뉴스가 편성되어 있어서 북한 측과 협의가 필요했다. 북한 측 실무팀장격인 민화협의 리〇〇 부장을 찾았다. 리 부장은 부하 직원을 통해서 우리의 취재 요구 사항을 구체적으로 알려주면, 일정을 잡아 답을

주겠다고 했다. 우리는 '조용필 가요에 대한 북한 주민들의 평가', '북 측의 어려운 전력 사정', '7·1경제관리개선조치 이후 나타난 북한의 변화 모습-도매시장, 야외매대', '핸드폰 사용 현황', '용천역 폭발사고 복구 현장' 등의 섭외를 요구했다.

다음 날 이른 아침식사를 하고 취재진이 모두 로비에 대기했다. 민화협 참사 두 사람이 취재 일정표를 들고 왔다. 첫날은 만경대 김일성 주석 생가, 주체사상탑, 개선문 등이었고, 20일에는 김정숙탁아소, 평양지하철, 고려호텔 안에 있는 수영장과 이용원, 21일은 만경대 유희장, 대동강변, 백화점, 조선중앙TV 등에 가는 것으로 잡혀 있었다. 우리가 요구한 아이템은 거의 무시하고, 이른바 '체제 선전용'이거나, 매우 무성의한 아이템들로 채워져 있었다.

북한의 안내원들은 오늘 예정된 장소는 이미 섭외가 된 곳이어서 바꿀 수 없으니 일단 출발하자고 재촉했다. 우리의 의사를 지휘부에 전달한 뒤 오후 일정부터 바꾸겠다고 했다. 고민하던 우리는 현장 안내를 맡은 참사들의 체면을 세워주어야 다음 취재가 원활할 것으로 판단하고 일단 오전 일정은 북측의 요구대로 움직였다.

그런데 처음 방문지인 만경대에서부터 갈등이 빚어졌다. 만경대 김일성 주석 생가(고향 집)에서 만경대 언덕으로 올라가는 길에 기념품 매대가 있었다. 기자 한 사람이 수를 놓은 손수건을 고르다가 판매원에게 '물건을 많이 팔면 많이 판 만큼 월급을 더 받느냐?'는 질문을 했다. 그러자 안내원이 계획서에 없던 질문이라며 카메라를 막았다. 우리는 강하게 항의를 하다가 안내원의 곤란해하는 표정을 보고는 더 이상 실랑이를 하지 않았다. 현장 안내원들에게는 별 재량권이 없었다. 첫날부터 피곤하게 싸우기보다는 빨리 호텔로 돌아가 취재 범위를 넓혀도 좋다는 '지도부'의 지시를 받아내는 것이 효율적인 방법이었다. 만경대를 떠나 주체사상탑, 개선문을 들른 뒤 우리는 서둘러 호텔로 돌아갔다.

호텔 1층 '불고기랭면식당'에서 점심을 먹고 기다렸지만 소식이 없었다. 오후 2시 30분쯤 민화협 참사가 와서 오늘은 일정을 변경할 수 없다고 했다. 우리는 원하지 않는 취재를 위해 안내원을 따라 나가지 않겠다고 호텔에서 버텼다. 그리고 합의서를 내보이면서, 이것을 지킬 수 없다면 지금이라도 전체 일정을 다시 협의하자고 요구했다. 합의서 제7조에는 "북측은 공연 기간 중 공연단과 참관단의 활동에 대한 SBS의 취재와 평양 현지 위성 생방송을 보장한다"고 명시되어 있고, 세부합의서 11조에는 "보도 및 교양프로 현지 실황 중계방송은 SBS 측의 요구를 존중하되 그 시간 및 회수, 취재대상, 일정 등은 선발대 방문 시에 따로 결정한다"라고 규정되어 있었다.

곤란한 표정을 지은 참사는 자신은 모르겠으니 지휘부를 찾아가서 따지라고 했다. 나는 곧바로 호텔 5층에 설치된 북한 측 지휘부를 찾아갔다. 그러나 5층 지휘부 입구에는 경비원이 서서 출입을 막았다. 할 이야기가 있으면 2층에 설치된 전화를 이용하라고 했다. 나는 한달음에 2층으로 내려와 전화를 했다. 그러나 리○○ 부장이 자리에 없다는 대답뿐이었다.

현실을 바탕으로 최선의 해결책을 찾아야 했다. 간단한 회의를 통해서 우리는 취재에 협조할 의사가 없다는 북한 측의 입장을 확인한 이상 무리하게 불가능한 아이템을 요구하지 않기로 했다. 대신 공연 준비와 조용필 씨의 동선에 초점을 맞추기로 결정했다. 그들을 원망하고 기다리다가는 아무것도 취재하지 못하고 시간만 보낼 것이 뻔했다.

가수, 평양에 서다

화약을 모두 수거하겠소!

드디어 8월 22일 낮 조용필을 비롯한 참관단들이 평양에 도착했다. 조용필은 짐을 풀자마자 곧바로 공연장으로 달려왔다. 성실한 북한 근로자들의 도움으로 공연 준비는 큰 차질 없이 진행되었다. 악단 '위대한 탄생'과 악기를 세세히 점검하고 난 조용필은 객석 맨 뒤로 올라가 무대를 내려다보았다. 조명을 켜자 평양 공연의 무대가 그 실체를 드러냈다. 월드컵경기장 공연 무대를 줄이긴 했지만 야외 무대의 화려함과 위용이 그대로 재현되었다. 조용필은 그 자리에 서서 곧바로 리허설을 시작했다. 마이크를 잡은 조용필은 '태양의 눈'을 시작으로 레퍼토리를 한 곡 한 곡씩 불렀다. 그런데 밤 9시가 조금 지나자 북한 측이 갑자기 체육관 내 모든 남한 인력의 철수를 요구했다. 자정을 넘겨 연습하려던 조용필 측은 당황했다. 경호 상태 점검이 이유였다. 완벽주의자 조용필은 북한 측의 일방적인 결정에 무척 불쾌해했다.

다음 날 오전 호텔에서 긴장을 푼 조용필은 이른 점심을 먹고 공연장에서 연습을 시작했다. 오후 1시경 림동옥 노동당 통일전선부장을 비롯한 고위 간부들이 나타나 2시간가량 준비 상황을 점검했다. 그가 떠난 뒤 갑자기 나타난 북한의 보안 담당자들이 한 낯선 사내의 지휘로 '특수효과용 화약'을 다 수거해 가버렸다. 이 사내는 선발대가 평양에 도착한 이후부터 공연에 관한 모든 결정을 독단적으로 처리했다. 합의문도, 항의도 속수무책이었다. 그는 특수효

과용 화약은 공연 도중 불꽃을 내뿜는 재료로서 '요인경호'의 장애
물이라고 주장했다.

우리는 북한의 고위 관리들이 공연장을 둘러보고 화약을 수거해
간 것은 김정일 국방위원장의 참석 때문일 것이라고 추측했다. 실
제 김 위원장의 참석 여부는 알 수 없지만, 이번 공연에 깊은 관심
을 보이는 건 사실로 보였다. 체육관 관중석 중간에는 내부가 보이
지 않는 방탄유리로 덮인 VIP 관람석이 있다. 김 위원장이 눈에 띄
지 않게 공연장에 나타났다가 공연이 끝나고 소리 없이 돌아갈 수
도 있어 보였다.

돌발 상황은 또 일어났다. 조용필에게 리허설을 한 시간 빨리 끝
내줄 것을 요구한 것이다. 조용필은 레퍼토리 전체를 불러보지 못
하고 오후 3시경 리허설을 중단했다. 그 시간 조선중앙TV의 중계
카메라 6대가 일방적으로 설치되었다. 원래 합의서에는 SBS의 중
계 화면을 조선중앙TV에서 받아 쓰기로 되어 있었다. 그런데 SBS
7대를 포함해 중계 카메라만 13대나 설치되어 중계에 적지 않은
지장이 초래되었다. 우리는 사전에 협의를 하지 않은 조선중앙TV
에 오디오를 공급해줄 수 없다고 버텼다. 오디오 라인은 우리가 관
리했기 때문이다. 그 순간 얼굴 한 번 보기 힘들었던 리○○ 부장이
다급한 표정으로 나타났다.

"오 선생, 나 좀 도와주오. 지금부터 오 선생이 요구하는 모든 내
용을 들어주겠소. 취재팀도 새로 조직해 오 선생이 원하는 곳으로
안내하겠소."

246

리○○ 참사는 통사정을 했다. 짧은 시간 고민하던 우리는 북한 측의 요구를 들어주기로 했다. 어떤 방식이든 공연 내용을 북한 주민에게 보여주는 것이 행사의 취지였기 때문이다.

평양 관객의 기립박수!

공연 시간이 30분 전으로 다가왔다. 무대 뒤 대기석에서는 최종 점검 회의가 열렸다. 수많은 무대에 선 조용필이지만 오늘만은 긴장된 모습이었다. 다시 한번 순서를 확인하고 가볍게 몸을 푼 조용필이 스태프들에게 외쳤다.

"즐거운 마음으로 하는 거야. 화이팅!"

공연 시작 3분 전, 조용필은 불 꺼진 무대에 조용히 올랐다. 반주자인 그룹 '위대한 탄생'과 두 명의 여성 코러스가 양편에 자리를 잡고, 조용필은 가운데에 섰다. 반투명 커튼 너머로 보이는 관중들의 표정이 코앞까지 바짝 다가왔다. 실내경기장을 개조한 급경사의 공연장은 가장 가까운 관객과 무대의 거리가 3m밖에 되지 않았다. 관중의 숨소리조차 들릴 정도였다. 무대 위 모든 사람들의 표정은 딱딱하게 굳어 있었다. 커튼 저편의 사람들도 긴장하는 것은 마찬가지였다.

관객은 모두 7,000여 명. 문화성 소속의 예술인과 통일전선부, 국가보위부 구성원들이라고 했다. 예술인은 배우, 가수, 대학교원(교수) 등이었다. 실제 유명 공연단의 가수나 영화에 나온 배우들의 모습도 보였다. 공연에 앞서 윤현진 아나운서가 인사를 했다.

"안녕하십니까? 저는 남에서 온 SBS 아나운서, 이곳에서는 방송원이라고 하죠, 윤현진이라고 합니다. 반갑습니다."

그러나 박수 소리마저 긴장 속에 파묻혔다. 짧은 정적이 흘렀다. 드디어 이글거리는 태양을 묘사한 거대한 영상이 무대 뒤에 나타나고, 체육관 구석구석에 설치한 스피커를 통해 입체음향이 폭발음처럼 터졌다. 〈태양의 눈〉 영상과 음악이 체육관 전체를 압도했다.

"어두운 도시에는 아픔이 떠 있고, 진실의 눈 속에는 고통이 있고…."

조용필의 목소리가 조명을 타고 공간을 파고들었지만 무대 앞의 모습은 변화가 없었다. 이제 관객들은 숨소리조차 내지 않았다. 히트곡 〈단발머리〉와 〈못 찾겠다 꾀꼬리〉가 이어졌다. 빠른 템포로 관객들의 시선을 모으기 위해서였다. 이어서 〈친구여〉의 편안한 리듬으로 긴장을 누그러뜨렸다. 이어 부른 노래는 〈돌아와요 부산항에〉와 〈그 겨울의 찻집〉. 북한에서도 잘 알려진 노래로 관객의 호응을 유도하기 위한 배치였다.

그러나 평양 관객들의 표정은 여전히 굳어 있었다. 관객들의 반응에 조용필과 위대한 탄생은 당황했다. 거울에 비친 낯선 얼굴을 쳐다보듯 어색한 분위기가 지속되었다.

'조용필의 노래에 이런 반응을 나타내는 사람들도 있구나.'

무대와 관객의 거리가 너무 멀다는 생각이 들었다. "화려한 도시를 그리며 찾아왔네"라는 가사로 시작되는 〈꿈〉을 부를 때부터 조심스럽게 따라 부르는 관객이 나타났다. 열창을 마치고 잠시 호흡을 가다듬는 조용필에게 윤현진 아나운서가 질문을 던졌다.

"지금 느낌이 어떠세요?"

"지금 느낌이요…. 어렵습니다. 저도 음악 생활을 굉장히 오래했습니다. 제가 37년을 음악 생활을 했습니다만, 나이가 지금 사십이거든요."

소박한 농담이었다. 남한 정서로는 썰렁하기까지 했다. 하지만 관객들 사이에서는 갑자기 웃음이 터져 나왔다. 공연 중 관객의 감정 변화는 도무지 예측할 수가 없다. 이때부터 무대 위나 객석이나 긴장이 완전히 풀렸다.

북한 가요 〈자장가〉를 부를 때는 관객들이 자연스럽게 따라 부르기 시작했다. 조용필은 계속해서 북한 가요 〈험난한 풍파 넘어 다시 만나리〉를 불렀다. 이때 우리 카메라가 객석의 한 젊은 여성에게 초점을 맞추었다. 그녀의 눈 주위는 곧 불그스레해졌다. 눈물이 그녀의 분홍빛 한복 위로 떨어졌다. 이윽고 무대를 향해 손을 흔들었다. 그녀의 손짓은 무대와 교감이 이루어졌다는 신호였다.

이날의 클라이맥스는 가곡 〈봉선화〉였다. 일부러 조용필은 두 옥타브 높은 음을 선택했다. 끊어질 듯 이어지는, 인생의 간난신고(艱難辛苦)가 담긴 듯한 조용필의 깊은 목소리에 관중들은 호흡을 멈춘 듯 무대를 응시했다. 부드러운 목소리의 〈봉선화〉만을 들어왔던 관객들에게 조용필의 봉선화는 하나의 파격이었다. 22번째 곡인 〈꿈의 아리랑〉을 부를 때는 무대와 객석이 완전히 벽을 넘어 '정서적 소통'을 하고 있었다. 나는 화사한 분홍빛 한복을 입은 젊은 여성이 마치 코스모스처럼 맑은 미소로 답하는 모습, 30대 후반으로 보이는 부부가 행복감에 젖어 즐거워하는 모습을 잊을 수 없다. 남쪽에서 온 한 남자 가수의 독창으로 시작된 공연이 남북이 어우러진 합창으로 끝맺은 것이다.

커튼이 내려왔지만 관객들은 어느 한 사람도 자리를 뜨지 않았다. 앞뒤 눈치를 보던 사람들이 일어나면서 기립박수를 쳤다. 마지막 앙코르 곡은 몇 시간 전에 잠시 연습했던 〈홀로 아리랑〉이었다. 평양 관객들의 호응에 대한 보답이었다. 조용필은 어떤 노래로도 평양의 관객과 통할 수 있다는 사실을 확인했다. 이제 무대와 객석은 맞잡은 손을 놓지 않으려고 했다. 그것은 이번이 마지막이 아니라 시작이라는 무언의 다짐이었다.

원희복	**촛불 광장을 기록하다**
경향신문 선임기자	2016 촛불혁명

#현장 1

2014년 5월 7일 재난 주관 방송사 KBS 막내급 기자들이 회사 게시판에 "현장에서 KBS 기자는 기레기 중의 기레기"라고 자괴감에 젖은 글을 올렸다. 재난 주관 방송사지만 세월호 보도에서 제 역할을 못한 것에 대한 국민의 비난이 높았기 때문이다. 사실 세월호 보도에서 보도 책임자나 데스크들이 문제지, 막내 기자들이 무슨 죄일까. 공영방송인 MBC 역시 '유족들이 받을 보상금이 얼마인가'부터 보도해 '기레기' 소리를 들었다.

30년 넘게 기자를 하면서 '관급기자', '사이비기자', '재벌기자' 소리는 들었지만 '기레기'라는 소리는 처음이었다. 기자와 쓰레기의 합성어인 기레기는 내가 들었던 기자에 대한 최악의 욕이었다. 세월호 참사 이후, 박근혜 정권 내내 기레기라는 단어는 아예 일상 용어가 됐다. 그것은 비단 방송기자만이 아닌 신문기자도 마찬가지였다.

#현장 2

30년 넘는 기자 생활 중 나는 한 사람에게 명예훼손으로 피소됐다. 그 소송의 원고는 바로 박근혜였다. 2009년 8월 3일 부장 때 쓴 '박근혜 바로보기'라는 칼럼이 문제였다. 당시 박근혜 한나라당 대표는 지금 종편을 가능케 한 미디어 관련법을 통과시키는 등 기세 등등할 때였다. 나는 칼럼에서 "대학과 재단, 정치적 유산 등 부친의 긍정적 유산만 물려받고, 부친의 민주 탄압 부정적 유산은 나몰라 하는 것은 자식된 도리가 아니다"라고 일갈했다. 이 칼럼에 박근혜는 내게 5,000만 원, 경향신문사에 5,000만 원 손해배상 소송을 제기했다. 이 소송은 몇 차례 이어지다 대충 끝났다.

당시 편집국장은 진보 언론에 어울리지 않게 자신이 '친 박근혜'임을 공공연히 말하던 사람이었다. 내게 '이 따위 칼럼을 썼냐'고 비난했음은 물론이다. 설상가상 그는 사장까지 되고 나를 비편집국으로 인사조치 했다. 나는 노동조합에 재가입했다. 아마 경향신문노동조합 최고령 조합원일 것이다. 2015년 11월 김진호 노조위원장으로부터 전화가 왔다. 11월 14일 민주노총 민중총궐기에 언론노조가 참여하는데 경향신문 조합원도 많이 참석해야 한다는 것이다. 최고령 조합원인 나는 아예 '집사람과 함께 참석하겠다'고 말했다.

#현장 3

11월 14일 민중총궐기는 여러 곳에서 예비 집회를 가진 후 행진, 시청 앞 서울광장에서 본집회를 가지는 방식으로 치러졌다. 언론노조는 프레스센터 앞이 집결지였다. 오후 2시 민주노총 한상균 위원장이 프레스센터 앞에서 기자회견을 하기로 했다. 민주노총 지도부는 기자들이 집결한 이곳에서 기자회견을 하는 것이 여러모로 유리하다고 판단했다. 한상균 위원장에게는 일계급 특진의 현상금이 걸려 있기 때문이다. 민주노총 지도부는 사복경찰도 기자들 앞에서 한 위원장을 체포하지는 못할 것으로 판단했다.

그런데 의외로 프레스센터 앞에 모인 조합원(기자)이 너무 적었다. 조합원보다 한 위원장을 검거하려는 사복경찰이 더 많을 정도였다. 그렇다고 계획된 기자회견을 취소할 수 없었다. 민주노총 지도부는 경호대를 만들어 기자회견을 강행했다. 한 위원장의 성명서 읽기가 끝나기 무섭게 사복경찰의 검거 작전이 시작됐다. 한 위원장은 프레스센터 안으로 뛰어들어 엘리베이터 버튼을 눌렀다. 뒤

2013년 12월 24일 경찰이 철도노조 파업지도부를 체포하기 위해 민주노총이 있는 경향신문사 현관을 부수며 난입하고 있다. 이후 2015년 11월 21일 경찰은 민중총궐기를 주도한 민주노총 한상균 위원장을 검거하기 위해 다시한번 경향신문사에 난입했다. 경찰의 신문사 난입은 유신시대에도 없던 만행이었다. (《노동과 세계》 변백선 제공)

따른 사복경찰들이 한 위원장을 덮쳐 수갑을 채우려는 순간, 엘리베이터 문이 열렸다. 사복경찰과 경호대 사이에 몸싸움이 벌어지고 경호대는 사복경찰을 몸으로 감싸 안고 엘리베이터 밖으로 나왔다. 한 위원장은 도주에 성공했지만 경호대는 모두 공무집행방해로 사법처리됐다. 그때 현장에 언론노조 조합원이 조금만 더 있었더라면 경찰은 한 위원장을 대놓고 검거하지 못했을 것이다.

#현장 4

나는 경향신문노동조합 깃발을 들고 시청 앞 서울광장에 주저앉아 있었다. 그나마 집행부를 포함해 한 열 명 정도는 참석한 것 같았다. 우리는 나눠준 일회용 우의를 걸치고 초겨울 비를 맞으며 민중총궐기에 참여했다. 상기된 표정의 민주노총 한 위원장 얼굴을 그때 처음 봤다. 보통 인물이 아니라는 인상이 남았다.

어두워지면서 사방에 촛불이 켜지고, 우리는 적당히 지난 시간을 지로로 향했다. 우리 노조 집행부 일행은 등갈비에 소주를 마셨다. 바로 그 시간, 그곳에서 불과 300미터 정도 떨어진 종로구청 사거리에서 백남기 농민이 물대포에 맞고 쓰러졌다. 사실 우리는 그 사실을 몰랐다. 술집에서 나와 집으로 가기 위해 세종문화회관 광화문역으로 향하는 길은 차단과 차벽의 연속이었다. 헌법재판소가 차벽은 위헌이라고 했지만 경찰은 막무가내로 차벽을 설치하고 사람의 통행을 막았다.

#현장 5

나는 이후 이어진 6차례 민중총궐기에 촛불을 들고 현장에서 지켜봤다. 마침 내가 연재 중이던 '원희복의 인물탐구' 대상은 자연히 이 민중총궐기 주인공이 될 수밖에 없었다. 내 취재 수첩에 이들의

행동이 기록됐다. 민중총궐기는 민주노총 중심의 민중총궐기투쟁
본부, 전농과 가톨릭농민회 중심의 백남기투쟁본부, 친일·독재미
화 세력에 항거한 함세웅 신부 주도의 민주행동, 그리고 세월호 희
생자 연대 모임인 416연대, 4개 단체였다.

2016년 9월 25일 백남기 농민이 오랜 투병 끝에 서울대학교병
원에서 숨지고, '병사'라는 거짓 사망진단서가 드러나면서 민심이
크게 출렁였다. 2016년 11월 초 시민사회단체는 촛불시위 합류를
요청했다. 10월 24일 JTBC가 최순실의 태블릿PC를 보도하고, 다
음 날 박근혜 사과가 나온 이후다.

민중총궐기투쟁본부, 백남기투쟁본부 등 4개 단체는 회의 끝에
시민단체연합을 받아들여 같이 '박근혜정권퇴진 비상국민행동'(퇴
진행동)을 결성했다. 그래도 촛불시위를 주도하는 세력은 여전히 앞
서 4개 연대체였다. 특히 조직과 자금을 갖춘 민주노총은 광화문
촛불시위에 사람을 동원하는 버스 대여비로만 30억 원을 썼다.

#현장 6

2017년 5월 24일 프레스센터에서 퇴진행동 해단식이 열렸다. 처
음 56개 단체가 민중총궐기를 시작했지만, 나중 퇴진행동이 해산
할 때는 2,000여 개 단체가 가담했다. 퇴진행동은 박근혜를 퇴진시
킨 핵심 세력으로 떠올랐다. 그런데 퇴진행동 경과보고서를 보면

2016년 10월 29일을 제1차 촛불로 규정했다. 퇴진행동은 백남기 농민이 숨지고 민심이 돌아선 막판에 시민단체가 합류해 만든 조직이다.

나는 '그렇다면 퇴진행동 결성 이전 2015년 11월 14일부터 여러 차례 들었던 촛불은 무엇이었나, 한겨울 서울대학교병원 앞에서 백남기 농민의 쾌유를 빈 촛불은 뭐였나'라는 의문이 들었다. 대부분 언론도 퇴진행동이 결성된 이후인, 2016년 10월 25일 박근혜 사과 이후부터 촛불시위라고 보도했다. 그러다 보니 촛불혁명의 원인은 최순실의 국정농단으로 기억하고 기록되고 있다. 이는 심각한 오류다.

#현장 7

박근혜는 탄핵되고 구속됐다. 그리고 문재인 대통령이 탄생했다. 2017년 5월 중순 자유언론실천재단 모임이 있었다. 참석자들은 이구동성 촛불혁명이 아무런 희생자가 없는 명예혁명이요, 성숙한 시민혁명이라고 말했다. 이에 나는 "백남기 농민이 물대포에 맞아 숨지고, 분신한 사람도 여럿인데 왜 희생자가 없다고 하는가"라고 이의를 제기했다. 참석자 대부분 언론사 노조위원장, 언론노조 집행부 출신이지만 현직이 아니다 보니 민중총궐기에 참석하지 않은 탓이었다. 민주노총과 전농 등이 주도한 민중총궐기가 어떻게 만

들어져 어떤 진화를 거쳤고, 이후 시민단체가 참여해 퇴진행동으로 이어진 사실을 모른 탓이다.

나는 이 자리에서 "백남기 농민이 물대포에 맞아 숨진 것은 이한열이 최루탄 맞고 숨진 것보다 훨씬 의미가 크다"면서 "먹물들은 노동자·농민 등을 외면한다"고 비판했다. 나의 발언으로 회식 분위기는 썰렁해졌지만 박석운 당시 민주언론시민연합 공동대표는 "원 기자 지적이 맞다, 촛불혁명은 조직이 시작했다"고 내 주장에 공감했다.

#현장 8

2017년 7월, 20년 넘게 경실련에서 일했던 고계현 사무총장은 "이번 촛불 광장에서 시민단체는 초라하고 왜소했다"라고 고백했다. 그는 촛불 내내 경실련 깃발을 들고 광장에 섰으며 퇴진행동에서도 중요한 역할을 했다. 그가 참담함을 토로한 것은 시민단체에 후원회원은 있지만 행동하는 회원이 없다는 것이다.

그의 고백은 시민사회단체가 촛불혁명을 주도했다는 일반 인식과 다른 것이었다. 이후 참여연대 등 여러 시민단체 사람을 취재한 결과 '역할이 미흡했음'을 솔직히 인정했다. 대부분 시민단체는 회원들이 40~50대여서, 20~30대 회원이 별로 없는 것을 심각하게 고민한다는 것도 알았다.

나는 그것을 미디어 환경의 변화 때문으로 판단한다. 촛불혁명 과정에서 시민단체가 회원을 모아 입장을 토론할 때 시민들은 밴드·카톡·트위터·페이스북 등 SNS에서 논의를 끝내고 곧장 행동에 돌입했던 것이다. 이런 환경에 익숙한 젊은이들은 당연히 시민단체에 만족하지 못한다. 나는 박근혜 정권 초기 284개 시민·민중 단체가 연대했던 '국정원시국회의'가 맥없이 사라진 이유를 이해할 수 있었다.

#현장 9

2017년 9월 9일 저녁 서울 광화문광장. 새로운 정권이 들어서고 KBS와 MBC가 파업하는 '돌마고(돌아오라! 마봉춘MBC 고봉순KBS의 준말) 불금 파티' 자리에 유경근 416가족협의회 집행위원장이 연단에 올랐다. 그는 "팽목항에서 나를 두 번 죽인 건 여러분들의 사장이 아니고 현장에 있던 바로 여러분"이라며 "공부하십시오, 분석하고 비판하십시오"라고 일갈했다. 그는 세월호 참사 내내 강성으로 활동했다. 바닥에 주저앉은 방송사 직원들은 침통한 표정으로 묵묵히 이 비난을 들었다. KBS 노조위원장을 했던 후배 기자는 고개를 떨궜다.

이렇게 독설을 날린 유경근 집행위원장은 민중총궐기 때 "세월호와 함께한 민주노총 조합원에게 감사한다"며 단상에서 넙죽 엎

드려 큰절을 했었다. 노동자·농민·빈민 앞에서 큰절까지 했던 그는 많이 배우고 고액 연봉을 받는 방송사 직원들에게 '기레기'라고 힐난했다.

#현장 10

2018년 6월 21일 조계사에서 퇴진행동이 만든 백서 『박근혜 정권 퇴진 촛불의 기록』 출판기념회가 성대히 열렸다. 백남기 농민의 죽음이 '병사'라는 허위 진단서가 드러나면서 민심이 확 바뀌었다. 서울대병원 영안실에는 전국에서 보낸 격려 용품이, 퇴진행동에도 성금이 넘쳤다. 그 성금으로 두 권으로 만든 촛불 백서는 전국에 무료로 배포됐다.

그런데 이 백서에는 촛불시위를 퇴진행동이 진행한 23회밖에 기록하지 않았다. '전사'로 충분히 기록하기로 했던 민중총궐기는 불과 한 쪽 반에 불과했다. 백남기 농민이 물대포에 맞는 사진조차 싣지 않았다. 1~2권 합쳐 1,300쪽에 이르는 백서에 민중총궐기와 백남기 농민의 죽음은 2권에 자료 형태로만 수록돼 있다. 출판기념회에 앉은 나는 '이런 기록을 남기기 위해 노동자들이 감옥 가고, 벌금 맞고, 물대포에 맞아 죽고, 성금을 냈나'라는 생각이 들었다.

화가 난 나는 출판기념회에 참석한 최종진 민주노총 수석부위원장을 불러냈다. 그 역시 민중총궐기 대목이 소홀히 다뤄진 것에 분개하고 있었다. 우리는 종로 뒷골목에서 늦게까지 빈대떡에 막걸리를 마셨다.

* * *

내가 『촛불민중혁명사』를 쓴 것은 앞서 10개 현장에서 느낀 문제의식에서 비롯됐다. 현직으로 '원희복의 인물 탐구'라는 고정물을 연재해 촛불혁명의 주역을 인터뷰할 수 있었다. 특히 노조원으로 민중총궐기부터 참여한 것도, 촛불을 초기부터 취재할 수 있었던 것도 평생을 통해 매우 운이 좋은 기회였다. 이 책은 기자의 본령인 현장에 있었기 때문에 쓸 수 있었다. "현직 기자의 광장 기록"이라는 부제를 단 것도 그 때문이고, 17개 장마다 현장 먼저 스케치하고 서술하는 독특한 방식을 택한 것도 그 이유다.

이 『촛불민중혁명사』 서술 아이디어를 준 책은 당시 읽고 있던 주명철 서울교원대학교 명예교수의 『프랑스혁명사』였다. 10부작으로 계속 출간되던 이 책은 단행본이나 논문으로만 읽던 딱딱한 프랑스혁명사를 마치 『삼국지』 읽듯 르포 읽듯 현장감 있게 읽을 수 있었다. 나는 "현장감은 기자가 전문인데, 혁명사도 이렇게 쓰면 재미가 있겠다"는 생각이 들었다.

촛불혁명의 주역들을 다시 만나 보충 증언 듣고, 당시 성명서와 선언문을 정리하고, 이를 일관성 있게 엮는 작업은 사실 그리 오래 걸리지 않았다. 다행히 나는 2015년 광복 70주년을 맞아 '광복 70주년 현대사 르포'를 1년간 연재한 경험이 있다. 해방 이후 70년 동안 우리 현대사의 주요 사건 40개를 선정해 그 현장을 다시 가보는 역사 르포였다. 서대문형무소에서 진도 팽목항까지 돌아다녔고, 이 연재물은 『르포히스토리아』라는 단행본으로 출간됐다.

그때까지 나는 단순히 기사가 쌓이면 역사가 되는 줄 알았다. 기자와 역사가 차이를 몰랐던 것이다. 그러나 마지막 기사를 책으로 엮으면서 기자는 스토리를 만드는 사람이라면 역사, 즉 히스토리는 스토리의 인과관계를 밝히는 것임을 알았다. 분명한 관점(사관)을 가지고 사건의 인과관계를 밝히는 것이 역사서에서 중요했다. 모든 역사가 그러하듯이 혁명사도 시대 구분이 중요하다. 특히 혁명사는 혁명의 시작과 끝을 어떻게 정하느냐가 매우 중요했다.

나는 이번 촛불혁명은 노동자·농민·교사·도시빈민·평화통일 운동 세력 등이 주동한 민중혁명이라는 분명한 관점을 가지고 있다. 이는 1997년 김대중·김영삼 두 정치인과 학생, 넥타이부대 등 화이트칼라에 의해 주도된 6월 시민혁명과 큰 차이다. 이번 촛불혁명은 이 6월 시민혁명 이후 성장한 민중 세력이 주도했다.

나는 이번 촛불혁명이 희생자가 없는 명예로운 혁명이라는 점을 반박하기 위해 희생자들을 많이 취재했다. 그래서 내 책에는 유독 장례식과 죽음 장면이 많이 나온다. 촛불혁명 과정에서 희생이 없었던 것이 아니라 기자들이 취재하지도 보도하지도 않았고, 오히려 왜곡한 사례가 적지 않았던 것이다. 따지고 보면 이들의 죽음을 강제한 집단은 언론이라고 해도 과언이 아닐 정도로 언론은 역사 앞에 죄를 졌다. 몇 가지 사례를 현장 중심으로 보자.

#사례 1

2013년 7월 11일 서울 강남에 있는 영동세브란스병원 영안실 앞에서 조촐한 장례식이 열렸다. 큰딸은 이제 채 10살이 됐을까…. 딸은 울고 있었지만, 상주인 이제 7~8세쯤 된 아들은 이 자리가 뭔지 실감하지 못하는 눈치였다. 참석자들은 "부정선거 집행 책임 원세훈·김용판을 즉각 구속하라!"라는 구호를 외치고 〈임을 위한 행진곡〉을 불렀다.

자살한 사람은 홍만희 한국민주청년단체협의회 회장이다. 그는 자살 직전 페이스북에 "광주민주항쟁의 역사를 왜곡하는 정신병자들이 판치는 나라!/ 오월 영령들의 피눈물이 비가 되어 내린다~/ 살아 있는 우리에게/ 역사를 바로잡으라고/ 다시 한번 일어서서/ 정의를 바로 세우라"고 썼다.

그가 자살할 즈음 TV조선은 "(5·18 당시) 600명 규모의 북한군 1개 대대가 침투했고, 전남도청을 점령한 것은 북한에서 내려온 게릴라"라고 보도했다. 채널A도 "광주에 남파됐던 북한 특수군 출신"이라고 주장하는 탈북자를 인터뷰해 방송했다.

그를 죽음으로 내몬 왜곡 보도를 일삼은 기성 언론 누구도 이 사람의 부음을 전하지 않았음은 물론이다.

#사례 2

2013년 8월 29일 〈한국일보〉는 통합진보당 이석기 의원과 당원들이 지하혁명조직(RO)을 조직해 경찰서·통신시설을 파괴하는 모의를 했다는 녹취 파일을 공개했다. 보도의 출처는 국가정보원이고 당사자 이석기 의원의 해명이나 확인조차 없었다. 이른바 이석기 내란음모 사건의 시작이다.

〈한국일보〉는 30일자에 녹취록 요약본, 9월 2일과 3일에는 녹취록 전문을 공개했다. 대부분 언론은 이 녹취록을 검증 없이 확대 보도했다. 온 나라가 내란음모 위기로 들썩였다. 진위 논란에 국정원은 234곳을 수정했고, 나중에 재판 과정에서 녹취록 중요 대목 500여 곳이 의도적으로 조작된 것으로 드러났다. 그러나 대부분 언론은 이런 사실조차 간과했다. 국정원의 기막힌 언론 플레이에 거의 모든 언론은 확인 없이, 의문 없이 종북 몰이에 뛰어들었다. 진보 언론도 마찬가지였다.

#사례 3

2013년 12월 31일 오후 5시 29분쯤 서울 중구 남대문로5가 서울역 고가도로 위에서 한 중년 남자가 서 있었다. 그는 "박근혜 사퇴", "특검 실시"라는 플래카드를 내걸고 분신자살했다. 자살한 이남종 씨는 다음과 같은 유서를 남겼다.

"안녕하십니까. 여러분 안녕하십니까. 안부도 묻기 힘든 상황입니다. 박근혜 정부는 총칼 없이 이룬 자유민주주의를 말하며 자유민주주의를 전복한 쿠데타 정부입니다. (…) 여러분 보이지 않으나 체감하는 공포와 결핍을 가져가도록 허락해주십시오. 두려움은 제가 가져가겠습니다. 일어나십시오."

그러나 당시 KBS, MBC, SBS 등 지상파 방송 3사는 물론, 어떤 언론도 그의 죽음을 보도하지 않았다. 방송사는 유서가 없다는 경찰의 발표만 보도하면서 '분신남'이라는 웃지 못할 표현까지 썼다. 진보 언론조차 나중에야 유서 내용을 보도했다.

#사례 4

2015년 11월 14일 민중총궐기가 열린 날 백남기 농민이 경찰의 물대포에 맞아 쓰러졌다. 이날 시위는 과거 노동자 시위에서 자주 등장했던 쇠파이프는 물론 '죽창'조차 없었다. 그러나 모든 언론은

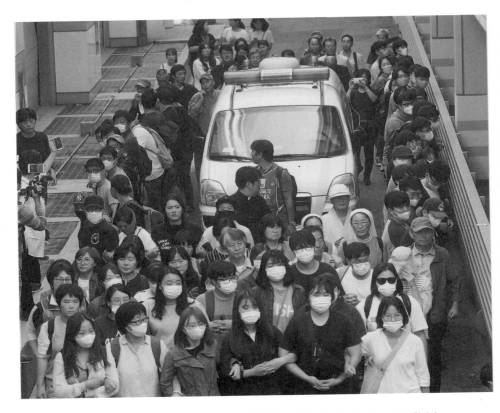

2016년 9월 25일 백남기 농민이 숨지자 경찰이 서울대 병원에 난입해 시신을 압수하려는 상황에서 민중단체 회원들이 '백남기 사수대'를 만들어 시신을 지키고 있다. (《노동과 세계》 변백선 제공)

시위대의 폭력성만 부각했다. 〈조선일보〉는 "복면 뒤에 숨은 폭력" 제목의 보도(11월 18일)와 사설(11월 19일)을 실었다. 나중에 드러났지만 청와대는 "언론을 통해 불법시위 자금·인원 동원의 원천인 민노총의 실체가 집중 조명되도록 하라"고 지시했다. 이에 공영방송과 보수 언론은 물론, 진보 언론마저 충실히 따랐다.

헌법이 보장한 집회·시위·결사의 자유를 과잉 진압으로 억압한다는 보도는 없었다. 헌법재판소가 위헌이라는 지적에도 차벽을 쌓고, 규정에 어긋난 강도의 물대포를 쏜 것을 지적하는 언론 역시 없었다. 민주언론운동시민연합은 "조중동, 집회 폭력 프레임 부각으로 국민 기본권 짓밟아"라고 지적하고, 일부 언론사가 내부 노보를 통해 보도의 편파성을 잃었다고 지적했을 뿐이다.

#사례 5

촛불시위 언론 브리핑은 처음부터 마지막까지 민주노총 13층 회의실에서 했다. 이는 퇴진행동 결성 이후에도 사실상 민주노총이 촛불을 주도하고 있다는 의미였다. 하지만 기자들은 이런 사실을 보도하지 않았다. 기자들은 "전국 임대버스가 동났다"고 썼지만 정작 이 버스를 임대한 주체가 민주노총과 전농임을 밝히지 않았다.

마침 민주노총은 경향신문사 건물에 입주해 있었다. 덕분에 나는 회사 구내식당에서 촛불의 주동자를 만나 얘기를 들을 수 있었다. 나는 후배 기자에게 "민중총궐기 비용을 어디서 대느냐를 확인해보라"고 했지만, 잘 이행되지 않았다. 뒤늦게 결성된 퇴진행동에는 민주노총과 전농 등 민중단체에서 파견한 대변인과 시민단체에서 파견한 공보 담당이 같이 있었다. 그러나 기성 언론은 평소 안면 있는 시민단체 공보 담당을 통해서만 취재했다. 물론 노동자, 농민 등 민중단체는 스스로를 자랑하는 언론 플레이에 미숙한 탓도 있었다.

『촛불민중혁명사』는 국정원 댓글 사건으로 정통성의 위기에 몰린 박근혜 정권이 74세 김기춘 비서실장을 기용, '공안몰이'를 하는 것에서 시작한다. 이 공안몰이에 결정적 역할을 한 것이 바로 언론이다. 진보 언론도 예외는 아니다. 특히 공영방송은 거의 매일 전쟁 위기를 조성했다. 이 공안몰이에 모든 야당을 비롯해 진보 정당마저 '나는 아니다'라고 선긋기 바빴다. 시민사회단체도 마찬가지였다. '국정원시국회의'라는 이름으로 결집했던 시민사회단체는 맥없이 와해됐다. 연대는 증발하고 공포는 전염됐다. 우리 사회는 견제와 비판은커녕 최소한 지성의 성찰마저 사라졌다.

자신감을 얻은 박근혜는 국정교과서를 통해 친일·독재 미화를 꾀하려 했다. 기자 출신의 공영방송 이사장과 사장 그리고 보도국장들은 충실히 이에 따랐다. 유명 대학 역사학자들도 마찬가지였다. 5·18광주민중항쟁을 비롯한 민주화운동을 조롱하고, 세월호 유족을 능멸하는 증오의 시대가 왔다. 급기야 박근혜 정권은 전두환마저 하려다 포기했던 정당까지 해산시켰다.

진보 정당, 평화통일론자들은 박근혜 정권이 자행하는 극도의 민주주의 퇴행에 분노했다. 역사 왜곡에 분노한 재야 역사학자와 함세웅 신부를 비롯한 민주화운동가들이 일어섰다. 그러나 이들은 명성만 있었지 실제 힘이 없었다. 야당도 힘이 없었다. 박근혜 지지율은 높았고, 여당은 선거마다 승리했다. 대선 이후 야당은 단 한 번도 재보궐선거에서 이기지 못했다.

참담한 박근혜의 퇴행을 저지하는 결정적인 힘이 가세했다. 조직과 자금을 갖춘 민주노총의 노동자, 전국농민회총연맹의 농민, 도시빈민이 그들이었다. 이들은 쉬운 해고와 비정규직에 내몰리던 노동자와 청년들이었다. 신자유주의적 농정에 신음하던 농민이었고, 무분별한 도시 개발에 분노한 철거민이었다. 졸지에 법외노조로 전락한 전교조도 가세했다. 여기에 어린 죽음의 진실을 알고 싶어했던 세월호 유족과 국민의 피 끓는 분노가 결합했다.『촛불민중혁명사』는 이들의 뜨거운 열망과 집요한 투쟁이 바로 박근혜 정권을 무너뜨린 주인공이라고 기록했다.

대부분의 언론을 비롯한 학자, 심지어 시민단체조차 촛불혁명을 JTBC의 태블릿PC 보도 이후로 기록하고 있다. 하지만 이는 촛불혁명을 사실상 '축소' 또는 '왜곡'하는 것이다. 촛불혁명의 원인이 단순히 최순실의 국정농단이라는 기술은 프랑스혁명에서 극도의 정치·사회·경제·신분 문제를 보지 않고, 단지 마리 앙뜨와네트의 철없음만 기억하는 오류를 범하는 것과 같다. 러시아혁명에서 전제군주의 무리한 폭압과 민생 파탄을 외면하고 단지 괴승 '라스푸틴'만 기억하는 꼴이다.

이 얼마나 사회과학적 진지함이 결여된 역사 기술인가. 이 얼마나 우리 민중의 힘을 평가절하하는 나약한 기록인가. 앞으로 많은 정치학자, 사회학자, 역사학자가 촛불혁명의 사실을 발굴하고, 의

미를 기술해 역사적 평결을 내릴 것이다. 그러나 학자들이 접할 수 있는 기록과 자료는 빈약하고 왜곡돼 있다. 그동안 언론이 진실을 충실히 보도하지 않았기 때문이다. 이 『촛불민중혁명사』는 향후 역사적 평결에 작지만 큰 도움이 될 것으로 믿는다.

나는 기성 언론을 비롯한 '대한민국 먹물들'은 이 촛불혁명을 축소 혹은 왜곡하려고 한다고 생각한다. 그 이유는 '먹물들'은 노동자 농민 같은 '무지렁이'가 세상을 뒤집었다는 사실을 한사코 인정하고 싶지 않기 때문일 것이다. 특히 박근혜 정권에서 드러난 먹물들의 추악하고 기회주의적 행태를 숨기고 싶어서일 것이다.

그 먹물들이란 '기레기' 소리를 들으면서도 부끄러운 줄 몰랐던 언론인들, 한자리를 얻어 역사 왜곡에 앞장선 유명 대학 역사 교수들, 부당한 공권력을 피해 찾아온 신자를 내쫓은 종교인, 부정 입학과 학점을 남발한 유명 여대 교수들, 물대포에 맞아 숨진 사람을 끝까지 병사라고 우긴 유명 대학병원 의사들, 청와대 눈치를 보고 심지어 '거래'까지 하려 했던 사법부 법률가들, 마지막까지 기회를 엿보던 야당 정치인들이 그들이다. 이 기록은 그 '먹물들'의 파렴치함을 고발하는 측면도 있다.

2018년 민족문제연구소는 『촛불민중혁명사』를 쓴 내게 제12회 임종국상을 수여했다. 언론이 임종국상을 받은 것은 〈뉴스타파〉 이후 3년 만이다. 10월 22일 프레스센터에서 열린 수상식장에서 나는 이렇게 소감을 밝혔다.

"이이화 선생님은 '동학 전봉준을 반란의 수괴'라 가르치고 배울

때 '동학은 난이 아니라, 민중혁명'이라고 입증했습니다. 이 『촛불 민중혁명사』는 이이화 선생님의 『전봉준 혁명의 기록』처럼, 아무도 눈여겨보지 않은 민중이 피로 쓴 진실의 기록입니다. 중국 작가 뤼신은 '먹으로 쓴 거짓은 피로 쓴 진실을 감출 수 없다'고 말했습니다."